_____ 귀하

시맨틱에러
SEMANTIC ERROR

제이선 대본집

blackD

극　본 : 제이선
연　출 : 김수정

_____ 귀하

원작 저수리

시맨틱에러
/ SEMANTIC ERROR

제 1~8 화

기획 WATCHA

제작 래몽래인
(주)RaemongRaein
AXIS

극 본 : 제이선
연 출 : 김수정 ——————————— 귀 하

WATCHA Original
〈시맨틱 에러〉

ⒸRIDI Beyond 원작 저수리

시맨틱에러
/ SEMANTIC ERROR

제 1~8 화

기획 WATCHA   제작 래몽래인 AXIS
                              (주)RaemongRaein

S# 장면(Scene)을 의미하며 동일 장소, 동일 시간 내에서 여러 각도(Shot)와 행동, 대사가 어우러져 한 씬을 구성한다.

INS 인서트(Insert), 즉 화면 삽입을 의미한다. 무언가에 집중시키거나 자세히 설명하기 위한 장면을 삽입하는 것으로, 특정 부분을 확대하는 클로즈업을 통해 이뤄지는 경우가 많다.

(E) 효과음(Effect)을 뜻하며, 주로 화면 밖에서 들리는 음향효과를 나타낼 때 사용한다.

(OL) 오버랩(Overlap). 현재 화면이 흐릿하게 사라지면서 다음 화면이 서서히 등장해 겹치게 하는 기법. 소리나 장면이 맞물린다.

페이드아웃 화면이 서서히 어두워지는 기법.

디졸브 하나의 화면이 다음 화면과 겹치면서 장면이 전환된다.

content

대개 무언가를 향한 순수한 애정과 흘러넘치는 마음은
삶을 즐겁게 만들곤 하죠.
원작 소설 『시맨틱 에러』가 제게는 그런 존재였습니다.
그리고 드라마 〈시맨틱 에러〉가 세상에 나온 지금,
누군가에겐 이 드라마가 그런 존재가 되었단 사실에
벅찬 기쁨을 느낍니다.

너무도 다른 사람이기에 서로를 미워하고, 또 강렬히 끌렸던
장재영과 추상우는 사랑으로 향하는 8개의 계단을 차곡차곡 밟아
끝내 행복한 결말을 맞이했습니다.
이제는 이들의 행복을 빌어 주며 아름다운 이별을 할 차례이지만,
여전히 아쉬운 발걸음으로 한국대 주위를 서성이는 분들이
계시다 들었습니다.
저 또한 매 순간 적당히 좋아하는 법을 몰라
다 끝난 작품을 부여안고 질척인 밤이 수없이 많기에,
여러분이 느낄 아쉬움과 공허함을 충분히 이해하고 있습니다.

하여 그 감사한 마음에 조금이라도 보답하고자
부끄러움을 무릅쓰고 이 대본집을 세상에 내놓습니다.
장장 11개월 동안 조립하고, 고치고, 매만진 대본이지만
여전히 부족하고 볼 때마다 아쉬운 부분이 한가득합니다.

그럼에도 불구하고 용기를 낸 이유는
설계도에 불과한 이 활자들이 감독님의 탁월한 연출과
배우들의 섬세한 연기, 그리고 수많은 스태프의 전문적인 손길을 거쳐
어떻게 입체적으로 변하였는지, 그 노고가 시청자분들께
가닿았으면 하는 욕심 때문입니다.
그러니 부디 다각도로 이 텍스트를 즐겨 주셨으면 합니다.

마지막으로, 이 작품의 원작자인 저수리 작가님께 감사드립니다.
좋은 재료로 가득한 원작을 뼈대 삼아 대본 작업을 할 수 있었던 건
드라마 작가로서 굉장한 행운이자 영광이었습니다.

그럼 이 대본집을 통해 여러분의 〈시맨틱 에러〉 감상이
더욱 풍부해지길 바라며….
좋아하는 것을 '좋아한다' 열렬히 외쳐 주신 분들께
다시 한번 감사의 말씀을 올립니다.
그러니까 앞으로도 좋아하는 거, 열심히 해 봐요. 우리!

2022년 봄
제이선 드림

ONE

[SEMANTIC ERROR]

장재영 대본

S#1. 오프닝 시퀀스

1a. 한강 / 낮 (교차)

평화로운 한강 공원을 여유롭게 가로지르는 **재영**(26,남)의 보드.

재영의 우월한 피지컬과 화려한 옷차림(반짝이는 피어싱),

보드를 제어하는 스무스한 동작이 지나가는 사람들의 이목을 끈다.

환한 표정의 재영, 보드에 몸을 맡기고 시원하게 내리막길 내려가고.

감독님
디렉션 :

카메라 Follow
곡선 Moving

디제이 NA *인연의 시작은 우연일까요? 선택일까요?*

1b. 캠퍼스 / 낮 (교차)

교정 위로 교내 방송이 울려 퍼지는 가운데,

학기 말, 한적한 캠퍼스를 무표정하게 걷는 **상우**(23,남).

칙칙한 올블랙에 깊게 눌러쓴 캡모자. 걸음걸이마저도 무심하고.

이내 '한국대 시디과 수상 작품 전시회' 안내가 붙은 전시실로 들어간다.

디제이 NA *반복되는 우연과 선택의 총합 속에서*

　　　　　오늘도 우리는 인연을 만들어가는 게 아닐까요?

1c. 전시관 / 낮

어두운 전시실에 재생되고 있는 애니메이션 작품.

독특한 색채와 질감의 캐릭터들이 감성적인 모션과 스토리로 움직인다.

작품 아래에 '뱅시 국제애니메이션페스티벌 학생졸업작품 부문 심사위원 특별

상 수상작 Bannecy International Animated Film Festival Graduation films

Jury Distinction 作'

수상 마크 박혀 있고.

그 앞에 가만히 서서, 진지하게 감상하는 상우.

S#1. 오프닝 시퀀스

1a. 한강 / 낮 (교차)

평화로운 한강 공원을 여유롭게 가로지르는 **재영**(26,남)의 보드.

재영의 우월한 피지컬과 화려한 옷차림(반짝이는 피어싱),

보드를 제어하는 스무스한 동작이 지나가는 사람들의 이목을 끈다.

환한 표정의 재영, 보드에 몸을 맡기고 시원하게 내리막길 내려가고.

디제이 NA *인연의 시작은 우연일까요? 선택일까요?*

> **감독님 디렉션:**
> 카메라 Fix
> 직선 Moving
> 딱딱한 느낌쓰

1b. 캠퍼스 / 낮 (교차)

교정 위로 교내 방송이 울려 퍼지는 가운데,

학기 말, 한적한 캠퍼스를 무표정하게 걷는 **상우**(23,남).

칙칙한 올블랙에 깊게 눌러쓴 캡모자. 걸음걸이마저도 무심하고.

이내 '한국대 시디과 수상 작품 전시회' 안내가 붙은 전시실로 들어간다.

디제이 NA *반복되는 우연과 선택의 총합 속에서*

   오늘도 우리는 인연을 만들어가는 게 아닐까요?

1c. 전시관 / 낮

어두운 전시실에 재생되고 있는 애니메이션 작품.

독특한 색채와 질감의 캐릭터들이 감성적인 모션과 스토리로 움직인다.

작품 아래에 '뱅시 국제애니메이션페스티벌 학생졸업작품 부문 심사위원 특별

상 수상작 Bannecy International Animated Film Festival Graduation films

Jury Distinction 作'

수상 마크 박혀 있고.

그 앞에 가만히 서서, 진지하게 감상하는 상우.

표정은 무심해 보이지만, 눈동자는 그림을 꼼꼼하게 살피느라 바쁜데.

재영   (E) 작품 좋죠? 천재야, 천재~   *와 진짜*   와 진짜 천재라니까?

감상을 방해하며 끼어드는 목소리. 상우, 거슬려 옆 보면.
요란한 차림으로 건들건들하게 선 재영, 상우를 보며 히죽- 웃고 있다.
미세하게 구겨지는 상우의 미간.

디제이 NA   물론 그 인연이 좋은 인연일지, 나쁜 인연일진 아무도 모르지만요.

차갑게 시선 거둔 상우, 핸드폰 들어 사진 찍은 후, 휑-하니 떠나면.   *사진찍으라고 포즈*

재영   뭐야, 나 개무시당한 거?

재영, 황당한 웃음 터뜨리며, 사라지는 상우를 눈으로 좇는데….

디제이 NA   한 학기의 끝과 시작을 앞둔 요즘, 여러분은 어떤 인연을 만나셨나요?

그런 재영의 시야를 가리며 들이닥치는 후배들.
"올~ 재영이형!" "수상 간지 쩌는데?" 재영을 둘러싸고 금세 시끌벅적해진다.
재영, 웃다가도, 어쩐지 신경 쓰여 상우의 뒷모습 한 번 더 보는 모습에서.

디제이 NA   그리고 어떤 인연을 만들어갈 예정인가요?

이내 한 프레임에 담기는 두 사람의 모습 위로,
화면 에러 걸린 듯 지지직-거리는 소리와 함께 오류 표시 뜨며!

표정은 무심해 보이지만, 눈동자는 그림을 꼼꼼하게 살피느라 바쁜데.

재영   (E) 작품 좋죠? 천재야, 천재~

감상을 방해하며 끼어드는 목소리. 상우, 거슬려 옆 보면.
요란한 차림으로 건들건들하게 선 재영, 상우를 보며 히죽- 웃고 있다.
미세하게 구겨지는 상우의 미간.

디제이 NA 물론 그 인연이 좋은 인연일지, 나쁜 인연일진 아무도 모르지만요.

차갑게 시선 거둔 상우, 핸드폰 들어 사진 찍은 후, 휑-하니 떠나면.

재영   뭐야, 나 개무시당한 거?

재영, 황당한 웃음 터뜨리며, 사라지는 상우를 눈으로 좇는데….

디제이 NA 한 학기의 끝과 시작을 앞둔 요즘, 여러분은 어떤 인연을 만나셨나요?

그런 재영의 시야를 가리며 들이닥치는 후배들.
"올~ 재영이형!" "수상 간지 쩌는데?" 재영을 둘러싸고 금세 시끌벅적해진다.
재영, 웃다가도, 어쩐지 신경 쓰여 상우의 뒷모습 한 번 더 보는 모습에서.

디제이 NA 그리고 어떤 인연을 만들어갈 예정인가요?

이내 한 프레임에 담기는 두 사람의 모습 위로,
화면 에러 걸린 듯 지지직-거리는 소리와 함께 오류 표시 뜨며!

Title in / 시맨틱 에러

S#2.   미대, 실기실 앞 복도 / 낮

형탁(22,남), 다급하게 복도를 뛰어간다. 실기실로 향하는.

S#3.   미대, 실기실 / 낮

형탁, 실기실 문 거칠게 열면.

재영, 얼굴에 생크림 묻힌 채, 장난스럽게 포즈 취하고 있다.

주위에는 인간 화환으로 변신한 후배들, 깔깔대며 플래시 터뜨리고 있는.

[화환 문구: '(축) 얼굴천재 그림천재 장재영 졸업!'

'(하) 킬아츠 놈들아 긴장해라!'

벽에는 '킬아츠 HELLO' '장재영 꽃길 예약' 등이 붙여져 있다.]

형탁   (재영 무리로 가며) 형, 왜 연락을 안 받아!!

재영   (여유롭게 손짓하며) 어, 고형탁! 너도 드루와~ 같이 찍자!

형탁   (다가가) 하~ 지금 한가하게 사진이나 찍을 때가 아니라니까!?

재영의 눈앞에 핸드폰을 척 내미는 형탁.

"뭔데 그래?" 유나(26,여), 궁금해 재영과 함께 핸드폰 들여다보면

INS〉한국대 에브리타임 베스트 게시물: [인성발표 사이다썰 직관후기룜.jpg]

조장 : 추상우

발표자 : 추상우

PART1 자료 조사 : 추상우

PART2 자료 조사 : 추상우

자료 취합 : 추상우

발표 자료 제작 : 추상우

참여한 조원 명단 : 추상우

감독님
디렉션:

여기선
보노보노 화면
노출 X

Title in / 시맨틱 에러

S#2.　　미대, 실기실 앞 복도 / 낮

형탁(22,남), 다급하게 복도를 뛰어간다. 실기실로 향하는.

S#3.　　미대, 실기실 / 낮

형탁, 실기실 문 거칠게 열면.

재영, 얼굴에 생크림 묻힌 채, 장난스럽게 포즈 취하고 있다.

주위에는 인간 화환으로 변신한 후배들, 깔깔대며 플래시 터뜨리고 있는.

[화환 문구: '(축) 얼굴천재 그림천재 장재영 졸업!'

'(하) 킬아츠 놈들아 긴장해라!'

벽에는 '킬아츠 HELLO' '장재영 꽃길 예약' 등이 붙여져 있다.]

형탁	(재영 무리로 가며) 형, 왜 연락을 안 받아!!
재영	(여유롭게 손짓하며) 어, 고형탁! 너도 드루와- 같이 찍자!
형탁	(다가가) 하- 지금 한가하게 사진이나 찍을 때가 아니라니까!?

재영의 눈앞에 핸드폰을 척 내미는 형탁.

"뭔데 그래?" 유나(26,여), 궁금해 재영과 함께 핸드폰 들여다보면

INS〉 한국대 에브리타임 베스트 게시물: [인성발표 사이다썰 직관후기品.jpg]

조장 : 추상우

발표자 : 추상우

PART1 자료 조사 : 추상우

PART2 자료 조사 : 추상우

자료 취합 : 추상우

발표 자료 제작 : 추상우

참여한 조원 명단 : 추상우

장재영 대본

뭔데

재영   (영문 몰라 웃으며) 이게 뭐? 디자인 구리다고??

형탁   (갑갑) 아 쫌! 잘 봐 봐. 이거 형 얘기라고.

내 얘기?   재영   !! (뒤늦게 깨닫고 제목 '인성발표' 다시 보는) 인성? 필수교양 인성?

형탁   (고개 끄덕) 무임승차들 다 F라는데.

       형, 그럼 졸업 못 하는 거 아냐?

재영   미친… 줘 봐.

재영, 탄식하며, 게시물 스크롤 쭉- 내려 텍스트 읽는 모습에서.

익명 NA   어제 인성발표 사이다썰 직관후기 푼다.

S#4.   교양관, 세미나실 / 낮 (회상 몽타주)

보노보노 배경의 크레딧, 강의실 중앙 화면에 크게 떠 있고.
그 앞으로 뚜벅뚜벅 걸어 나와 인사하는 상우.(체크남방에 검은 볼캡)

상우   이상 발표자 추상우였습니다. (꾸벅)

박수 소리보다, "헐-" "대박-" 놀란 학생들의 수군거림이 더 크다.
상우, 아랑곳하지 않고, 노트북 정리하는 모습에서.

익명 NA   우선 전설로만 존재하던 X같은 보노보노를 실사로 본 게 1차 충격,
        무임승차 조원들 이름 싹 다 빼 버린 게 2차 충격이었음. 게다가….

수업 끝난 후. 강단에서 인성교수와 대화 중인 상우.
교수님 출석부 뒤지며 심각한 표정으로 무언가 상우에게 묻고

익명 NA   교수님이 조원들 참여 안 한 거 확실하냐고 물어보는데….

재영	(영문 몰라 웃으며) 이게 뭐? 디자인 구리다고??
형탁	(갑갑) 아 쫌! 잘 봐 봐. 이거 형 얘기라고.
재영	!! (뒤늦게 깨닫고 제목 '인성발표' 다시 보는) 인성? 필수교양 인성?
형탁	(고개 끄덕) 무임승차들 다 F라는데.
	형, 그럼 졸업 못 하는 거 아냐?
재영	미친… 줘 봐.

재영, 탄식하며, 게시물 스크롤 쭉- 내려 텍스트 읽는 모습에서.

익명 NA   어제 인성발표 사이다썰 직관후기 푼다.

S#4.   교양관, 세미나실 / 낮 (회상 몽타주)

보노보노 배경의 크레딧, 강의실 중앙 화면에 크게 떠 있고.
그 앞으로 뚜벅뚜벅 걸어 나와 인사하는 상우.(체크남방에 검은 볼캡)

상우   이상 발표자 추상우였습니다. (꾸벅)

*발뜨하는 모습
쉬지 않고 말하기
애드리브

감독님 디렉션:
노련해 보이는 상우, fake
유창하게 발표하는 모습.
풀샷에서 PPT
등장 -> 반전!

박수 소리보다, "헐-" "대박-" 놀란 학생들의 수군거림이 더 크다.
상우, 아랑곳하지 않고, 노트북 정리하는 모습에서.

익명 NA   우선 전설로만 존재하던 X같은 보노보노를 실사로 본 게 1차 충격,
                무임승차 조원들 이름 싹 다 빼 버린 게 2차 충격이었음. 게다가…

수업 끝난 후. 강단에서 인성교수와 대화 중인 상우.
교수님 출석부 뒤지며 심각한 표정으로 무언가 상우에게 묻고

익명 NA   교수님이 조원들 참여 안 한 거 확실하냐고 물어보는데…

상우   한 명은 향수병이 났다고 하고, 한 명은 이모할머니가 돌아가셨다고….

익명 NA   *다들 양심 뒤진거지ㅋ 그리고 이어지는 발표자 말이 개사이다였음.*

상우   졸업 예정자라고 과제 참여 안 하고, 대리 출석까지 봐주면,

　　　　성실하게 수업 참석한 다른 학생들에게 공정하지 못한 거 아닌가요?

교수님 앞에서도 거리낌 없이, 할 말 다 하는 상우의 단호한 모습에서.

익명 NA   *크- 정의 구현 제대로다. 인정?*

S#5.   미대, 실기실 / 낮 (이어서)

딱딱하게 굳은 재영의 얼굴로 **디졸브**되고.

> 감독님
> 디렉션 :
>
> 재영,
> 망연자실!
> 털썩 앉는다?

익명 NA   *여튼 그 조원들 다 망한 듯ㅋㅋ*

그 순간 재영의 뒤로 [킬아츠] [O] 플래카드가 바닥으로 툭- 떨어지는
[H E L L]
재영, 불안한 낯빛으로 허망하게 앉아 있는데….

S#6.   공학관, 강의실 앞 복도 / 낮

후드 끈 바짝 조여 얼굴 가리고, 수상한 포즈로 강의실 앞을 서성이는 재영.
창문 너머에는 '알고리즘 기말고사' 판서와 시험 중인 학생들 보인다.
안심하고, 대기하며 유나와 통화하는 재영.

재영   (이어폰에 대고) 어- 도착.

　　　　(듣고) 어쩌긴. 잘 달래서 교수님 앞에 데려가야지.

재영, 통화하며 '조장'에게 보낸 문자들 확인하는데.

| 상우 | 한 명은 향수병이 났다고 하고, 한 명은 이모할머니가 돌아가셨다고⋯. |

익명 NA 다들 양심 뒤진거지ㅋ 그리고 이어지는 발표자 말이 개사이다였음.

| 상우 | 졸업 예정자라고 과제 참여 안 하고, 대리 출석까지 봐주면, |
| | 성실하게 수업 참석한 다른 학생들에게 공정하지 못한 거 아닌가요? |

교수님 앞에서도 거리낌 없이, 할 말 다 하는 상우의 단호한 모습에서.

익명 NA 크- 정의 구현 제대로다. (인정?) *상우

감독님
디렉션 :

카메라
응시하며
"인정?"

S#5.   미대, 실기실 / 낮 (이어서)

딱딱하게 굳은 재영의 얼굴로 **디졸브**되고.

익명 NA 여튼 그 조원들 다 망한 듯ㅋㅋ

그 순간 재영의 뒤로 [킬아츠] [O] 플래카드가 바닥으로 툭- 떨어지는
[HELL]
재영, 불안한 낯빛으로 허망하게 앉아 있는데⋯.

S#6.   공학관, 강의실 앞 복도 / 낮

후드 끈 바짝 조여 얼굴 가리고, 수상한 포즈로 강의실 앞을 서성이는 재영.
창문 너머에는 '알고리즘 기말고사' 판서와 시험 중인 학생들 보인다.
안심하고, 대기하며 유나와 통화하는 재영.

| 재영 | (이어폰에 대고) 어- 도착. |
| | (듣고) 어쩌긴. 잘 달래서 교수님 앞에 데려가야지. |

재영, 통화하며 '조장'에게 보낸 문자들 확인하는데.

장재영 대본

[저기후배님?]

[후배님미안해요 연락좀받아주세요ㅠㅠㅠ]

[나졸업이걸린문제라ㅠㅠㅠㅠ 통화가능해요?]

[공모전때문에바빠서 참석못한건미안 만나서얘기좀해요우리]

(안 읽음 표시1)

재영   (안 읽음 표시 보고 중얼) 거참, 비싸게 구네… 진짜

그때, 체크무늬 셔츠에 볼캡을 쓴 공대생1이 강의실에서 나오자,

재영, "야 끊는다" 재빨리 통화 끊고, 공대생1의 앞을 척 막아선다.

*놀래키듯

재영   (대뜸) 상우야, 형이랑 얘기 좀 하자.

공대생1   (당황해서) 네?

재영   추상우, 아니에요?

감독님
디렉션:

공대생들
드레스 코드,
체크 셔츠

시험 끝났는지 뒤이어 우르르 나오는 학생들.

그중, 동건(23,남)과 친구들, 재영 알아보고 다가와 너스레를 떤다.

동건   아 이 형 또 왔네~

       형, 걘 진작 1빠로 시험지 내고 갔어요!

무ㄴ   재영   벌써? 나 20분 전에 왔는데??

S#7.   카페테리아 / 낮

카페로 들어서는 상우. 시험이 끝난 후련한 표정이고.

핸드폰 꺼내, 시간 단위로 촘촘하게 짜인 상세 체크리스트 사이에서,

'게임 맵디자인 회의 – 한수영선배 2:00'에 체크하려는데, 핸드폰 울린다.

전화 발신자는 '무임승차3'.

[저기후배님?]

[후배님미안해요 연락좀받아주세요ㅠㅠㅠ]

[나졸업이걸린문제라ㅠㅠㅠㅠ 통화가능해요?]

[공모전때문에바빠서 참석못한건미안 만나서얘기좀해요우리]

(안 읽음 표시1)

재영　　(안 읽음 표시 보고 중얼) 거참, 비싸게 구네….

그때, 체크무늬 셔츠에 볼캡을 쓴 공대생1이 강의실에서 나오자,

재영, "야 끊는다" 재빨리 통화 끊고, 공대생1의 앞을 척 막아선다.

재영　　(대뜸) 상우야, 형이랑 얘기 좀 하자.

공대생1　　(당황해서) 네?

재영　　추상우, 아니에요?

시험 끝났는지 뒤이어 우르르 나오는 학생들.

그중, **동건**(23,남)과 친구들, 재영 알아보고 다가와 너스레를 떤다.

동건　　아 이 형 또 왔네~

　　　　형, 걘 진작 1빠로 시험지 내고 갔어요!

재영　　벌써? 나 20분 전에 왔는데??

S#7.　카페테리아 / 낮

카페로 들어서는 상우. 시험이 끝난 후련한 표정이고.

핸드폰 꺼내, 시간 단위로 촘촘하게 짜인 상세 체크리스트 사이에서,

'게임 맵디자인 회의 - 한수영선배 2:00'에 체크하려는데, 핸드폰 울린다.

전화 발신자는 '무임승차3'.

상우　(혼잣말 중얼) 진짜 끈질기네….

상우, 받지 않고 바로 핸드폰 전원 끄고.
"후배님!" 하고 부르는 소리 들려, 고개 들어 보면.
수영(27,여) 자리 잡고 테이블에 앉아 있다. 상우, 다가가 앉는.

상우　(맞은편에 앉으며) 빨리 오셨네요.
　　　저희 맵 디자인 들어갈 차례죠? (수영 보면)
수영　아, 그게….

망설임에 입을 달싹이던 수영, 두 손을 딱 맞잡고 사죄의 포즈 해 보인다.

수영　후배님, 미안…!!
　　　나 갑자기 취업 돼서 플젝 못할 거 같애… 진짜 미안.
상우　(갑자기 청천벽력)
수영　나도 이렇게 될 줄은 몰랐어. 당장 내일부터 워크샵 오라고 해서….
상우　…좀 갑작스럽네요. 구상 다 끝났는데.
수영　(재빨리 덧붙이는) 대신 내가 실력 있는 후임 소개시켜 주고 갈게!!
　　　후배들 포폴이랑… 맞다, 전시회 봤다며. 맘에 드는 거 있었어?

INS〉순간 #1c, 전시실에서 본 재영의 애니메이션 작품 떠오르는.
상우, 핸드폰에서 사진 찾아 수영에게 내민다.

상우　이분, 시간 될까요?
수영　(사진 보고) 어? 장재영?
　　　(하필) 아… 얘는 곧 미국으로 유학 가서 힘들 거 같은데….
상우　(아쉽지만, 납득하고) 어쩔 수 없죠.

상우   (혼잣말 중얼) 진짜 끈질기네….

상우, 받지 않고 바로 핸드폰 전원 끄고.

"후배님!" 하고 부르는 소리 들려, 고개 들어 보면.

수영(27,여) 자리 잡고 테이블에 앉아 있다. 상우, 다가가 앉는.

상우   (맞은편에 앉으며) 빨리 오셨네요.

            저희 맵 디자인 들어갈 차례죠? (수영 보면)

수영   아, 그게….

맞

망설임에 입을 달싹이던 수영, 두 손을 딱 맞잡고 사죄의 포즈 해 보인다.

수영   후배님, 미안…!!

            나 갑자기 취업 돼서 플젝 못할 거 같애… 진짜 미안.

상우   (갑자기 청천벽력)

수영   나도 이렇게 될 줄은 몰랐어. 당장 내일부터 워크샵 오라고 해서….

아하… 상우   …좀 갑작스럽네요. 구상 다 끝났는데.

수영   (재빨리 덧붙이는) 대신 내가 실력 있는 후임 소개시켜 주고 갈게!!

            후배들 포폴이랑… 맞다, 전시회 봤다며. 맘에 드는 거 있었어?

INS〉순간 #1c, 전시실에서 본 재영의 애니메이션 작품 떠오르는.

상우, 핸드폰에서 사진 찾아 수영에게 내민다.

그럼
즉시 상우   이분, 시간 될까요?

수영   (사진 보고) 어? 장재영?

            (하필) 아… 애는 곧 미국으로 유학 가서 힘들 거 같은데….

상우   (아쉽지만, 납득하고) 어쩔 수 없죠.

그럼

(노트북 접으며) 그동안 수고하셨어요.

수영 응, 후배님두… (하다가) 잠깐, 이렇게 그냥 끝?

상우 (멈추고, 갸웃) 정리할 게 더 남았나요?

수영 그건 아닌데 미안해서 그르지… 내가 오늘 밥 살게!

상우 (바로) 괜찮아요.

미련 없이 가방 메고 꾸벅 인사하는 상우 때문에

머쓱해진 수영, 고개 작게 저으며 탄식 같은 혼잣말을 내뱉는다.

수영 역시 우리 추상우 후배님, 쿨하다 못해 시리다, 시려….

> 감독님
> 디렉션:
> 건희·동건,
> 추상우 신상 읊을까?
> 재영: 상상 속 동물이야?

S#8. 공학관, 강의실 앞 복도 / 낮

〈추상우를 찾습니다〉 전단지 이마에 붙이고,

공대 게시판 앞에 가부좌를 틀고 앉은 재영.

어느새 친해진 공대생들과 나란히 빵 먹으며 대화한다.

건희 추상우랑 얘기해 본 거 졸라 전생 같지 않냐? 목소리도 기억 안 나.

동건 (재영에게) 형, 걍 포기하세요. 개랑 얽히면 답 없어요.

야,   **재영** (픽 웃으며) 그렇게 얘기하니까 더 지독하게 얽히고 싶은데? ~~다~~

동건 (헐-) 형도 진짜 성실한 또라이네요.   *총쏘기

건희 인정.

영양가 없는 공대생들의 대화, 한 귀로 흘려들으며

막막함에 앞머리를 쓸어 올리는 재영.

                    지금
재영 하, 술래잡기하자는 건가?

이러면 슬슬 승부욕 도는데….

        *후 불어 앞머리 날리기

026

(노트북 접으며) 그동안 수고하셨어요.

수영　응, 후배님두… (하다가) 잠깐, 이렇게 그냥 끝?

뭐　**상우**　(멈추고, 갸웃) 정리할 게 더 남았나요?

수영　그건 아닌데 미안해서 그러지… 내가 오늘 밥 살게!

상우　(바로) 괜찮아요.

> 감독님
> 디렉션 :
>
> 기분 나빠서 가는 거 X
> 할 일 다 해서 가는 거!
> 더 이상의 대화는
> 효율적 X

미련 없이 가방 메고 꾸벅 인사하는 상우 때문에

머쓱해진 수영, 고개 작게 저으며 탄식 같은 혼잣말을 내뱉는다.

수영　역시 우리 추상우 후배님, 쿨하다 못해 시리다, 시려….

S#8.　공학관, 강의실 앞 복도 / 낮

〈추상우를 찾습니다〉 전단지 이마에 붙이고,

공대 게시판 앞에 가부좌를 틀고 앉은 재영.

어느새 친해진 공대생들과 나란히 빵 먹으며 대화한다.

건희　추상우랑 얘기해 본 거 졸라 전생 같지 않냐? 목소리도 기억 안 나.

동건　(재영에게) 형, 걍 포기하세요. 걔랑 얽히면 답 없어요.

재영　(픽 웃으며) 그렇게 얘기하니까 더 지독하게 얽히고 싶은데?

동건　(헐-) 형도 진짜 성실한 또라이네요.

건희　인정.

영양가 없는 공대생들의 대화, 한 귀로 흘려들으며,

막막함에 앞머리를 쓸어 올리는 재영.

재영　하, 술래잡기하자는 건가?

　　　　이러면 슬슬 승부욕 도는데….

재영의 눈빛, 오기로 형형하게 빛나면.
그 위로 경고음처럼 울리는 게임 멘트, "DANGER! DANGER!"

S#9. 도서관, 서가 / 낮

한산한 서가 앞 창가 자리. 현란한 컨트롤로 러닝 게임 분석하고 있는 상우.
잘 달리던 캐릭터가 장애물에 박자 "DANGER!" 하고 경고음 울린다.
상우, '인터페이스가 조잡함' '5-1단계 버그 발생' '효과음 좋음' 등
게임 조작하며 꼼꼼하게 리뷰 내용 적어 내려가는데.

형탁   (E) 너 추상우라고 알아?

상우, 갑자기 들려오는 자신의 이름에 고개 들어 서가를 본다.
책장에 기대서 작게 대화 중인 형탁과 형탁 여사친.

여사친   아- 그 얘기 들었어. 재영 오빠 개 땜에 졸업 못 하게 생겼다며.
형탁   말도 마. 형 요즘 눈 돌아서 개 찾으면 가만 안 둔다고 아주 난리다.

작게 움찔하는 상우, 노트 윗면에 적힌 '추상우' 부분을 쓱 돌려 가리고.

형탁   뭐 아는 거 없어? 추상우 개 공대에서 유명하다며?

책장 사이로 사라지는 두 사람을 가만히 본다.

S#10. 산책로, 자판기 앞 / 낮

한적한 산책로 외진 곳에 놓인 자판기. 대부분 매진인 가운데.
상우, 동전 넣어 '블랙홀릭' 캔 커피를 뽑아 마신다.

재영의 눈빛, 오기로 형형하게 빛나면.

그 위로 경고음처럼 울리는 게임 멘트, "DANGER! DANGER!"

S#9.　도서관, 서가 / 낮

한산한 서가 앞 창가 자리. 현란한 컨트롤로 러닝 게임 분석하고 있는 상우.

잘 달리던 캐릭터가 장애물에 박자 "DANGER!" 하고 경고음 울린다.

상우, '인터페이스가 조잡함' '5-1단계 버그 발생' '효과음 좋음' 등

게임 조작하며 꼼꼼하게 리뷰 내용 적어 내려가는데.

형탁	(E) 너 추상우라고 알아?

상우, 갑자기 들려오는 자신의 이름에 고개 들어 서가를 본다.

책장에 기대서 작게 대화 중인 형탁과 형탁 여사친.

여사친	아- 그 얘기 들었어. 재영 오빠 개 땜에 졸업 못 하게 생겼다며.
형탁	말도 마. 형 요즘 눈 돌아서 개 찾으면 가만 안 둔다고 아주 난리다.

작게 움찔하는 상우, 노트 윗면에 적힌 '추상우' 부분을 쓱 돌려 가리고.

형탁	뭐 아는 거 없어? 추상우 개 공대에서 유명하다며?

책장 사이로 사라지는 두 사람을 가만히 본다.

> 감독님
> 디렉션 :
>
> 표정은
> 아무렇지 않게

S#10.　산책로, 자판기 앞 / 낮

한적한 산책로 외진 곳에 놓인 자판기. 대부분 매진인 가운데.

상우, 동전 넣어 '블랙홀릭' 캔 커피를 뽑아 마신다.

상우   (뚱해서) 가만 안 두면 어쩔 건데?

그때, 불쑥 고개 내밀며 밝게 인사해오는 **지혜**(21,여).

지혜   오늘도 이거 드시네요?

상우   (누군지 몰라보면)

지혜   (살갑게) 저 지혜요, 컴공 류지혜!

        전에 여기서 동전도 빌렸었는데, 기억 안 나세요?

상우   (기억난 듯) 아- 800원.

지혜   윽- 사람한테 800원이라니….

        (씩씩하게) 뭐 괜찮아요. 앞으로 더 친해지면 되니까!

        (웃고, 지폐 건네는) 여기요!

상우   (받고, 곤란한 표정) 지금 거스름돈 없는데… 나중에 줄게요.

지혜   (손 내저으며) 에~이, 괜찮아요.

상우   나중에 꼭 줄게요.

상우, 빈틈없이 꾸벅 인사하고 가면,
지혜, 아쉬운 눈길로 보다가… 자판기 옆에 붙어 있는 전단지를 발견한다.

지혜   어? (전단지 떼며) 이거 오빠 아니에요?

뒤돌아보는 상우의 얼굴 옆으로 전단지 대고 비교해 보는 지혜.
상우, 뭔가 싶어 보면. 상우와 똑 닮은 만화풍의 몽타주가 그려져 있다.
〈WANTED: 포상금 협의 가능, 010-xxxx-xxxx〉

지혜   오빠랑 좀 닮은 거 같아요! 모자도 완전 똑같다!

상우　　　(뚱해서) 가만 안 두면 어쩔 건데?

그때, 불쑥 고개 내밀며 밝게 인사해오는 **지혜**(21,여).

지혜　　오늘도 이거 드시네요?

상우　　(누군지 몰라보면)

지혜　　(살갑게) 저 지혜요, 컴공 류지혜!

　　　　　전에 여기서 동전도 빌렸었는데, 기억 안 나세요?

상우　　(기억난 듯) 아- 800원.

지혜　　윽- 사람한테 800원이라니….

　　　　　(씩씩하게) 뭐 괜찮아요. 앞으로 더 친해지면 되니까!

　　　　　(웃고, 지폐 건네는) 여기요!

상우　　(받고, 곤란한 표정) 지금 거스름돈 없는데‥ 나중에 줄게요.

지혜　　(손 내저으며) 에~이, 괜찮아요.

상우　　나중에 꼭 줄게요.

그럼　　드릴

상우, 빈틈없이 꾸벅 인사하고 가면,

지혜, 아쉬운 눈길로 보다가… 자판기 옆에 붙어 있는 전단지를 발견한다.

지혜　　어? (전단지 떼며) 이거 오빠 아니에요?

뒤돌아보는 상우의 얼굴 옆으로 전단지 대고 비교해 보는 지혜.

상우, 뭔가 싶어 보면. 상우와 똑 닮은 만화풍의 몽타주가 그려져 있다.

〈WANTED: 포상금 협의 가능, 010-xxxx-xxxx〉

지혜　　오빠랑 좀 닮은 거 같아요! 모자도 완전 똑같다!

지혜에게서 전단지 건네받고, 어이없게 보는 상우.
때마침 '무임승차3'에게서 메시지 연달아 날아온다.
먼저 원티드 몽타주 이미지 파일 도착하고, 이어서.

재영　　(E) [추상우/23/컴공3학년/군휴학후9월학기복학/동아리없음/과활
　　　　동없음]
　　　　[상우야자퇴할거아니면좋은말로할때보자]
　　　　[차단해도소용없어]

상우　　뒷조사에 협박까지?

상우, 기막혀하며 '무임승차3'의 번호 바로 차단하는 모습 위로.

와,

재영　　(E) 차단 박았나 보네.

S#11.　빌라 앞, 오르막길 / 낮

부동산 중개인 뒤를 쫓아 오르막길을 올라가는 재영과 유나.
핸드폰 보며 아쉬워하는 재영을, 유나, 한심하게 본다.

감독님
디렉션:

재영, 문자 확인 전엔
여유롭게 화내지 않기

유나　　그럼 좋다고 연락받겠냐? 나 같아도 웬 미친놈인가 싶어서 숨는다.

야,

재영　　(옷 펄럭이다가 열 뻗쳐) 아씨, 더워. 야 진짜 여기가 막집이다? 어?　나

재영　　(핸드폰 끄고) 길바닥에서 자면 잤지, 화장실만 한 데선 절대 못 자. 안 돼.

유나　　아오- 지금 집 크기가 문제야? 가구는 어쩔 건데.

재영　　(다 귀찮다는 듯) 어차피 6개월인데 뭐~　짜린

유나　　하여튼, 설레발치면서 세입자한테 가구 꽁으로 넘길 때부터 알아봤어.

재영　　(피식 웃고 어깨동무하며) 최유나. 혹시 길바닥에서 나 얼어 죽으면,
　　　　추상우도 꼭 같이 묻어 줘라. 저승길에라도 좀 보게.

지혜에게서 전단지 건네받고, 어이없게 보는 상우.
때마침 '무임승차3'에게서 메시지 연달아 날아온다.
먼저 원티드 몽타주 이미지 파일 도착하고, 이어서.

재영　　(E) [추상우/23/컴공3학년/군휴학후9월학기복학/동아리없음/과활
　　　　동없음]
　　　　[상우야자퇴할거아니면좋은말로할때보자]
　　　　[차단해도소용없어]

상우　　뒷조사에 협박까지?

상우, 기막혀하며 '무임승차3'의 번호 바로 차단하는 모습 위로.

재영　　(E) 차단 박았나 보네.

S#11.　빌라 앞, 오르막길 / 낮

부동산 중개인 뒤를 쫓아 오르막길을 올라가는 재영과 유나.
핸드폰 보며 아쉬워하는 재영을, 유나, 한심하게 본다.

유나　　그럼 좋다고 연락받겠냐? 나 같아도 웬 미친놈인가 싶어서 숨는다.
　　　　(옷 펄럭이다가 열 뻗쳐) 아씨, 더워. 야 진짜 여기가 막집이다? 어?
재영　　(핸드폰 끄고) 길바닥에서 자면 잤지, 화장실만 한 데선 절대 못 자.
유나　　아오- 지금 집 크기가 문제야? 가구는 어쩔 건데.
재영　　(다 귀찮다는 듯) 어차피 6개월인데 뭐~
유나　　하여튼, 설레발치면서 세입자한테 가구 꽁으로 넘길 때부터 알아봤어.
재영　　(피식 웃고 어깨동무하며) 최유나. 혹시 길바닥에서 나 얼어 죽으면,
　　　　추상우도 꼭- 같이 묻어 줘라. 저승길에라도 좀 보게.

유나   (손 치우며) 으 그놈의 상우, 지겨워.

마침 빌라 앞에 도착한 중개인, "학생들 여기요." 하고 안내하면
따라 들어가려던 유나, 재영이 핸드폰 보며 서 있자, "뭐해?" 하고 묻는데.

재영   (문자 그대로 읽는) 장재영 학생의 졸업이 취소되었음을 알립니다.

핸드폰 들어 유나에게 알림 문자 보여주는 재영.

재영   (눈깔 휙 돌아서) 지겹게 볼 기회 생겼네. 감사하게도. (억지웃음)

S#12.   술집, 테이블 / 밤

왁자지껄한 대학가 술집. 재영, 빡친 속 식히려는 듯 벌컥벌컥 맥주 들이켜면.
유나와 형탁, 강냉이 집어 먹으며, 살벌한 분위기의 재영을 구경한다.

형탁   (소곤) 저러다 혹 가겠는데?
유나   (심드렁한) 냅둬. 순장이 꿈이래. (하는데)
수영   (E) 늦어서 미안!!

뒤늦게 술자리에 합류하는 수영. 직장에서 막 온 정장 차림이다.

유나   우리 수영이, 취뽀했다고 좋아했더니, 회사 많이 힘든가부네….
수영   (바로 술 따르며) 야, 니들은 졸업하지 마. 최대한 학교에 붙어 있어.
          (하다가 재영 보고 아차-해서) 맞다, 재영이 졸업 밀렸다며… 쏘리~
재영   …지금 이거 먹이는 거지?

에이 씨

다들 푸하하 웃음 터지고.

유나   (손 치우며) 으 그놈의 상우, 지겨워.

마침 빌라 앞에 도착한 중개인, "학생들 여기요" 하고 안내하면
따라 들어가려던 유나, 재영이 핸드폰 보며 서 있자, "뭐해?" 하고 묻는데.

재영   (문자 그대로 읽는) 장재영 학생의 졸업이 취소되었음을 알립니다.

핸드폰 들어 유나에게 알림 문자 보여주는 재영.

재영   (눈깔 휙 돌아서) 지겹게 볼 기회 생겼네. 감사하게도. (억지웃음)

S#12.   술집, 테이블 / 밤

왁자지껄한 대학가 술집. 재영, 빡친 속 식히려는 듯 벌컥벌컥 맥주 들이켜면.
유나와 형탁, 강냉이 집어 먹으며, 살벌한 분위기의 재영을 구경한다.

형탁   (소곤) 저러다 혹 가겠는데?
유나   (심드렁한) 냅둬. 순장이 꿈이래. (하는데)
수영   (E) 늦어서 미안!!

뒤늦게 술자리에 합류하는 수영. 직장에서 막 온 정장 차림이다.

유나   우리 수영이, 취뽀했다고 좋아했더니, 회사 많이 힘든가부네….
수영   (바로 술 따르며) 야, 니들은 졸업하지 마. 최대한 학교에 붙어 있어.
         (하다가 재영 보고 아차-해서) 맞다, 재영이 졸업 밀렸다며… 쏘리~
재영   …지금 이거 먹이는 거지?

다들 푸하하 웃음 터지고.

형탁	(위로랍시고) 형 어차피 이렇게 된 거, 반 학기 쉬엄쉬엄 논다 생각해.
수영	(해맑게) 맞아~ 네 실력에 유학이야 뭐, 원하면
	언제든 갈 수 있는 거고! 놀 수 있을 때 빡세게 놀면 좋지~~
	(눈 반짝) 이참에 내가 하던 플젝도 토스해 가면 딱이겠다. 그치?
재영	(시큰둥해선) 안 사요-

— 잠깐,

수영	야아~ 개발자 애가 네 그림 콕! 집어서 맘에 들어 했단 말야~
재영	보는 눈은 있네. (거만하게 웃다가 솔깃) 개발자면 컴공?
유나	(질린다는 듯 작게 중얼) 또 또 시작이다….
수영	응. 애가 좀 무뚝뚝해도 야무지고 똘똘해! 컴공 내리 과탑이라던데?
재영	(가볍게) 이름이 뭔데?
수영	(해맑게 안주 집어 먹으며) 추상우.
유나,형탁	(놀라) 추상우??!!!

감독님
디렉션 :

재영,
괴랄하게
웃는다(?)

유나와 형탁, 당황해서 재영 보면.
재영, 와-하하! 황당한 웃음 터뜨리다가, 돌연 재밌는 생각이 났는지
쉿- 유나와 형탁 입막음하고, 수영을 바라보며 씩 웃는다.

추상우!　　　　돼

재영	좋아. 어디서 만나면 되는데?

S#13.　도서관, 회의실 / 낮

회의에 앞서, 노트북, 문서 파일, 펜, 핸드폰 등 소지품 정갈하게
착착 정돈 마치고, 〈액션 러닝 게임-야채맨〉 기획안 펼쳐 놓는 상우.
허리 곧게 펴고 앉아, 수영이 보낸 문자를 다시 한번 확인한다.

수영	(E) [후배님이 그때 말한 친구~]
	[시간 된다고 해서 약속 장소랑 시간 알려 줬어ㅎㅎ 미팅 잘해!!]

형탁	(위로랍시고) 형 어차피 이렇게 된 거, 반 학기 쉬엄쉬엄 논다 생각해.
수영	(해맑게) 맞아~ 네 실력에 유학이야 뭐, 원하면
	언제든 갈 수 있는 거고! 놀 수 있을 때 빡세게 놀면 좋지~~
	(눈 반짝) 이참에 내가 하던 플젝도 토스해 가면 딱이겠다. 그치?
재영	(시큰둥해선) 안 사요-
수영	야아~ 개발자 애가 네 그림 콕! 집어서 맘에 들어 했단 말야~
재영	보는 눈은 있네. (거만하게 웃다가 솔깃) 개발자면 컴공?
유나	(질린다는 듯 작게 중얼) 또 또 시작이다….
수영	응. 애가 좀 무뚝뚝해도 야무지고 똘똘해! 컴공 내리 과탑이라던데?
재영	(가볍게) 이름이 뭔데?
수영	(해맑게 안주 집어 먹으며) 추상우.
유나,형탁	(놀라) 추상우??!!!

유나와 형탁, 당황해서 재영 보면.
재영, 와-하하! 황당한 웃음 터뜨리다가, 돌연 재밌는 생각이 났는지
쉿- 유나와 형탁 입막음하고, 수영을 바라보며 씩 웃는다.

재영	좋아. 어디서 만나면 되는데?

S#13. 도서관, 회의실 / 낮

회의에 앞서, 노트북, 문서 파일, 펜, 핸드폰 등 소지품 정갈하게
착착 정돈 마치고. 〈액션 러닝 게임-야채맨〉 기획안 펼쳐 놓는 상우.
허리 곧게 펴고 앉아, 수영이 보낸 문자를 다시 한번 확인한다.

수영	(E) [후배님이 그때 말한 친구~]
	[시간 된다고 해서 약속 장소랑 시간 알려 줬어ㅎㅎ 미팅 잘해!!]

상우, 설레는 듯 입가 살짝 올렸다가,

4시 넘어가는 시계 보고 다시 입꼬리 쓱 내린다.

상우   왜 안 오지? 시간 다 됐는데….

S#14.   도서관, 계단 / 낮

이어폰에서 흘러나오는 음악 흥얼거리며 계단을 경쾌하게 내려가는 재영.

상우   (E) 시간 안 지키는 사람 치고 제대로 된 사람 없지 않나?

막대사탕을 쪽쪽 빨며 음악에 맞춰 머리를 흔들고,

빙글- 제자리를 도는 모습이, 분노를 넘어 기쁨의 광기에 찬 듯 보인다.

*낙엽
뿌리기

넘치는 아드레날린으로 주체 못 하는 모습, 마치 조커 같고.

*조커 오마주
한 달 동안 찾아다녔던
놈을 드디어 만난다!!
-> 희열!!!

S#15.   도서관, 회의실 / 낮

화난 표정으로 시계를 보는 상우, 4시 11분을 넘어가고 있다.

상우, 열받아 기획안 파일 가방 안에 넣으려던 순간,

회의실 문을 열고 들어오는 재영!

감독님
디렉션:

재영, 비니
상우, 모자

상우   (못마땅하지만 확인차) 디자이너 선배님?
재영   (씩 웃으며 다가와) 네. 그쪽은 추.상.우. 맞죠?
상우   늦으셨네. (요- 하려는데)

말없이 코앞까지 불-쑥 다가오는 재영에 놀라는 상우.

재영, 모자 아래 상우의 얼굴을 감상하듯 살살이 훑어본다.

상우, 당황해 뒷걸음질 치면.

상우, 설레는 듯 입가 살짝 올렸다가,

4시 넘어가는 시계 보고 다시 입꼬리 쓱 내린다.

상우 왜 안 오지? 시간 다 됐는데….

S#14. 도서관, 계단 / 낮

이어폰에서 흘러나오는 음악 흥얼거리며 계단을 경쾌하게 내려가는 재영.

상우 (E) 시간 안 지키는 사람 치고 제대로 된 사람 없지 않나?

막대사탕을 쪽쪽 빨며 음악에 맞춰 머리를 흔들고,

빙글- 제자리를 도는 모습이, 분노를 넘어 기쁨의 광기에 찬 듯 보인다.

넘치는 아드레날린으로 주체 못 하는 모습, 마치 조커 같고.

S#15. 도서관, 회의실 / 낮

화난 표정으로 시계를 보는 상우, 4시 11분을 넘어가고 있다.

상우, 열받아 기획안 파일 가방 안에 넣으려던 순간,

회의실 문을 열고 들어오는 재영!

상우 (못마땅하지만 확인차) 디자이너 선배님?

재영 (씩 웃으며 다가와) 네. 그쪽은 추.상.우. 맞죠?

상우 늦으셨네, (요- 하려는데) ~~퉁명스럽게!~~

말없이 코앞까지 불-쑥 다가오는 재영에 놀라는 상우.

재영, 모자 아래 상우의 얼굴을 감상하듯 샅샅이 훑어본다.

상우, 당황해 뒷걸음질 치면.

장재영 대본

거만해
보이게!

감독님
디렉션:

재영   (뻔뻔하게 싱긋 웃으며) 생각보다 잘생겼네.

멋대로 평가하고 자리로 가 앉는 재영을 황당하게 보는 상우.
화려하고 난해한 패션에, 괴상한 안경, 귀에는 주렁주렁 피어싱까지.
의자에 껄렁하게 기대앉아 다리 떠는 모습이 영락없는 양아치다.

재영   (대뜸) 혹시 내 이름 알아요?

상우   네. (맞은편에 가 앉는)

재영   (떠보듯) 근데 아무 감흥 없고?

상우   (뭐지? 싶어) 그게 중요한가요?

            오늘 게임 얘기하러 오신 거 아니에요?

재영   (한쪽 입꼬리 비죽 올리며) 맞아요. 게임 얘기하러 온 거….

            (상우 지그시 보다가 파일 발견하고) 좀 봐도 되죠?

재영, 책상 위에 놓인 '야채맨 기획안' 가져가, 후루룩 넘겨 본다.
대충 보는 것 같지만, 눈빛은 꽤 예리하게 빛난다.

감독님
디렉션:

상우 vs 재영 앵글
정면 대응각

재영   홈- 코딩 천재라고 해서 기대했는데,

            (더 볼 것도 없다는 듯 파일 툭 던지며) 별거 없네.

상우   !

재영   캐디는 밋밋하고, 스토리는 더 지루하고….

특출난   뭐 하나 끌리는 게 없는데, 이 정도 기획으로 되겠어요?

상우   (존심 상해) 그럼 선배님은 모바일 게임 참여해 본 적 있으세요?

재영   (당당) 없어요.

상우   (바로) 다른 디자이너 구해 볼게요.

상우, 얄짤 없이 가방 챙기려 하자,

재영   (뻔뻔하게 싱긋 웃으며) 생각보다 잘생겼네.

멋대로 평가하고 자리로 가 앉는 재영을 황당하게 보는 상우.
화려하고 난해한 패션에, 괴상한 안경, 귀에는 주렁주렁 피어싱까지.
의자에 걸렁하게 기대앉아 다리 떠는 모습이 영락없는 양아치다.

재영   (대뜸) 혹시 내 이름 알아요?
상우   네. (맞은편에 가 앉는)
재영   (떠보듯) 근데 아무 감흥 없고?
상우   (뭐지? 싶어) 그게 중요한가요?
        오늘 게임 얘기하러 오신 거 아니에요?
재영   (한쪽 입꼬리 비죽 올리며) 맞아요. 게임 얘기하러 온 거….
        (상우 지그시 보다가 파일 발견하고) 좀 봐도 되죠?

재영, 책상 위에 놓인 '야채맨 기획안' 가져가, 후루룩 넘겨 본다.
대충 보는 것 같지만, 눈빛은 꽤 예리하게 빛나는.

재영   흠- 코딩 천재라고 해서 기대했는데,
        (더 볼 것도 없다는 듯 파일 툭 던지며) 별거 없네.
상우   !
재영   캐디는 밋밋하고, 스토리는 더 지루하고….
        뭐 하나 끌리는 게 없는데, 이 정도 기획으로 되겠어요?
상우   (존심 상해) 그럼 선배님은 모바일 게임 참여해 본 적 있으세요?
재영   (당당) 없어요.
상우   (바로) 다른 디자이너 구해 볼게요.

상우, 얄짤 없이 가방 챙기려 하자,

> 감독님
> 디렉션 :
>
> 상우의 빠직 레벨
> -_-╫ -> -_-╫╫

재영, 여유롭게 웃으며 기획서에 당근 하나를 휘리릭 스케치한다.

대충 쓱쓱 그리는 것 같지만, 순식간에 개성 있는 캐릭터 완성되는.

상우, 순간 생기로 두 눈 반짝이고, "와~" 저도 모르게 감탄하고 보면.

재영, 넘어왔구나 싶어, 씩 웃는 모습에서.

유나   (E) 너 진짜 묻을 건 아니지?

S#16.   술집, 계산대 / 밤 (회상)

계산하는 재영에게 쓱 다가와 옆구리 쿡 찌르는 유나.

재영   (피식) 야, 넌 날 뭘로 보고.

유나   그럼?

재영   그냥 어떤 놈인지 얼굴이나 좀 보게.

      뭐 맘에 들면 같이 좀 놀아 주고. 같이

S#17.   도서관, 회의실 / 낮 (이어서)

당근맨 완성해 내미는 재영. 넋 나간 상우의 반응에 자신만만한 표정이다.

재영   이 정도면 됐어요?

상우   (그림에 홀려) 불성실한 건 좀 걸리지만… 실력은 베스트네요.

재영   (솔직한 상우가 어이없는) 그거 칭찬이죠?

상우   (바로 핸드폰 내미는) 번호 주세요.

쉽게 내어진 핸드폰에 오만가지 감정이 드는 재영.

자신의 번호 찍으면, '무임승차3'이라고 저장되어 있다.

재영   (혼잣말 중얼) 이러니까 모르지….

감독님
디렉션 :

진짜 가지고 싶었던
물건을 몇 년 만에
획득한 느낌!

재영, 여유롭게 웃으며 기획서에 당근 하나를 휘리릭 스케치한다.

대충 쓱쓱 그리는 것 같지만, 순식간에 개성 있는 캐릭터 완성되는.

상우, 순간 생기로 두 눈 반짝이고, "와~" 저도 모르게 감탄하고 보면.

재영, 넘어왔구나 싶어, 씩 웃는 모습에서.

유나   (E) 너 진짜 묻을 건 아니지?

S#16. 술집, 계산대 / 밤 [회상]

계산하는 재영에게 쓱 다가와 옆구리 쿡 찌르는 유나.

재영   (피식) 야, 넌 날 뭘로 보고.

유나   그럼?

재영   그냥 어떤 놈인지 얼굴이나 좀 보게.

            맘에 들면 같이 좀 놀아 주고.

S#17. 도서관, 회의실 / 낮 [이어서]

당근맨 완성해 내미는 재영. 넋 나간 상우의 반응에 자신만만한 표정이다.

재영   이 정도면 됐어요?

상우   (그림에 홀려) 불성실한 건 좀 걸리지만… 실력은 베스트네요.

재영   (솔직한 상우가 어이없는) 그거 칭찬이죠?

상우   (바로 핸드폰 내미는) 번호 주세요.

쉽게 내어진 핸드폰에 오만가지 감정이 드는 재영.

자신의 번호 찍으면, '무임승차3'이라고 저장되어 있다.

재영   (혼잣말 중얼) 이러니까 모르지….

재영, 씁쓸하게 웃고, 모르는 척 상우에게 핸드폰 건네며.

            * 010-1시1

재영   내 번호, 저장돼 있는데?

상우   네? 그럴 리가.

상우, 핸드폰 받아 보자 '무임승차3' 콜링 화면이 떠 있다.

재영, 주머니에서 핸드폰 꺼내 보이면, '조장(개)(새)'에게서 전화 오는 중.

재영   (쓱 상체 숙이고 다가가) 드디어 만났네, 상우야?

드디어 본색 드러내고 사악하게 씩 웃는 재영과

버퍼링 걸려 눈 또르르 굴리더니, 상황 파악하고 인상 팍 구기는 상우.

두 사람의 긴장감 넘치는 분위기에서!!

1화 END

재영, 씁쓸하게 웃고, 모르는 척 상우에게 핸드폰 건네며.

재영   내 번호, 저장돼 있는데?
상우   네? 그럴 리가.

상우, 핸드폰 받아 보자 '무임승차3' 콜링 화면이 떠 있다.
재영, 주머니에서 핸드폰 꺼내 보이면, '조장(개)(새)'에게서 전화 오는 중.

재영   (쓱 상체 숙이고 다가가) 드디어 만났네, 상우야?

드디어 본색 드러내고 사악하게 씩 웃는 재영과
버퍼링 걸려 눈 또르르 굴리더니, 상황 파악하고 인상 꽉 구기는 상우.
두 사람의 긴장감 넘치는 분위기에서!!

> **감독님 디렉션 :**
> 이제야 상황 파악!
> '참나, 이 새끼
> 뭐야?'

1화 END

TWO
[SEMANTIC ERROR]

장재영 대본

S#1.   도서관, 회의실 / 낮

긴장감이 도는 적막한 회의실. 대치하고 앉은 재영과 상우.

재영   (쓱 상체 숙이고 다가가) 드디어 만났네, 상우야?
        형 연락 씹으니까 맛있어?

잠시 버퍼링 걸렸던 상우, 핸드폰에 뜬 '무임승차3' 콜링 화면과
눈앞에서 빙글대며 웃고 있는 재영을 번갈아 보고 상황 깨닫는다.
INS〉 그간 재영의 끈질긴 연락이 스쳐 가는. (1화 #7, #10)
기막혀 인상 꽉 구기는 상우의 모습 위로,
화면 에러 걸린 듯 지지직-거리는 소리와 함께 오류 표시 뜨며!

Title in / 시맨틱 에러

상우   게임은 핑계고, 다른 목적이 있었나 보네요.

재영   (뻔뻔하게) 뭐 겸사겸사~ 화해도 하고, 게임도 만들고, 좋잖아.

상우   (무심하게) 글쎄요. 전 애초에 싸운 적이 없어서.
        선배 혼자 조별 과제 일로 앙심 품은 것 같은데요.   네

재영   (과장되게 심장 부여잡고) 윽- 살살하자. 이러다 순살 되겠어···.

상우   ?? (이해 못 해 멀뚱히 보고 있으면)

재영   (피식 웃고) 싸우자는 거 아니니까, 표정 풀라고.

상우   (시계 보며) 남 뒷조사나 하는 사람은 신뢰가 안 가서요.
        전 할 말 없으니까 이만 일어날게요.

상우, 꾸벅 인사하고, 볼일 끝났다는 듯 바로 가방 챙기면.
이것 봐라? 싶어, 지지 않고 상우를 도발하는 재영.

S#1. 도서관, 회의실 / 낮

긴장감이 도는 적막한 회의실. 대치하고 앉은 재영과 상우.

재영   (쓱 상체 숙이고 다가가) 드디어 만났네, 상우야?
          형 연락 씹으니까 맛있어?

잠시 버퍼링 걸렸던 상우, 핸드폰에 뜬 '무임승차3' 콜링 화면과
눈앞에서 빙글대며 웃고 있는 재영을 번갈아 보고 상황 깨닫는다.
INS〉 그간 재영의 끈질긴 연락이 스쳐 가는. (1화 #7, #10)
기막혀 인상 팍 구기는 상우의 모습 위로,
화면 에러 걸린 듯 지지직-거리는 소리와 함께 오류 표시 뜨며!

Title in / 시맨틱 에러

☆ 대사 힘 있게

상우   게임은 핑계고, 다른 목적이 있었나 보네요.
재영   (뻔뻔하게) 뭐 겸사겸사~ 화해도 하고, 게임도 만들고, 좋잖아.
상우   (무심하게) 글쎄요. 전 애초에 싸운 적이 없어서.
          선배 혼자 조별 과제 일로 앙심 품은 것 같은데요.
재영   (과장되게 심장 부여잡고) 윽- 살살하자. 이러다 순살 되겠어….
상우   ?? (이해 못 해 멀뚱히 보고 있으면)
재영   (피식 웃고) 싸우자는 거 아니니까, 표정 풀라고.
상우   (시계 보며) 남 뒷조사나 하는 사람은 신뢰가 안 가서요. *냉정
          전 할 말 없으니까 먼저 일어날게요.

상우, 꾸벅 인사하고, 볼일 끝났다는 듯 바로 가방 챙기면.
이것 봐라? 싶어, 지지 않고 상우를 도발하는 재영.

재영   잊었나 본데, 오늘 만나자 한 건 후배님이었어.

         (파일 흔들어 보이며) 내 그림 마음에 든다며?

상우   (일어서다가 보고) 그랬죠. 선배님이 무임승차3인 걸 몰랐을 땐.

         (파일 채가며) 같이 작업할 일 없으니까, 앞으로 연락하지 마세요.

재영   (대화 잘 안 풀리자 못마땅하게 보다가) …싫은데?

                 *다리걸기

상우, 재영의 유치한 대답, 어이없어 멈칫하고 보는데.

재영, 상우의 앞길을 막을 요량으로 천천히 일어나 상우에게 다가간다.

                      이대로

재영   내가 널 어떻게 찾았는데~ 여기서 이렇게 헤어지면 아쉽지….

         (앞에 서서) 근데 협상의 여지가 아예 없는 건 아니야.

상우   (보면)

재영   (대사 읊듯) "형, 저 때문에 졸업에 차질이 생겨서 정말 유감이에요-"

상우   ?

재영   …라고 말해 봐. (산뜻하게) 그럼 한번 고려는 해 볼게.

상우   (황당하다는 듯 보다가, 논리적으로) 오류 두 가지만 고치면요.

         하나. 선배가 졸업 못 한 건 저 때문이 아니라,

         선배가 학점 관리를 못 해서예요.

재영   (조목조목 반박하는 상우가 흥미로운)

상우   둘. 저는 전혀 유감스럽지 않아요.

         뭐 정리하자면, "졸업 '못' 하셨네요."

                                        개

재영   (정적 후 감탄) 와하하- 너 진짜 또라이구나?!

                                  후하하...

상우, 감탄하는 재영 관심 없다는 듯 지나쳐 가려는데,

재영, 히죽 웃으며, 상우의 앞을 다시 가로막고 한 걸음 다가간다.

재영	잊었나 본데, 오늘 만나자 한 건 후배님이었어.
	(파일 흔들어 보이며) 내 그림, 마음에 든다며?
상우	(일어서다가 보고) 그랬죠. 선배님이 무임승차3인 걸 몰랐을 땐.
	(파일 채가며) 같이 작업할 일 없으니까, 앞으로 연락하지 마세요.
재영	(대화 잘 안 풀리자 못마땅하게 보다가) …싫은데?

상우, 재영의 유치한 대답, 어이없어 멈칫하고 보는데.
재영, 상우의 앞길을 막을 요량으로 천천히 일어나 상우에게 다가간다.

재영	내가 널 어떻게 찾았는데~ 여기서 이렇게 헤어지면 아쉽지….
	(앞에 서서) 근데 협상의 여지가 아예 없는 건 아니야.
상우	(보면)
재영	(대사 읊듯) "형, 저 때문에 졸업에 차질이 생겨서 정말 유감이에요-"
상우	?
재영	…라고 말해 봐. (산뜻하게) 그럼 한번 고려는 해 볼게.
상우	(황당하다는 듯 보다가, 논리적으로) 오류 두 가지만 고치면요.
	하나. 선배가 졸업 못 한 건 저 때문이 아니라,
	선배가 학점 관리를 못 해서예요.
재영	(조목조목 반박하는 상우가 흥미로운)
상우	둘. 저는 전혀 유감스럽지 않아요.
	뭐 정리하자면, "졸업, '못' 하셨네요."
재영	(정적 후 감탄) 와하하- 너 진짜 또라이구나?!

굳이
말

상우, 감탄하는 재영 관심 없다는 듯 지나쳐 가려는데,
재영, 히죽 웃으며, 상우의 앞을 다시 가로막고 한 걸음 다가간다.

재영	후배님, 혹시 싫어하는 거 있어?
상우	(가로막히자 한숨) …선배님이요.
재영	(그럴 줄 알았다는 듯 픽 웃고) 싫어하는 색깔은?
상우	(반사적으로) 빨강? (정신 차리고) 그건 왜 묻는데요?
재영	(거리 더 좁히며) 그럼 싫어하는 장소는?
상우	(점점 뭔가 싶어) 선배 반경 10m요. 그러니까 좀 꺼지-(세요)
재영	(끊고) 상우야. 원랜 그냥 넘어가려고 했는데… 마음이 바뀌었어. (더 다가와, 귓속말로) 기대해도 좋을 거야.

꺾였

재영, 사악하게 싱긋 웃으면,
지지 않고, 심드렁하게 귓가나 털어 내는 상우의 모습, **디졸브**되어.

S#2.　캠퍼스, 외벽 게시판 / 낮

귀 털어 내며, 게시판에 붙어 있는 시디과 포스터를 매섭게 바라보는 상우.
보란 듯이 그 위에 '게임 디자이너 공고문'을 붙인다.
밋밋한 바탕에 촌스러운 폰트, 헐벗은 야채맨 등 총체적 난국의 디자인.

지혜	오빠도 디자이너 구하세요?

지혜, 자신의 손에 들린 '어플 디자이너 공고문'을 흔들어 보이며 인사하면.
지혜 알아본 상우, 주머니에서 200원 꺼내 지혜에게 건넨다.

상우	여기요. 거스름돈.
지혜	(웃음) 이거 주려고 계속 갖고 다니신 거예요?
상우	(고개 끄덕) 언제 볼지 모르니까.

별난 상우가 귀여워 활짝 웃는 지혜.

재영　후배님, 혹시 싫어하는 거 있어?

상우　(가로막히자 한숨) …선배님이요.

재영　(그럴 줄 알았다는 듯 픽 웃고) 싫어하는 색깔은?

상우　(반사적으로) 빨강? (정신 차리고) 그건 왜 묻는데요?

재영　(거리 더 좁히며) 그럼 싫어하는 장소는?

상우　(점점 뭔가 싫어) 선배 반경 10m요. 그러니까 좀 꺼지-(세요)
　　　　제발

재영　(끊고) 상우야. 원랜 그냥 넘어가려고 했는데… 마음이 바뀌었어.

　　　　(더 다가와, 귓속말로) 기대해도 좋을 거야.

> 감독님
> 디렉션:
> 귓등으로도
> 안 들음.
> '흥!
> 지가 뭔데.'

재영, 사악하게 싱긋 웃으면,

지지 않고, 심드렁하게 귓가나 털어 내는 상우의 모습, **디졸브**되어.

S#2.　캠퍼스, 외벽 게시판 / 낮

귀 털어 내며, 게시판에 붙어 있는 시디과 포스터를 매섭게 바라보는 상우.

보란 듯이 그 위에 '게임 디자이너 공고문'을 붙인다.

밋밋한 바탕에 촌스러운 폰트, 헐벗은 야채맨 등 총체적 난국의 디자인.

지혜　오빠도 디자이너 구하세요?

지혜, 자신의 손에 들린 '어플 디자이너 공고문'을 흔들어 보이며 인사하면.

지혜 알아본 상우, 주머니에서 200원 꺼내 지혜에게 건넨다.

상우　여기요. 거스름돈.

지혜　(웃음) 이거 주려고 계속 갖고 다니신 거예요?

상우　(고개 끄덕) 언제 볼지 모르니까.

별난 상우가 귀여워 활짝 웃는 지혜.

이 기회를 놓칠 수 없다는 듯 재빨리 핸드폰 꺼내 상우에게 내민다.

지혜 오빠 번호 좀 주세요!

상우 ? 번호는 왜요?

지혜 좋은 디자이너 있으면 서로 알려 주고 좋잖아요!

그런가? 상우, 호감의 기류는 전혀 못 읽고. 그저 멀뚱히 서서 보고.

S#3. 재영의 집, 거실 / 낮

한창 이사 중인 재영. 박스 하나 번쩍 들고, 집으로 들어오면.
집 안에는 아직 풀지 않은 이삿짐 박스들이 한가득 널려 있다.

형탁 형, 이거는 안 들어갈 것 같은데.

제 몸집만 한 큰 박스를 든 형탁, 문 앞에서 주춤하고 있으면.

재영 (슬쩍 보고, 박스 내리며) 일단 밖에 두고 들어와!

형탁 (박스 놓고, 어기적어기적 들어오며) 아오- 팔 아파 죽겠어, 형~

엄살 부리는 형탁 뒤로, "나름 넓네?" 유나 두리번거리며 들어오고.
형탁, 널브러지듯 바닥에 눕는다. 재영도 대충 정리하고 바닥에 따라 앉는.

유나 옛다, 선물. (둘러보며) 첨엔 죽어도 싫다더니, 마음에 들었나 봐?

재영 나름 살 만해. (의미심장하게 웃으며) 기대 못 한 서프라이즈도 있고.

이어 쇼핑백 열어 선물 확인한 재영, 눈빛 위험하게 반짝이면.
곁으로 다가온 형탁, 슬쩍 보고 의아해한다.

감독님
디렉션 :

선물 자세히
노출 X

이 기회를 놓칠 수 없다는 듯 재빨리 핸드폰 꺼내 상우에게 내민다.

지혜   오빠 번호 좀 주세요!

상우   ? 번호는 왜요?

지혜   좋은 디자이너 있으면 서로 알려 주고 좋잖아요!

그런가? 상우, 호감의 기류는 전혀 못 읽고. 그저 멀뚱히 서서 보고.

S#3.   재영의 집, 거실 / 낮

한창 이사 중인 재영. 박스 하나 번쩍 들고, 집으로 들어오면.
집 안에는 아직 풀지 않은 이삿짐 박스들이 한가득 널려 있다.

형탁   형, 이거는 안 들어갈 것 같은데.

제 몸집만 한 큰 박스를 든 형탁, 문 앞에서 주춤하고 있으면.

재영   (슬쩍 보고, 박스 내리며) 일단 밖에 두고 들어와!

형탁   (박스 놓고, 어기적어기적 들어오며) 아오- 팔 아파 죽겠어, 형~

엄살 부리는 형탁 뒤로, "나름 넓네?" 유나 두리번거리며 들어오고.
형탁, 널브러지듯 바닥에 눕는다. 재영도 대충 정리하고 바닥에 따라 앉는.

유나   옜다, 선물. (둘러보며) 첨엔 죽어도 싫다더니, 마음에 들었나 봐?

재영   나름 살 만해. (의미심장하게 웃으며) 기대 못 한 서프라이즈도 있고.

이어 쇼핑백 열어 선물 확인한 재영, 눈빛 위험하게 반짝이면.
곁으로 다가온 형탁, 슬쩍 보고 의아해한다.

형탁	엥, 웬 모자? 형 머리 망가지는 거 싫다고 잘 안 쓰잖아.
유나	내 말이. 아, 이거 주면서도 왠지 찝찝-한데.
재영	(웃으며) 개학하면 다~ 알게 될 거니까 미리 김 빼지 말고. 밥이나 먹자. 짜장면 콜?

"난 탕수육!" "받고 고량주까지 고!" 형탁과 유나 신나서 떠드는 사이,
핸드폰 켠 재영. 화면 상단에 뜬 'D-3 개강이벤트' 보고, 희미하게 웃는다.

이어, 디데이 알림창 'D-DAY'로 바뀌고.
그 위로 울리는 기상 알람음, **디졸브**되어.

S#4.   상우의 집 / 낮

핸드폰 알람을 끄는 상우의 손.
이후 상우의 절도 있고, 기계적인 기상 루틴 몽타주가 펼쳐진다.
- 체조하는 상우. **(BGM IN)**
- 리듬에 맞춰서 양치하는 상우.
- 옷장 문 여는 상우. 비슷한 색감의 옷 중에서 3번째 세어, 옷 꺼내고.
- 거울 앞에 선 상우. 모자 눌러 쓰고, 손목시계를 확인하면 9:15분이다.
착착 진행된 아침 루틴에 만족한 상우, 희미하게 웃으며 현관문 여는데,
문이 턱- 하고 가로막혀 잘 열리지 않는다.

상우	뭐지?

상우, 미간 살짝 찌푸리고, 억지로 문 열면.

S#5.   빌라, 복도 / 낮

상우의 집(402호) 앞까지 침범한 옆집(401호)의 이삿짐 박스들.

형탁	엥, 웬 모자? 형 머리 망가지는 거 싫다고 잘 안 쓰잖아.
유나	내 말이. 아, 이거 주면서도 왠지 찝찝-한데.
재영	(웃으며) 개학하면 다~ 알게 될 거니까 미리 김 빼지 말고.
	밥이나 먹자. 짜장면 콜?

"난 탕수육!" "받고 고량주까지 고!" 형탁과 유나 신나서 떠드는 사이,
핸드폰 켠 재영. 화면 상단에 뜬 'D-3 개강이벤트' 보고, 희미하게 웃는다.

이어, 디데이 알림창 'D-DAY'로 바뀌고.
그 위로 울리는 기상 알람음, **디졸브**되어.

S#4. 상우의 집 / 낮

핸드폰 알람을 끄는 상우의 손.
이후 상우의 절도 있고, 기계적인 기상 루틴 몽타주가 펼쳐진다.

- 체조하는 상우. **(BGM IN)**
- 리듬에 맞춰서 양치하는 상우.
- 옷장 문 여는 상우. 비슷한 색감의 옷 중에서 3번째 세어, 옷 꺼내고.
- 거울 앞에 선 상우. 모자 눌러 쓰고, 손목시계를 확인하면 9:15분이다.
착착 진행된 아침 루틴에 만족한 상우, 희미하게 웃으며 현관문 여는데,
문이 턱- 하고 가로막혀 잘 열리지 않는다.

상우	뭐지?

상우, 미간 살짝 찌푸리고, 억지로 문 열면.

S#5. 빌라, 복도 / 낮

상우의 집(402호) 앞까지 침범한 옆집(401호)의 이삿짐 박스들.

각종 쇼핑 택배까지 더해져, 수많은 박스들이 위태롭게 쌓여 있다.

작게 한숨 쉰 상우, 발로 쓱쓱 밀어 문 앞의 박스들 옆집으로 보내고,

백팩 앞주머니에서 포스트잇 꺼내 〈박스 치우세요._402호〉 써 붙인다.

S#6.　빌라 앞 + 빌라 앞, 오르막길 + 캠퍼스,
　　　등굣길 + 산책로, 자판기 앞 / 낮

이어 빌라 앞에 세워둔 자전거에 올라타, 교문까지 달리는 상우.

가을 새 학기의 설렘과 분주함이 느껴지는 캠퍼스를 여유롭게 가로지른다.

산책로에 들어서, 자판기 앞에서 멈춰서는 상우의 자전거.

상우, 9:25 시간 확인하고, 서둘러 자판기 앞으로 걸어가면.

블랙홀릭 커피만 매진이 떠 있다. (다른 음료들은 1화와 달리 정상으로 돌아온)

상우　　어? 이럴 리가 없는데.

의아해하며 블랙홀릭 매진 버튼을 꾹- 누르는 상우의 모습 위로.

유나　　(E) 이 새긴 대체 뭘 하고 돌아다니는 거야?

S#7.　미대, 실기실 / 낮

길게 울리는 신호음에 사납게 전화 끄는 유나.

짜증스러운 한숨을 내쉬며 실기실을 둘러보면.

유나　　저걸 다 어쩌라고….

실기실 곳곳을 가득 채운 블랙홀릭 캔 커피들. 탑 쌓고 논 흔적도 보인다.

유나, 손가락으로 툭 밀쳐 깡통 탑 무너뜨리는 모습 위로.

각종 쇼핑 택배까지 더해져, 수많은 박스들이 위태롭게 쌓여 있다.

작게 한숨 쉰 상우, 발로 쓱쓱 밀어 문 앞의 박스들 옆집으로 보내고,

백팩 앞주머니에서 포스트잇 꺼내 〈박스 치우세요. _402호〉 써 붙인다.

S#6. 빌라 앞 + 빌라 앞, 오르막길 + 캠퍼스, 등굣길 + 산책로, 자판기 앞 / 낮

이어 빌라 앞에 세워둔 자전거에 올라타, 교문까지 달리는 상우.

가을 새 학기의 설렘과 분주함이 느껴지는 캠퍼스를 여유롭게 가로지른다.

산책로에 들어서, 자판기 앞에서 멈춰서는 상우의 자전거.

상우, 9:25 시간 확인하고, 서둘러 자판기 앞으로 걸어가면.

블랙홀릭 커피만 매진이 떠 있다. (다른 음료들은 1화와 달리 정상으로 돌아온)

상우　　어? 이럴 리가 없는데.

의아해하며 블랙홀릭 매진 버튼을 꾹- 누르는 상우의 모습 위로.

유나　　(E) 이 새낀 대체 뭘 하고 돌아다니는 거야?

S#7. 미대, 실기실 / 낮

길게 울리는 신호음에 사납게 전화 끄는 유나.

짜증스러운 한숨을 내쉬며 실기실을 둘러보면.

유나　　저걸 다 어쩌라고….

실기실 곳곳을 가득 채운 블랙홀릭 캔 커피들. 탑 쌓고 논 흔적도 보인다.

유나, 손가락으로 툭 밀쳐 깡통 탑 무너뜨리는 모습 위로.

상우   (E) 개학 첫날부터 꼬이네.

S#8.   공학관, 강의실 / 낮

빈 강의실. 창가 넷째 줄 자리 앞에 선 상우.

책상 위에 놓인 빨간색 에코백을 거슬리는 표정으로 흘겨본다.

상우   (9:30분 시계 확인하고) 30분 일찍, 맞게 왔는데.

       (주위 두리번거리며) 대체 누구 거지?

재영   (E) 내 거.

상우, 반사적으로 돌아보면, 빨간 모자에, 빨간 항공 점퍼, 빨간 콜라 캔까지!

빨강으로 무장한 재영이 기세등등하게 상우 앞으로 걸어온다.

재영   (뻔뻔하게) 상우 너도 이거 듣는 줄 몰랐네?
       야

이내 재영 알아보고 놀란 표정 짓는 상우에서!!

(CUT TO)

넷째 줄 창가 자리에 그림처럼 앉아 있는 재영.

적당한 햇살이 주위를 감싸고, 창문 틈새로 바람이 불어와 커튼 살랑거린다.

평화로운 재영의 모습에서 카메라 옆으로 빠지면.

대각선 뒷자리에 앉아 못마땅하게 재영을 노려보는 상우 보인다.

그 모습 위로 배경음처럼 깔리는 공학교수의 출석 확인.

공학교수 (출석부 보다가) 음… 장재영 학생?

재영   (반듯하게 미소 지으며 손드는) 네!   *낙서 애드리브

공학교수 시각디자인과네? 수업 따라올 수 있겠어요?

상우   (E) 개학 첫날부터 꼬이네.

S#8.   공학관, 강의실 / 낮

빈 강의실. 창가 넷째 줄 자리 앞에 선 상우.

책상 위에 놓인 빨간색 에코백을 거슬리는 표정으로 흘겨본다.

상우   (9:30분 시계 확인하고) 30분 일찍, 맞게 왔는데.

              (주위 두리번거리며) 대체 누구 거지?

재영   (E) 내 거.

상우, 반사적으로 돌아보면, 빨간 모자에, 빨간 항공 점퍼, 빨간 콜라 캔까지!

빨강으로 무장한 재영이 기세등등하게 상우 앞으로 걸어온다.

재영   (뻔뻔하게) 상우 너도 이거 듣는 줄 몰랐네?

이내 재영 알아보고 놀란 표정 짓는 상우에서!!

(CUT TO)

넷째 줄 창가 자리에 그림처럼 앉아 있는 재영.

적당한 햇살이 주위를 감싸고, 창문 틈새로 바람이 불어와 커튼 살랑거린다.

평화로운 재영의 모습에서 카메라 옆으로 빠지면.

대각선 뒷자리에 앉아 못마땅하게 재영을 노려보는 상우 보인다.

그 모습 위로 배경음처럼 깔리는 공학교수의 출석 확인.

공학교수   (출석부 보다가) 음… 장재영 학생?

재영   (반듯하게 미소 지으며 손드는) 네!

공학교수   시각디자인과네? 수업 따라올 수 있겠어요?

장재영 대본

강단에 선 공학교수 뒤로 칠판에 적힌 '응용소프트웨어공학' 교과목 보이고.

재영   그럼요, 교수님! 제가 평소에 공학에 관심이 정~말 많았습니다. 다니까요?

공학교수 …그래요?

재영   (천연덕스럽게) 예술과 공학의 융합은 미래의 핵심이니까요. (엄지척) 하!

뻔뻔한 재영의 대답에, 공학교수 기분 좋게 껄껄 웃으면.

허! 어이없는 웃음을 터뜨리는 상우. 노트에 알고리즘을 마저 그린다.

재영이 얄밉게 뒤돌아보며 상우를 향해 싱긋 웃으면 알고리즘 형상화되는….

(알고리즘 판타지1)

꿀벌 캐릭터가 된 장재영을 상우가 손을 휘저으며 내쫓는다.

꿀벌 침을 상우에게 쏘는 재영. 상우 철퍼덕 쓰러진다.

그 뒤로 상우의 게이지 거침없이 떨어지고!

화면에 띄워지는 [보복 발생]

(알고리즘 판타지2)

꿀벌 캐릭터가 된 장재영을 상우가 무시하며 등지고 서 있다.

재영 상우에게 달라붙지만, 상우 무시로 일관하고-

지쳐 떨어지는 장재영. 그 뒤로 재영의 게이지 거침없이 떨어진다.

화면에 띄워지는 [의욕 감소]

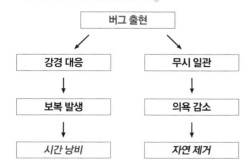

강단에 선 공학교수 뒤로 칠판에 적힌 '응용소프트웨어공학' 교과목 보이고.

재영   그럼요, 교수님! 제가 평소에 공학에 관심이 정~말 많았습니다.

공학교수   …그래요?

재영   (천연덕스럽게) 예술과 공학의 융합은 미래의 핵심이니까요. (엄지척)

감독님
디렉션:

반듯하게
그림 그리기

뻔뻔한 재영의 대답에, 공학교수 기분 좋게 껄껄 웃으면.

허! 어이없는 웃음을 터뜨리는 상우. 노트에 알고리즘을 마저 그린다.

재영이 얄밉게 뒤돌아보며 상우를 향해 싱긋 웃으면 알고리즘 형상화되는….

(알고리즘 판타지1)

꿀벌 캐릭터가 된 장재영을 상우가 손을 휘저으며 내쫓는다.

꿀벌 침을 상우에게 쏘는 재영. 상우 철퍼덕 쓰러진다.

그 뒤로 상우의 게이지 거침없이 떨어지고!

화면에 띄워지는 [보복 발생]

(알고리즘 판타지2)

꿀벌 캐릭터가 된 장재영을 상우가 무시하며 등지고 서 있다.

재영 상우에게 달라붙지만, 상우 무시로 일관하고-

지쳐 떨어지는 장재영. 그 뒤로 재영의 게이지 거침없이 떨어진다.

화면에 띄워지는 [의욕 감소]

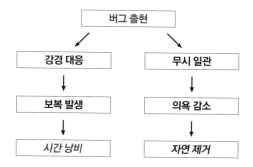

상상에서 돌아온 상우, 재영의 뒷모습을 보며 공책에 쓰인 '무시'에 동그라미 친다.

S#9.　구내식당 / 낮

친구 **은정**(21,여)과 식판 들고 자리 찾아가는 지혜.

자리에 앉아, 답장 없는 상우와의 대화창을 계속해서 새로 고친다.

[상우오빠 안녕하세요! 저 며칠 전에 번호 받아 간 지혜요!!

(이모티콘) 디자이너는 찾으셨어요? ^~^]

지혜　　(시무룩) 답장이 없네….

은정　　아서라. 웬만한 랜섬웨어로는 뚫릴 방어벽이 아니야.

지혜　　치, 내가 바이러스란 소리야?

은정　　(치대며) 걱정돼서 그르지~ 딴 사람도 아니구 추상우 선배니까.

　　　　　너 그 선배가 누구랑 같이 다니는 거 봤-

　　　　　(젓가락으로 반찬 집어 먹다가, 멈칫) 네… 뭐냐, 저 조합은.

지혜, 은정의 시선 따라 고개 돌려 보면,

상우와 재영, 나란히 마주 앉아 밥 먹고 있다.

재영, 씩 웃으며 자신의 식판에서 무언가 덜어 주고 있는.

은정　　심지어 반찬도 챙겨 주네. 친한가 본데?

카메라, 상우와 재영 테이블로 이동하면.

장난치는 재영 무시한 채 묵묵히 밥 먹고 있는 상우.

습관적으로 볶음 반찬에서 브로콜리만 피해 먹고 있는데.

재영, 숟가락으로 브로콜리를 한가득 담아 상우의 밥 위에 턱- 올려 준다. 쿵~

상우, 움찔하고 보는.

슉~

> 감독님
> 디렉션 :
>
> 즐거워 죽겠다!
> 초딩 바이브
> 재영

상상에서 돌아온 상우, 재영의 뒷모습을 보며 공책에 쓰인 '무시'에 동그라미 친다.

S#9. 구내식당 / 낮

친구 은정(21,여)과 식판 들고 자리 찾아가는 지혜.

자리에 앉아, 답장 없는 상우와의 대화창을 계속해서 새로 고친다.

[상우오빠 안녕하세요! 저 며칠 전에 번호 받아 간 지혜요!!

(이모티콘) 디자이너는 찾으셨어요? ^~^]

지혜	(시무룩) 답장이 없네….
은정	아서라. 웬만한 랜섬웨어로는 뚫릴 방어벽이 아니야.
지혜	치, 내가 바이러스란 소리야?
은정	(치대며) 걱정돼서 그르지~ 딴 사람도 아니구 추상우 선배니까.
	너 그 선배가 누구랑 같이 다니는 거 봤-
	(젓가락으로 반찬 집어 먹다가, 멈칫) 네… 뭐냐, 저 조합은.

지혜, 은정의 시선 따라 고개 돌려 보면,

상우와 재영, 나란히 마주 앉아 밥 먹고 있다.

재영, 씩 웃으며 자신의 식판에서 무언가 덜어 주고 있는.

은정	심지어 반찬도 챙겨 주네. 친한가 본데?

카메라, 상우와 재영 테이블로 이동하면.

장난치는 재영 무시한 채 묵묵히 밥 먹고 있는 상우.

습관적으로 볶음 반찬에서 브로콜리만 피해 먹고 있는데.

재영, 숟가락으로 브로콜리를 한가득 담아 상우의 밥 위에 턱- 올려 준다.

상우, 움찔하고 보는.

> **감독님 디렉션:**
> 유치해서 상대도 하기 싫음. 쫄지 말기!

재영   아껴 먹는 거 같길래. 맘껏 먹으라구. (윙크 찡긋)   *걱정하듯이

상우, 순간 욕 나오려는 걸 남은 음식들로 욱여넣어 막고, 서둘러 일어나면
재영, 이번엔 큰 소리로 상우 부르며 주위의 관심을 끈다.

재영   (오버하며) 음식 남기면 벌 받아(야) 상우야~!   받는다

상우, 짜증이 바짝 치솟지만, 끝까지 돌아보지 않고 퇴식구로 걸어가는.

지혜   (유심히 보고) 친구, 아닌 거 같은데….

지혜와 은정, 상우가 옆으로 지나가자, 서둘러 "안녕하세요~" 인사하지만,
얼굴에 짜증이 덕지덕지 붙은 상우, 듣지 못하고 앞질러 걸어간다.

S#10.   교양관, 세미나실 / 낮 (다음 날)

강단 스크린에 〈한국대생 인성 교육 – 성적 기준〉 떠 있고.
"개빡세졌네" "작년 사건 때문인 듯" 수군대며 강의실로 들어오는 학생들.

유나   으- 누구 땜에 출튀도 못 하게 생겼네.

기지개 켜며 불평하던 유나, 강의실 들어오는 재영 보고는 흠칫한다.
오늘도 빨강으로 도배한 재영의 기괴한 패션.

유나   아오- 며칠째 시위하는 것도 아니고.
            모자 그딴 식으로 쓸 거면 돌려줘! 갖다 버리게.

재영   왜~ 깔맞춤 좋잖아. 눈에 딱 들어오고.

유나   그러니까, 그게 문제라고. 꿈에 나올까 봐 무섭다고.

재영 아껴 먹는 거 같길래. 맘껏 먹으라구. (윙크 찡긋)

상우, 순간 욕 나오려는 걸 남은 음식들로 욱여넣어 막고, 서둘러 일어나면
재영, 이번엔 큰 소리로 상우 부르며 주위의 관심을 끈다.

재영 (오버하며) 음식 남기면 벌 받아 상우야~!

상우, 짜증이 바짝 치솟지만, 끝까지 돌아보지 않고 퇴식구로 걸어가는.

지혜 (유심히 보고) 친구, 아닌 거 같은데….

지혜와 은정, 상우가 옆으로 지나가자, 서둘러 "안녕하세요~" 인사하지만,
얼굴에 짜증이 덕지덕지 붙은 상우, 듣지 못하고 앞질러 걸어간다.

S#10. 교양관, 세미나실 / 낮 (다음 날)

강단 스크린에 〈한국대생 인성 교육 – 성적 기준〉 떠 있고.
"개빡세졌네" "작년 사건 때문인 듯" 수군대며 강의실로 들어오는 학생들.

유나 으- 누구 땜에 출튀도 못 하게 생겼네.

기지개 켜며 불평하던 유나, 강의실 들어오는 재영 보고는 흠칫한다.
오늘도 빨강으로 도배한 재영의 기괴한 패션.

유나 아오- 며칠째 시위하는 것도 아니고.
    모자 그딴 식으로 쓸 거면 돌려줘! 갖다 버리게.
재영 왜~ 깔맞춤 좋잖아. 눈에 딱 들어오고.
유나 그러니까, 그게 문제라고. 꿈에 나올까 봐 무섭다고.

재영이 옆자리에 앉으면, 유나 피하듯 한 칸 떼어 앉고.

재영   역시 그렇지? 무시하기 힘든 비주얼이지?   *이긴하지?*

      근데 걘 표정이 원래 그런 건지, 평온한 척하는 건지,

      반응이 잘 안 읽힌단 말이야. 감질맛나게…   *~시리*

유나   (멈칫) 그 주어, 설마 추상우냐.

재영   (빙긋 웃으며) 상우가 빨간색을 싫어한대. 그리고, 내가 제일 싫대.

유나   (헐– 할 말 잃으면)

재영   (아쉽) 아– 이것만 아니면 지금 공대수학도 같이 듣는 건데…

"미친…"고개 절레절레 흔들며 한 칸 더 떨어져 앉는 유나.

재영, 아무런 타격 없고. 그저 무언가 확인하느라 바쁘다.

보면, 상우의 시간표. 1시 프랑스어 강의에 히죽 웃으며 체크하는 재영에서.

S#11.   교양관, 프랑스어 강의실 / 낮

빠른 걸음으로 강의실에 뛰어 들어온 상우.

어김없이 창가 자리에 놓여 있는 가방을 보고 짜증스러운 한숨을 토해 낸다.

그때, 어깨동무하며 상우의 옆에 서는 재영.

재영   오늘도 괜히 땀만 뺐다. 그치?

상우   (팔 쳐내며) 대체 시간표는 어떻게 알았어요?

품에서 종이 쪼가리 꺼내 흔드는 재영.

재영   봐 달라고 친절하게 흘리고 간 거 아니었어?

INS〉#1, 회의실 안, 파일 두고 기 싸움하던 두 사람 사이로,

재영이 옆자리에 앉으면, 유나 피하듯 한 칸 띄어 앉고.

재영	역시 그렇지? 무시하기 힘든 비주얼이지?
	근데 걘 표정이 원래 그런 건지, 평온한 척하는 건지,
	반응이 잘 안 읽힌단 말이야. 감질맛나게···.
유나	(멈칫) 그 주어, 설마 추상우냐.
재영	(빙긋 웃으며) 상우가 빨간색을 싫어한대. 그리고, 내가 제일 싫대.
유나	(헐- 할 말 잃으면)
재영	(아쉽) 아- 이것만 아니면 지금 공대수학도 같이 듣는 건데···.

"미친···" 고개 절레절레 흔들며 한 칸 더 떨어져 앉는 유나.

재영, 아무런 타격 없고. 그저 무언가 확인하느라 바쁘다.

보면, 상우의 시간표. 1시 프랑스어 강의에 히죽 웃으며 체크하는 재영에서.

S#11. 교양관, 프랑스어 강의실 / 낮

빠른 걸음으로 강의실에 뛰어 들어온 상우.

어김없이 창가 자리에 놓여 있는 가방을 보고 짜증스러운 한숨을 토해 낸다.

그때, 어깨동무하며 상우의 옆에 서는 재영.

재영	오늘도 괜히 땀만 뺐다. 그치?
상우	(팔 쳐내며) 대체 시간표는 어떻게 알았어요?

품에서 종이 쪼가리 꺼내 흔드는 재영.

재영	봐 달라고 친절하게 흘리고 간 거 아니었어?

INS〉 #1, 회의실 안, 파일 두고 기 싸움하던 두 사람 사이로,

 장재영 대본

다음 학기 시간표가 그려진 종이 한 장이 바닥으로 떨어진다.

상우   (화 참고, 종이 뺏으며) 시간 낭비가 특기인가 본데, 관심 없어요.
재영   (자리로 가며) 인내심 하난 끝내주네. 인정!

감독님
디렉션 :

씩 웃고
너무 하이 텐션 X

보란 듯이 거만하게 의자에 척 늘어져 앉아, 다리 꼬는 재영.
이어 가방에서 블랙홀릭 커피를 꺼내 책상에 탁- 올려 둔다.

상우   유치하긴.

상우, 꼴 보기 싫다는 듯 되도록 재영과 가장 멀리 떨어진 자리에 가 앉는데.

(CUT TO)

의미심장한 얼굴!
(발표 같이하는 거
재영이는 이미 앎)

프교수   (E) 자~ 파트너와 인사 모두 마쳤죠?

스크린에는 떠 있는 〈프랑스어 대화 발표 명단〉
그중 '시각디자인과 장재영-컴퓨터공학과 추상우' 앞 순서에 배정되어 있다.
어쩔 수 없이 재영과 짝지어 앉은 상우, 표정 썩어 들어가는 중이고.

상우   (손들어) 교수님. 팀원이 마음이 들지 않아
         도저히 같이 진행할 수 없는데, 바꿀 수 있을까요?
프교수   안 됩니다. 그걸 극복하는 게 바로 팀워크니까요.
상우   (마지못해) …네.
재영   (피식 웃고, 상우 쪽으로 기울여 귓속말) 형.만.믿.어.
상우   (경멸하며 떨어지는)
재영   형이 캐리해 줄게~

다음 학기 시간표가 그려진 종이 한 장이 바닥으로 떨어진다.

상우 (화 참고, 종이 뺏으며) 시간 낭비가 특기인가 본데, 관심 없어요.

재영 (자리로 가며) 인내심 하난 끝내주네. 인정!

보란 듯이 거만하게 의자에 척 늘어져 앉아, 다리 꼬는 재영.
이어 가방에서 블랙홀릭 커피를 꺼내 책상에 탁- 올려 둔다.

상우 유치하긴.

상우, 꼴 보기 싫다는 듯 되도록 재영과 가장 멀리 떨어진 자리에 가 앉는데.

(CUT TO)

프교수 (E) 자~ 파트너와 인사 모두 마쳤죠?

스크린에는 떠 있는 〈프랑스어 대화 발표 명단〉
그중 '시각디자인과 장재영-컴퓨터공학과 추상우' 앞 순서에 배정되어 있다.
어쩔 수 없이 재영과 짝지어 앉은 상우, 표정 썩어 들어가는 중이고.

상우 (손들어) 교수님. 팀원이 마음이 들지 않아
도저히 같이 진행할 수 없는데, 바꿀 수 있을까요?

프교수 안 됩니다. 그걸 극복하는 게 바로 팀워크니까요.

상우 (마지못해) …네.

재영 (피식 웃고, 상우 쪽으로 기울여 귓속말) 형.만.믿.어.

상우 (경멸하며 떨어지는)

재영 형이 캐리해 줄게~

장재영 대본

즐겁다는 듯 웃는 재영의 모습 위로 일자로 쭉 그어지는 빨간 줄.

상우   (E) 빨간 옷 입고 돌아다닌 죄 [불법 아님]

S#12.   빌라 앞, 외부 / 밤

핸드폰 메모장에 적은 '미친놈 죄목'을 하나씩 읽으며, 집으로 향하는 상우.
불법 아닌 항목에 빨간 줄을 죽- 그어 지운다.

상우   (E) 좋아하는 자리 차지한 죄 [불법 아님]
       커피 매진시킨 죄 [불법 아님]
       존재 자체 [불법 아님]

상우   법이 뭐 이래….

상우, 답답함 몰려와, 하늘 바라보며 고개를 뒤로 훅 젖히는데….
거리에 놓인 반사경 위로, 자신의 뒤에 서 있는 재영이 보인다.
상우, 깜짝 놀라 뒤돌아보면 다행히 어둠뿐.

상우   이젠 헛 게 다 보이네.

상우, 잔뜩 긴장한 얼굴로 주위 두리번두리번 살피며 집으로 향하는데.

S#13.   빌라, 복도 / 밤

한껏 예민한 상태로 복도를 가로지르는 상우.
뒤에서 누군가 자신을 쫓아 걸어오는 게 느껴진다.
상우, 긴장해 점점 걸음 빨라지면, 뒷사람도 따라 걸음 빨라지고
이내 거의 뛰듯이 집 앞에 도착한 상우, 서둘러 열쇠 꺼내려던 순간,

> **감독님 디렉션:**
> 재영, 여유 있는 발걸음. 범죄처럼 보이면 안 됨. 오히려 경쾌(?)하게.

즐겁다는 듯 웃는 재영의 모습 위로 일자로 쭉 그어지는 빨간 줄.

상우　　　(E) 빨간 옷 입고 돌아다닌 죄 [불법 아님]

> 빌라 벽
> '저수리 맨션'

S#12.　　빌라 앞, 외부 / 밤

핸드폰 메모장에 적은 '미친놈 죄목'을 하나씩 읽으며, 집으로 향하는 상우.
불법 아닌 항목에 빨간 줄을 죽- 그어 지운다.

상우　　　(E) 좋아하는 자리 차지한 죄 [불법 아님]
　　　　　커피 매진시킨 죄 [불법 아님]
　　　　　존재 자체 [불법 아님]

> 감독님
> 디렉션 :
>
> 며칠째 시달려온
> 상황.
> 무기력하고
> 피곤하다.

상우　　　법이 뭐 이래….

상우, 답답함 몰려와, 하늘 바라보며 고개를 뒤로 혹 젖히는데….
거리에 놓인 반사경 위로, 자신의 뒤에 서 있는 재영이 보인다.
상우, 깜짝 놀라 뒤돌아보면 다행히 어둠뿐.

상우　　　이젠 헛 게 다 보이네.

상우, 잔뜩 긴장한 얼굴로 주위 두리번두리번 살피며 집으로 향하는데.

S#13.　　빌라, 복도 / 밤

한껏 예민한 상태로 복도를 가로지르는 상우.
뒤에서 누군가 자신을 쫓아 걸어오는 게 느껴진다.
상우, 긴장해 점점 걸음 빨라지면, 뒷사람도 따라 걸음 빨라지고.
이내 거의 뛰듯이 집 앞에 도착한 상우, 서둘러 열쇠 꺼내려던 순간,

쫓아오던 남자, 옆집(401호)에 딱 멈춰 선다.

상우, 신경 바짝 곤두서 옆집 조심스럽게 보면- 재영이다.

상우   악!

재영   (덩달아 놀아 움찔) 아우씨, 깜짝이야. 뭘 그렇게 놀래. *엄마*

상우   미쳤어요? 여긴 어떻게 알고!!

재영   (쉿- 하며) 옆집에서 놀라겠다.

상우   (정색) 스토커로 신고할게요.

재영   (씩 웃고) 무슨 이유로? *얄밉게*

보란 듯이 열쇠 꺼내 401호 문을 딱- 여는 재영.

상우, 경악하고 보면.

재영   아는 선배가 우연히 옆집으로 이사 왔어요?

        (긁적이며) 그게 이유가 되나?

상우   (헛웃음) 그걸 저보고 믿으라고요?

재영   (얄밉게) 못 믿어도 별수 있나~ 그게 사실인데. ✓✓✓✓✓ !

니가   나도 며칠 전에 알고 진-짜 놀랐잖아… 그래도 나 티 안 냈다?

                      깜짝

여유롭게 놀려대는 재영을 보자 피가 확 식는 상우, 이내 냉정해진다.

상우   그냥 쓰레기인 줄 알았는데 대단한 싸이코였네요.

재영   (타격 없이 생긋) 그런 소리 많이 들어.   *말, 진짜*

상우   (조소하며) 뭐 대단한 반응이라도 기대했나 본데,

        선배 이러는 거 저한테 별거 아니에요.

재영   그 말 들으니까 왠지 불타오르는데?

    얘기   *더*

쫓아오던 남자, 옆집(401호)에 딱 멈춰 선다.

상우, 신경 바짝 곤두서 옆집 조심스럽게 보면- 재영이다.

상우　　악!

재영　　(덩달아 놀아 움찔) 아우씨, 깜짝이야. 뭘 그렇게 놀래.

상우　　미쳤어요? 여긴 어떻게 알고!!

저기요, **재영**　　(쉿- 하며) 옆집에서 놀라겠다.

상우　　(정색) 스토커로 신고할게요.

재영　　(씩 웃고) 무슨 이유로?

보란 듯이 열쇠 꺼내 401호 문을 딱- 여는 재영.

상우, 경악하고 보면.

재영　　아는 선배가 우연히 옆집으로 이사 왔어요?

　　　　　 (긁적이며) 그게 이유가 되나?

상우　　(헛웃음) 그걸 저보고 믿으라고요?

재영　　(얄밉게) 못 믿어도 별수 있나~ 그게 사실인데.

　　　　　 나도 며칠 전에 알고 진-짜 놀랐잖아… 그래도 나 티 안 냈다?

여유롭게 놀려대는 재영을 보자 피가 확 식는 상우, 이내 냉정해진다.

*이어서

상우　　그냥 쓰레기인 줄 알았는데 대단한 싸이코였네요.

재영　　(타격 없이 생긋) 그런 소리 많이 들어.

상우　　(조소하며) 뭐 대단한 반응이라도 기대했나 본데,

　　　　　 선배 이러는 거 저한테 별거 아니에요.

재영　　그 말 들으니까 왠지 불타오르는데?

상우, 재영 같잖게 보며, 집 문 연다.

상우 어디 한번 잘해 보시죠, 싸이코 선배님.

재영 (눈웃음) 응원 고마워, 또라이 후배님.

현관문 반 틈 연 채, 끝까지 서로를 노려보는 두 사람.

그 위로, 복도 전구가 위태롭게 깜빡 깜빡인다.

S#14. 공학관, 화장실 앞 복도 / 낮 (다음 날)

다크써클이 광대까지 내려온 상우, 졸음기에 해롱대며 걸으면.

지혜, 밝게 인사하려다 상우 상태 보고 놀란다.

지혜 (헉) 오빠, 어디 아프세요? (놀라) 어어, 코피!!

상우, 주룩- 흐르는 코피 닦아서 멍하니 보고.

지혜, 놀라서 휴지 꺼내 상우의 얼굴 감싸는데….

한편, 콧노래 부르며 어느새 친해진 공대생 친구들과 복도를 걷던 재영.

다정하게 붙어 사라지는 상우와 지혜를 보고 갸웃한다.

재영 웬 여자…? (동건 툭 치고) 얘, 쟤 누구냐, 추상우 옆에.

동건 류지혜… 같은데요? 맞지? B반 류지혜.

건희 오- 쟤 추상우한테 관심 있는 것 같더니, 둘이 뭔가 있나 본데?

재영 흠~ 그럴 정신이 있었단 말이지?

                         있으셨단

재영의 시야로 나란히 붙어 건물로 들어가는 상우와 지혜 보이고.

상우, 재영 갈잖게 보며, 집 문 연다.

상우　어디 한번 잘해 보시죠. 싸이코 선배님.

재영　(눈웃음) 응원 고마워, 또라이 후배님.

현관문 반 틈 연 채, 끝까지 서로를 노려보는 두 사람.
그 위로, 복도 전구가 위태롭게 깜빡 깜빡인다.

S#14.　공학관, 화장실 앞 복도 / 낮 (다음 날)

다크써클이 광대까지 내려온 상우, 졸음기에 해롱대며 걸으면.
지혜, 밝게 인사하려다 상우 상태 보고 놀란다.

지혜　(헉) 오빠, 어디 아프세요? (놀라) 어어, 코피!!

상우, 주룩- 흐르는 코피 닦아서 멍하니 보고.
지혜, 놀라서 휴지 꺼내 상우의 얼굴 감싸는데….

한편, 콧노래 부르며 어느새 친해진 공대생 친구들과 복도를 걷던 재영.
다정하게 붙어 사라지는 상우와 지혜를 보고 갸웃한다.

재영　웬 여자…? (동건 툭 치고) 쟨 누구냐, 추상우 옆에.

동건　류지혜… 같은데요? 맞지? B반 류지혜.

건희　오- 쟤 추상우한테 관심 있는 것 같더니, 둘이 뭔가 있나 본데?

재영　흠~ 그럴 정신이 있단 말이지?

재영의 시야로 나란히 붙어 건물로 들어가는 상우와 지혜 보이고.

장재영 대본

S#15.   공학관, 강의실 / 낮

음료수 마시며, 뒤늦게 강의실로 들어온 재영.
자신의 가방을 베고 잠든 상우를 보고 어이없는 웃음을 흘린다.

블랙홀릭

재영   이제 막가겠다, 이건가.

얼씨구

재영, 상우 아래 깔린 가방 빼내려다, 그냥 놔두고 옆자리에 앉는다.
그리고는 책상에 팔 괴고 기대, 잠든 상우의 모습을 탐색하듯 보는.

재영   얘는 볼 때마다 모자를 쓰고 있네. 불편하지도 않나.

눈앞의 펜을 집어 슬쩍 모자챙을 들춰 보는 재영.

재영   뭐, 인상 안 쓰니까 봐줄 만하네.

> 감독님
> 디렉션 :
>
> 재영, 상우
> 오래 응시하기!
> 멜로 텐션,
> 다가가는 액팅까지.

민얼굴 빤히 보다가, 뭔가 떠올랐는지 눈썹 들썩이며 짓궂게 웃는 재영인데.

공학교수   (E) 추상우 학생! 추상우 학생!!

(CUT TO)

순간 눈을 번쩍 뜬 상우, 놀라서 상체를 확 일으키면.
교수와 학생들의 시선, 모두 상우에게로 쏠려 있다.

공학교수   개강 첫 주부터 졸고 있으면 됩니까?
상우   (당황해 고개 꾸벅) 죄송합니다.

상우, 꾸벅 접었던 허리를 펴고 드디어 얼굴 보이면.

S#15.　공학관, 강의실 / 낮

음료수 마시며, 뒤늦게 강의실로 들어온 재영.
자신의 가방을 베고 잠든 상우를 보고 어이없는 웃음을 흘린다.

재영　이제 막가겠다, 이건가.

재영, 상우 아래 깔린 가방 빼내려다, 그냥 놔두고 옆자리에 앉는다.
그리고는 책상에 팔 괴고 기대, 잠든 상우의 모습을 탐색하듯 보는.

재영　애는 볼 때마다 모자를 쓰고 있네. 불편하지도 않나.

눈앞의 펜을 집어 슬쩍 모자챙을 들춰 보는 재영.

재영　뭐, 인상 안 쓰니까 봐줄 만하네.

민얼굴 빤히 보다가, 뭔가 떠올랐는지 눈썹 들썩이며 짓궂게 웃는 재영인데.

공학교수　(E) 추상우 학생! 추상우 학생!!

(CUT TO)

순간 눈을 번쩍 뜬 상우, 놀라서 상체를 확 일으키면.
교수와 학생들의 시선, 모두 상우에게로 쏠려 있다.

감독님
디렉션 :

처음엔
낙서 공개 X
한쪽에만 낙서!

공학교수　개강 첫 주부터 졸고 있으면 됩니까?
상우　(당황해 고개 꾸벅) 죄송합니다.

상우, 꾸벅 접었던 허리를 펴고 드디어 얼굴 보이면.

픕-하고 터지는 학생들의 웃음소리.

영문을 몰라 어리둥절한 상우의 얼굴 위로, 귀여운 낙서들이 가득하다.

상우, 이상함을 직감하고 옆자리 보면, 재영의 손에 들린 매직펜.

재영, 상우의 맹한 표정이 웃겨 죽겠다는 듯 쿡쿡 웃음을 참고 있다.

당했다! 절망하는 상우의 모습에서.

S#16. 공학관, 화장실 / 낮

거칠게 물 틀고, 비누로 거품 내 인중을 빠르게 문지르는 상우.

지워지는 정도가 미미해 빡친다.

상우   개자식…! 에러 같은 놈!

눈으로 비눗물이 들어가 물로 헹구다가, 순간 울컥해 거울을 노려보는 상우.

핸드타월을 뽑아 닦다가, 더 이상 못 참겠다는 듯, 콱- 구기는 모습에서.

S#17. 공학관, 화장실 앞 복도 / 낮

화장실 앞 복도에 기대 발 장난 치고 있는 재영.

재영   유성은 심했나~?
                        좀

실실 웃으며 상우가 언제 나올까, 목 빠지게 기다리고 있는데.

화장실에서 나온 상우, 재영을 향해 거침없이 돌진해 걸어간다.

상우   저기요. 제정신이에요?!

상우의 감정적인 반응에 살짝 놀란 재영. 이내 흥미진진해져선.

풉-하고 터지는 학생들의 웃음소리.

영문을 몰라 어리둥절한 상우의 얼굴 위로, 귀여운 낙서들이 가득하다.

상우, 이상함을 직감하고 옆자리 보면, 재영의 손에 들린 매직펜.

재영, 상우의 맹한 표정이 웃겨 죽겠다는 듯 쿡쿡 웃음을 참고 있다.

당했다! 절망하는 상우의 모습에서.

S#16.　공학관, 화장실 / 낮

거칠게 물 틀고, 비누로 거품 내 인중을 빠르게 문지르는 상우.

지워지는 정도가 미미해 빡친다.

아이씨,
미대생이라고
꼼꼼히도
칠해놨네

상우　　개자식…! 에러 같은 놈!!

읊조리는 거 xx 뜯출

새끼

눈으로 비눗물이 들어가 물로 헹구다가, 순간 울컥해 거울을 노려보는 상우.

핸드타월을 뽑아 닦다가, 더 이상 못 참겠다는 듯, 콱- 구기는 모습에서.

S#17.　공학관, 화장실 앞 복도 / 낮

화장실 앞 복도에 기대 발 장난 치고 있는 재영.

감독님
디렉션:

1. 물리적으로 괴롭힘을 당함
2. 사람들에게 민망한
모습 노출
-> 상우 분노 게이지 상승
초딩 바이브
상황이 재미있는 재영

재영　　유성은 심했나~?

실실 웃으며 상우가 언제 나올까, 목 빠지게 기다리고 있는데.

화장실에서 나온 상우, 재영을 향해 거침없이 돌진해 걸어간다.

상우　　저기요. 제정신이에요?!

상우의 감정적인 반응에 살짝 놀란 재영. 이내 흥미진진해져선.

장재영 대본

재영　(요리조리 보며) 깨끗하게 잘 지웠네? ~~이야~~ ~~다?~~

상우　작작 하세요. 선배 유치한 장난 받아 줄 생각 없으니까.

재영　너 화나니까 눈썹 떨린다.　*턱 만지며

빡쳐서 모자 더 꾹 눌러 쓰는 상우.
재영, 상우가 자신의 말을 신경 쓰자 즐겁다.

상우　(이성 붙잡고) 이렇게까지 하는 이유가 뭐죠?
　　　　졸업이 돌아오는 것도 아니잖아요.

재영　(피식) 졸업은 무슨, 개학한 지가 언젠데.

상우　그럼 대체 왜-

재영　이제 불만 같은 거 없어. 후배님 덕분에 하루하루가 즐겁거든.

상우　(어이없는) 절 괴롭혀서 그쪽한테 무슨 이득이 있는데요.

재영　그냥, (씨익 웃으며) 기분 문제야.

순간 소름이 확 돋아 멈칫하는 상우.
이내 주먹을 꾹 움켜쥐며 재영을 도전적으로 마주 본다.

상우　원하는 게 있으면 똑바로 말해요. 사람 괴롭히지 말고.

재영　원하는 거라….
　　　　(간 보듯 상우 빤히 보다가, 얼굴로 시선 향하고) 벗어 봐.

상우　?!!

재영　벗어 봐, 그 모자.

도발적인 재영의 말에 표정 콱 구기는 상우에서!!

2화 END

재영　(요리조리 보며) 깨끗하게 잘 지냈네?

상우　작작 하세요. 선배 유치한 장난 받아 줄 생각 없으니까.

재영　너 화나니까 눈썹 떨린다.

빡쳐서 모자 더 꾹 눌러 쓰는 상우.

재영, 상우가 자신의 말을 신경 쓰자 즐겁다.

상우　(이성 붙잡고) 이렇게까지 하는 이유가 뭐죠?

　　　졸업이 돌아오는 것도 아니잖아요.

재영　(피식) 졸업은 무슨, 개학한 지가 언젠데.

상우　그럼 대체 왜-

재영　이제 불만 같은 거 없어. 후배님 덕분에 하루하루가 즐겁거든.

상우　(어이없는) 절 괴롭혀서 그쪽한테 무슨 이득이 있는데요.

재영　그냥, (씨익 웃으며) 기분 문제야.

> 감독님
> 디렉션:
>
> 상우,
> 한 발짝
> 다가간다

순간 소름이 확 돋아 멈칫하는 상우.

이내 주먹을 꾹 움켜쥐며 재영을 도전적으로 마주 본다.

상우　원하는 게 있으면 똑바로 말해요. 사람 괴롭히지 말고.

재영　원하는 거라….

　　　(간 보듯 상우 빤히 보다가, 얼굴로 시선 향하고) 벗어 봐.

상우　?!!

재영　벗어 봐, 그 모자.

도발적인 재영의 말에 표정 확 구기는 상우에서!!

2화 END

083

THREE

[SEMANTIC ERROR]

S#1.   공학관, 화장실 앞 복도 / 낮

텅 빈 복도에 우뚝 서, 서로를 마주 보고 있는 재영과 상우.

상우   원하는 게 있으면 똑바로 말해요. 사람 괴롭히지 말고.

재영   원하는 거….
           (간 보듯 상우 빤히 보다가, 얼굴로 시선 향하고) 벗어 봐.

상우   ?!!

재영   벗어 봐, 그 모자.

도발적인 재영의 말에 표정 확 구긴 상우. 경계하며 모자챙을 만진다.

상우   깡패예요? 양아치 짓 하는 게 재밌습니까?

재영   (격하게 나오자 살짝 당황) 모자 하나로 해석이 과하다? 너?
           (태연한 척) ~~원하는~~ 내가 거 말하라며?

상우   하, 개소리 지껄이면 자기가 뭐라도 되는 줄 아나 본데.
           (한 발짝 다가가) 더 이상 선배한테 끌려다닐 생각 없어요.

재영   (갑자기 훅 다가온 상우에 움찔하는)

상우   (눈 딱 보며) 저도 이제 안 참을 거란 애깁니다.

모자 아래, 강렬하게 빛나는 상우의 눈빛을 인상적으로 보는 재영.
이내 상우 미련 없이 떠나자, 긴장감 풀려 헛웃음 짓는다.

재영   박력 보게?
           소

겁먹긴커녕 오히려 더 흥미진진한 미소 짓는 재영의 모습에서.
화면 에러 걸린 듯 지지직-거리는 소리와 함께 오류 표시 뜨며!

S#1. 공학관, 화장실 앞 복도 / 낮

텅 빈 복도에 우뚝 서, 서로를 마주 보고 있는 재영과 상우.

상우   원하는 게 있으면 똑바로 말해요. 사람 괴롭히지 말고.

재영   원하는 거….

        (간 보듯 상우 빤히 보다가, 얼굴로 시선 향하고) 벗어 봐.

상우   ?!!

재영   벗어 봐, 그 모자.

도발적인 재영의 말에 표정 꽉 구긴 상우. 경계하며 모자챙을 만진다.

상우   깡패예요? 양아치 짓 하는 게 재밌습니까?

재영   (격하게 나오자 살짝 당황) 모자 하나로 해석이 과하다?

        (태연한 척) 원하는 거 말하라며?

상우   하, 개소리 지껄이면 ~~자기~~ 뭐라도 되는 줄 아나 본데.

        (한 발짝 다가가) 더 이상 선배한테 끌려다닐 생각 없어요.

재영   (갑자기 훅 다가온 상우에 움찔하는)

상우   (눈 딱 보며) 저도 이제 안 참을 거란 얘깁니다.

모자 아래, 강렬하게 빛나는 상우의 눈빛을 인상적으로 보는 재영.
이내 상우 미련 없이 떠나자, 긴장감 풀려 헛웃음 짓는다.

재영   박력 보게?

겁먹긴커녕 오히려 더 흥미진진한 미소 짓는 재영의 모습에서.
화면 에러 걸린 듯 지지직-거리는 소리와 함께 오류 표시 뜨며!

Title in / 시맨틱 에러

S#2.   미대, 실기실 / 낮

소파에 앉아 컵라면 먹고 있는 재영을 옆에서 놀리는 유나와 형탁.

유나   (통쾌하게 웃으며) 추상우 개도 성깔 장난 아니다! 장재영 발렸죠~

형탁   (재영 보며) 그러게, 생뚱맞게 웬 모자? 형, 삥 뜯는 건 범죄야.

재영   삥은 무슨…. (라면 먹고) 그냥-

INS〉#1, 극적으로 확 다가오던 상우의 강렬한 눈빛 떠오르고.

재영   (감상에 젖어) 빡친 얼굴 좀 자세히 보려고 했지.

유나   (질색) 뭐야, 방금… 개 변태 싸이코 같았어.

재영   응~ 칭찬 감사.

유나   응~ 욕을 칭찬으로 알아 쳐 들으니 나도 감사.

두 사람 티격태격하면, "유치해-" 하며 무릎 위에 올려둔 노트북 보는 형탁.
인터넷에 올라온 게시글 보고 표정 찌푸린다.

형탁   미친- 이것 봐 봐.

형탁, 흥분해 유나와 재영에게 화면 돌려 주면,
〈퀴스트 게임즈 김규태 대표(경영04) 멘토링 특강〉
포스터가 학교 게시판에 올라와 있다. (포스터에 얼굴 有)

유나   (자세히 보고) 어? 이 새끼 너 푼돈 주고 굴린 그 사기꾼 놈 아냐?

형탁   (격하게 고개 끄덕) 이 사람 진짜 악질인데…!

Title in / 시맨틱 에러

S#2. 미대, 실기실 / 낮

소파에 앉아 컵라면 먹고 있는 재영을 옆에서 놀리는 유나와 형탁.

유나   (통쾌하게 웃으며) 추상우 걔도 성깔 장난 아니다! 장재영 발렸죠~
형탁   (재영 보며) 그러게, 생뚱맞게 웬 모자? 형, 삥 뜯는 건 범죄야.
재영   삥은 무슨…. (라면 먹고) 그냥-

INS〉#1, 극적으로 확 다가오던 상우의 강렬한 눈빛 떠오르고.

재영   (감상에 젖어) 빡친 얼굴 좀 자세히 보려고 했지.
유나   (질색) 뭐야, 방금… 개 변태 싸이코 같았어.
재영   응~ 칭찬 감사.
유나   응~ 욕을 칭찬으로 알아 쳐 들으니 나도 감사.

두 사람 티격태격하면, "유치해-" 하며 무릎 위에 올려둔 노트북 보는 형탁.
인터넷에 올라온 게시글 보고 표정 찌푸린다.

형탁   미친- 이것 봐 봐.

형탁, 흥분해 유나와 재영에게 화면 돌려 주면,
〈퀴스트 게임즈 김규태 대표(경영04) 멘토링 특강〉
포스터가 학교 게시판에 올라 있다. (포스터에 얼굴 有)

유나   (자세히 보고) 어? 이 새끼 너 푼돈 주고 굴린 그 사기꾼 놈 아냐?
형탁   (격하게 고개 끄덕) 이 사람 진짜 악질인데…!

유나   (분노) 와- 어디서 뻔뻔하게 멘토질이냐. 학교 미쳤네.

형탁   나 그때 이 새끼 때문에 살이 오키로나 빠졌다고오~

재영   (형탁에게 라면 주며) 우리 형탁이 통통하니 귀여웠었는데….

형탁, 재영이 주는 라면 받아먹으며, "혀엉~~" 찡찡대고.

유나, 열 뻗쳐 실기실에 굴러다니는 블랙홀릭 아무 생각 없이 따 마셨다가.

유나   (오만상) 윽- 미친. 내가 이 쓰레기 갖다 버리랬지?!

S#3.   빌라 앞, 오르막길 / 밤

블랙홀릭 캔 커피가 가득 든 박스를 들고 집으로 향하는 상우.

무겁지만 뿌듯한 표정이다.

상우   커피는 해결했고.

그때, 박스 위로 척- 놓이는 빨간 가방.

상우, 안 봐도 뻔해 인상 쓰고 보면, 역시나 재영이 싱긋 웃고 있다.

재영   (여유롭게) 신발 끈 좀 묶을게?

상우   (짜증) 저기요.

재영   (무시하고) 내일 이 가방으로 자리 좀 맡아 줄래?

              일찍 일어나려니까 아주 죽겠어~ 다!

그때, 재영의 말 다 듣지도 않고, 앞서 걸어가는 상우.

빌라 앞 도착해, 보란 듯이 재영의 가방을 오르막길 아래로 툭 던져 버린다.

데굴데굴 굴러떨어지는 가방 속 짐들! "야!!" 재영, 당황해 달려가 챙기고.

유나   (분노) 와- 어디서 뻔뻔하게 멘토질이냐. 학교 미쳤네.

형탁   나 그때 이 새끼 때문에 살이 오키로나 빠졌다고오~

재영   (형탁에게 라면 주며) 우리 형탁이 통통하니 귀여웠는데….

형탁, 재영이 주는 라면 받아먹으며, "혀엉~~" 찡찡대고.

유나, 열 뻗쳐 실기실에 굴러다니는 블랙홀릭 아무 생각 없이 따 마셨다가.

유나   (오만상) 윽- 미친. 내가 이 쓰레기 갖다 버리랬지?!

S#3.   빌라 앞, 오르막길 / 밤

블랙홀릭 캔 커피가 가득 든 박스를 들고 집으로 향하는 상우.

무겁지만 뿌듯한 표정이다.

상우   커피는 해결했고.

그때, 박스 위로 척- 놓이는 빨간 가방.

상우, 안 봐도 뻔해 인상 쓰고 보면, 역시나 재영이 싱긋 웃고 있다.

재영   (여유롭게) 신발 끈 좀 묶을게?

상우   (짜증) 저기요.

재영   (무시하고) 내일 이 가방으로 자리 좀 맡아 줄래?

          일찍 일어나려니까 아주 죽겠어~

그때, 재영의 말 다 듣지도 않고, 앞서 걸어가는 상우.

빌라 앞 도착해, 보란 듯이 재영의 가방을 오르막길 아래로 툭 던져 버린다.

데굴데굴 굴러떨어지는 가방 속 짐들. "야!!" 재영, 당황해 달려가 챙기고.

재영   (헉헉, 상우 노려보며) 가만 보면 나보다 더 양아치야?   *숨차고,

아이씨!

상우   그러게, 자기 물건 간수를 잘했어야죠. (비릿한 미소)

상우, 말 끝내고 도도하게 빌라 안으로 들어가자,
동네방네 다 들으라는 듯 크게 외치는 재영.

_야_

재영   상우야! 잘 자라. 꼭 내 꿈 꿔!!

상우, 지긋지긋하다는 듯 인상 확 찡그리고. 이내 투지로 눈빛 번뜩인다.

S#4.   캠퍼스, 등굣길 / 아침

푸르스름한 새벽 아침. 경비 아저씨, 빗자루로 길 쓸고 있는데.
상우, 힘차게 자전거 페달 밟으며 교문으로 들어온다.
경비 아저씨, 의아해하며 시계 보고.

S#5.   공학관, 강의실 / 낮

빈 강의실에 산뜻한 걸음으로 들어오는 상우. 시계 보면, 6시 반이다.

상우   (승리의 미소) 역시 이 시간엔 없네.

가방 없는 창가 넷째 줄 자리로 향해, 빈 책상을 손으로 가만히 쓰는 상우.
창가에 부는 바람과 시야에 잘 들어오는 칠판을 확인하고 살짝 미소 짓는다.
이어 자리 위 물건들 완벽하게 세팅하고, 예습 모드에 들어가는 상우.
시간 흘러, 학생들 하나둘 들어오는 동안 공부에 계속 집중하는데.
옆자리 의자 끌며 앉는 누군가, 재영이다.

재영   옆자리는 앉아도 되잖아.

재영	(헉헉, 상우 노려보며) 가만 보면 나보다 더 양아치야?
상우	그러게, 자기 물건 간수를 잘했어야죠. (비릿한 미소)

상우, 말 끝내고 도도하게 빌라 안으로 들어가자,
동네방네 다 들으라는 듯 크게 외치는 재영.

재영	상우야. 잘 자라. 꼭 내 꿈 꿔!!

상우, 지긋지긋하다는 듯 인상 확 찡그리고. 이내 투지로 눈빛 번뜩인다.

S#4.　캠퍼스, 등굣길 / 아침

푸르스름한 새벽 아침. 경비 아저씨, 빗자루로 길 쓸고 있는데.
상우, 힘차게 자전거 페달 밟으며 교문으로 들어온다.
경비 아저씨, 의아해하며 시계 보고.

S#5.　공학관, 강의실 / 낮

빈 강의실에 산뜻한 걸음으로 들어오는 상우. 시계 보면, 6시 반이다.

> 감독님
> 디렉션 :
> 오버스럽게 좋아해도
> 귀여울 듯!

상우	(승리의 미소) 역시 이 시간엔 없네.

가방 없는 창가 넷째 줄 자리로 향해, 빈 책상을 손으로 가만히 쓰는 상우.
창가에 부는 바람과 시야에 잘 들어오는 칠판을 확인하고 살짝 미소 짓는다.
이어 자리 위 물건들 완벽하게 세팅하고, 예습 모드에 들어가는 상우.
시간 흘러, 학생들 하나둘 들어오는 동안 공부에 계속 집중하는데.
옆자리 의자 끌며 앉는 누군가, 재영이다.

> 감독님
> 디렉션 :
> 카메라 무빙 횡달리
> 새벽 -> 아침으로
> 조명 체인지

재영	옆자리는 앉아도 되잖아.

얄밉게 웃는 재영에, 상우의 표정 살짝 일그러지는데.

갑자기 가방을 뒤지는 상우. 이내 서류 파일을 비장의 무기처럼 척- 꺼내,

책상 사이에 끼운다. 두 사람 사이에 가림판을 세운 것.

모든 걸 예상했다는 듯 의기양양하게 구는 상우에 재영 피식 웃음이 샌다.

재영	(똑똑 두드리며) 이건 또 언제 준비했어? 밤새 고민 좀 했겠는데?
상우	(E) (판 너머로 목소리만 들리는) 관심 끄고, 각자 수업 듣죠.
재영	열심히 준비했을 텐데 리액션이 별로면 서운하잖아~

(가림판 너머로 펜 떨구고) 어이쿠, 넘어갔다. 것 좀 주워 줄래?

아니다. 선 넘었으니까 이제 네 건가?

가림판 너머로 휙 던져진 펜을 받아드는 재영. 못 말린다는 듯 웃고.

S#6.   구내식당 / 낮

흥겨운 콧바람 불며 식당 두리번거리는 재영. 상우 찾아 빈자리를 기웃댄다.

재영	밥 먹을 때가 됐는데~?

그때, 빠른 속도로 재영의 앞을 지나쳐 가는 상우.

빈 테이블 다 두고, 굳이 사람이 꽉 찬 테이블 가운데에 쏙- 들어가 앉는다.

주위 사람들, "누구?" "몰라" 이상하게 봐도 꿋꿋하게 숟가락 드는 상우.

갈 곳을 잃은 재영, 우두커니 서서 그 모습을 신기하고 재밌게 바라본다.

S#7.   교양관, 세미나실 / 낮

인성 수업 마치고. 유나, 찌뿌둥한 목 돌리며 스트레칭하는 사이,

재영 신나서 떠든다.

> 감독님 디렉션:
> 상우에게
> 흥미 상승

감독님 디렉션 : 일그러짐 -> 코웃음으로 변경

알밉게 웃는 재영에, 상우의 표정 살짝 일그러지는데.

갑자기 가방을 뒤지는 상우. 이내 서류 파일을 비장의 무기처럼 척- 꺼내,

책상 사이에 끼운다. 두 사람 사이에 가림판을 세운 것.

모든 걸 예상했다는 듯 의기양양하게 구는 상우에 재영 피식 웃음이 샌다.

재영	(똑똑 두드리며) 이건 또 언제 준비했어? 밤새 고민 좀 했겠는데?
상우	(E) (판 너머로 목소리만 들리는) 관심 끄고, 각자 수업 듣죠.
재영	열심히 준비했을 텐데 리액션이 별로면 서운하잖아~ 이나

(가림판 너머로 펜 떨구고) 어이쿠, 넘어갔다. 것 좀 주워 줄래?

아니다. 선 넘었으니까 이제 네 건가?

가림판 너머로 휙 던져진 펜을 받아드는 재영. 못 말린다는 듯 웃고.

S#6. 구내식당 / 낮

흥겨운 콧바람 불며 식당 두리번거리는 재영. 상우 찾아 빈자리를 기웃댄다.

감독님 디렉션 :

피식 웃는 상우, 승리의 미소2

재영	밥 먹을 때가 됐는데~?

그때, 빠른 속도로 재영의 앞을 지나쳐 가는 상우.

빈 테이블 다 두고, 굳이 사람이 꽉 찬 테이블 가운데에 쏙- 들어가 앉는다.

주위 사람들, "누구?" "몰라" 이상하게 봐도 꼿꼿하게 숟가락 드는 상우.

갈 곳을 잃은 재영, 우두커니 서서 그 모습을 신기하고 재밌게 바라본다.

S#7. 교양관, 세미나실 / 낮

인성 수업 마치고. 유나, 찌뿌둥한 목 돌리며 스트레칭하는 사이,

재영 신나서 떠든다.

장재영 대본

재영	그니까 점심엔 일부러 사람들 꽉 찬 테이블에 가서 밥을 먹더라니까?
	번잡한 거 싫어하는 애가, 고작 나 못 앉게 한다고. ~~하겠다고~~
유나	그래그래~ 추상우가 널 정말 끔찍이도 싫어하는 거 같다. 축하해.
~~임마~~ 재영	야, 그게 포인트가 아니지-
	뭔 짓을 해도 악착같이 지 패턴 지키던 놈이,
	(기세등등해) 이젠 나 때문에 안 하던 짓을 다 한다니까?
유나	(시큰둥) 그게 뭐.
	(지겨워, 각 잡고) 야, 장재영. 너 진짜 원하는 게 뭐야.
재영	어? ~~원하는 거?~~
유나	걔가 너 땜에 변했다 치자. 그게 대체 너한테 무슨 의미가 있냐고.
	최악의 미친놈에서 뭐, 더-더- 최악이 되고 싶은 거야?
재영	(순간 할 말 잃는) …최유나, 오늘따라 쓸데없이 논리적이다?
유나	(한숨) 그냥 알고나 있으라고. 너
	누가 보면 좋아하는 애 괴롭히는 초딩인 줄.

유나, 성의 없이 툭 치고 가면, 재영 "뭐래?" 어이없어하며 투덜댄다.

S#8. 캠퍼스, 외벽 게시판 / 낮

관심 가득한 얼굴로 지혜의 공고 포스터를 보는 형탁.

핸드폰으로 사진 찍어 저장하고, 히죽 웃으며 게시판 앞 지나치면.

교차해, 가림판 옆구리에 끼고 뿌듯함이 서린 얼굴로 다가오던 상우.

엉망이 된 자신의 공고문 확인하고, 우뚝 걸음을 멈춘다.

상우의 공고문 위, '장재영 PICK!' 강렬한 빨간 그라피티가 그려져 있는.

순간 열이 확 뻗치는 상우, 공고문 거칠게 떼어 내고.

마치 재영이라도 되는 듯 종이를 사정없이 구기는 모습에서.

재영	그니까 점심엔 일부러 사람들 꽉 찬 테이블에 가서 밥을 먹더라니까?
	번잡한 거 싫어하는 애가, 고작 나 못 앉게 한다고.
유나	그래그래~ 추상우가 널 정말 끔찍이도 싫어하는 거 같다. 축하해.
재영	야, 그게 포인트가 아니지-
	뭔 짓을 해도 악착같이 지 패턴 지키던 놈이,
	(기세등등해) 이젠 나 때문에 안 하던 짓을 다 한다니까?
유나	(시큰둥) 그게 뭐.
	(지겨워, 각 잡고) 야, 장재영. 너 진짜 원하는 게 뭐야.
재영	어?
유나	걔가 너 땜에 변했다 치자. 그게 대체 너한테 무슨 의미가 있냐고.
	최악의 미친놈에서 뭐, 더-더- 최악이 되고 싶은 거야?
재영	(순간 할 말 잃는) …최유나, 오늘따라 쓸데없이 논리적이다?
유나	(한숨) 그냥 알고나 있으라고.
	누가 보면 좋아하는 애 괴롭히는 초딩인 줄.

유나, 성의 없이 툭 치고 가면, 재영 "뭐래?" 어이없어하며 투덜댄다.

S#8.　캠퍼스, 외벽 게시판 / 낮

관심 가득한 얼굴로 지혜의 공고 포스터를 보는 형탁.
핸드폰으로 사진 찍어 저장하고, 히죽 웃으며 게시판 앞 지나치면.

> 감독님
> 디렉션 :
>
> 갈 길 가다
> 멈춘 느낌

교차해, 가림판 옆구리에 끼고 뿌듯함이 서린 얼굴로 다가오던 상우.
엉망이 된 자신의 공고문 확인하고, 우뚝 걸음을 멈춘다.
상우의 공고문 위, '장재영 PICK!' 강렬한 빨간 그라피티가 그려져 있다.
순간 열이 확 뻗치는 상우, 공고문 거칠게 떼어 내고.   *기분 나쁨
마치 재영이라도 되는 듯 종이를 사정없이 구기는 모습에서.

감독님
디렉션 :

퀵대표 포스터
벽에
붙이기!

S#9. 산책로, 자판기 앞 / 낮

자판기 앞 테이블에 앉아 골몰하는 표정으로 책 뒤져 보고 있는 상우.
죄다 '복수'에 관한 책이다. 분노가 담긴 손짓, 책장을 거칠게 마구 넘기고.

상우	(으득- 이 갈며) 공격 스탯을 더 올려야 하는데….
지혜	(불쑥) 개학 주부터 넘 달리는 거 아녜요?

친근하게 웃으며 다가온 지혜, 자연스럽게 맞은편에 앉으면.
조금 경계하는 태도로, 책들 안 보이게 뒤로 물리는 상우.

지혜	(경계심 풀려고 장난) 오늘은 코피 안 나네요?
	저 그날 지인-짜 놀랐잖아요….
상우	(뒤늦게 생각나, 경계 풀며) 아- 그땐 고마웠어요.
지혜	(기다렸다는 듯) 고마우면- 말 놓기 어때요?
상우	? (이해 못 해 갸웃) 고마운데 왜 말을 놔요?
지혜	제가 두 살 어리잖아요!
	(상우가 납득 못 하는 것 같자) 그게 더 효율적이기도 하고?
상우	(그런가?) …네, 뭐. (계속 시선 느껴지자) 그래.
지혜	흐흥 더 친근하고 좋다~

S#10. 공학관 앞 + 산책로, 자판기 앞 / 낮

한편, 생각에 잠긴 채 산책로 걸어가는 재영.
INS〉#7, 조금 전 유나와의 대화를 곱씹는다.

유나	야, 장재영. 너 진짜 원하는 게 뭐야.
재영	어?
유나	걔가 너 땜에 변했다 치자. 그게 대체 너한테 무슨 의미가 있냐고.

S#9.　산책로, 자판기 앞 / 낮

자판기 앞 테이블에 앉아 골몰하는 표정으로 책 뒤져 보고 있는 상우.
죄다 '복수'에 관한 책이다. 분노가 담긴 손짓, 책장을 거칠게 마구 넘기고.

상우　　(으득- 이 갈며) 공격 스탯을 더 올려야 되는데….
지혜　　(불쑥) 개학 주부터 넘 달리는 거 아녜요?

친근하게 웃으며 다가온 지혜, 자연스럽게 맞은편에 앉으면.
조금 경계하는 태도로, 책들 안 보이게 뒤로 물리는 상우.

지혜　　(경계심 풀려고 장난) 오늘은 코피 안 나네요?
　　　　저 그날 지인-짜 놀랐잖아요….
상우　　(뒤늦게 생각나, 경계 풀며) 아- 그땐 고마웠어요.
지혜　　(기다렸다는 듯) 고마우면- 말 놓기 어때요?
상우　　? (이해 못 해 갸웃) 고마운데 왜 말을 놔요?
지혜　　제가 두 살 어리잖아요!
　　　　(상우가 납득 못 하는 것 같자) 그게 더 효율적이기도 하고?
상우　　(그런가?) …네, 뭐. (계속 시선 느껴지자) 그래.
지혜　　흐흥 더 친근하고 좋다~

S#10.　공학관 앞 + 산책로, 자판기 앞 / 낮

한편, 생각에 잠긴 채 산책로 걸어가는 재영.
INS〉#7, 조금 전 유나와의 대화를 곱씹는다.

유나　　야, 장재영. 너 진짜 원하는 게 뭐야.
재영　　어?
유나　　걔가 너 땜에 변했다 치자. 그게 대체 너한테 무슨 의미가 있냐고.

장재영 대본

감독님
디렉션 :

아직까진
질투로 자각 X

재영   (생각 되뇌는) 내가 진짜 원하는 거…?

그때, 자판기 앞 테이블에 앉아 있는 상우와 지혜 발견하는 재영.
점차 걸음 느려져 두 사람에게로 다가가면.

지혜   (앞에 특강 얘기 한참 한) 아쉽다~ 나도 알바만 아니면 가는 건데….
         (짐 챙기는 상우 슬쩍 보고) 오빠, 뭐 하나 물어봐도 돼요?

상우   (보는) 그게 질문이야?

지혜   (웃음) 아뇨. 곧 질문한다는 수사학적 표현이었어요.
         어릴 때 별명 '상추'였죠?

상우   (의아한) 어떻게 알았어?

지혜   (손뼉 짝) 역시~ 그럴 줄 알았어!
         (바로) 저, 상추 오빠라고 불러도 돼요?

상우   (별생각 없이) 뭐, 상관없어.

지혜   (혼자 되뇌는) 헤헤- 상추… 넘 귀엽다.

재영   (E) (불쑥) 상추? 난 맛없던데.

상우, 갑자기 끼어들어 옆자리에 앉는 재영에 표정 확 굳는다.

재영   (지혜 보고) 컴공과 지혜 맞지? 난 시디과 장재영.

지혜   (놀라) 어? 안녕하세요! 저 선배님 그림 팬이에요!!
         근데 절 어떻게….

상우, 두 사람이 뭘 하든 관심 없고, 휘말리기 싫어 바로 떠나려는데,
재영, 친한 척 어깨동무해 상우를 다시 자리에 앉힌다.

재영   내가 우리 상우에 관해선 모르는 게 없거든

재영   (생각 되뇌는) 내가 진짜 원하는 거…?

그때, 자판기 앞 테이블에 앉아 있는 상우와 지혜 발견하는 재영.
점차 걸음 느려져 두 사람에게로 다가가면.

지혜   (앞에 특강 얘기 한참 한) 아쉽다~ 나도 알바만 아니면 가는 건데….
        (짐 챙기는 상우 슬쩍 보고) 오빠, 뭐 하나 물어봐도 돼요?

상우   (보는) 그게 질문이야?

지혜   (웃음) 아뇨. 곧 질문한다는 수사학적 표현이었어요.
        어릴 때 별명 '상추'였죠?

상우   (의아한) 어떻게 알았어?

지혜   (손뼉 짝) 역시~ 그럴 줄 알았어!
        (바로) 저, 상추 오빠라고 불러도 돼요?

상우   (별생각 없이) 뭐, 상관없어.

지혜   (혼자 되뇌는) 헤헤- 상추… 님 귀엽다.

재영   (E) (불쑥) 상추? 난 맛없던데.

상우, 갑자기 끼어들어 옆자리에 앉는 재영에 표정 확 굳는다.

재영   (지혜 보고) 컴공과 지혜 맞지? 난 시디과 장재영.

지혜   (놀라) 어? 안녕하세요! 저 선배님 그림 팬이에요!!
        근데 절 어떻게….

상우, 두 사람이 뭘 하든 관심 없고, 휘말리기 싫어 바로 떠나려는데,
재영, 친한 척 어깨동무해 상우를 다시 자리에 앉힌다.

재영   내가 우리 상우에 관해선 모르는 게 없어~

지혜   (해맑게) 우와- 두 분이 친하셨구나!

상우/재영 아니. / (동시에) 맞아.

상우, 짜증 난다는 듯 팔 치워 버리고 일어서면.

재영   (능글) ^{에이} 이거 왜 이래? 매일 눈 뜨고 잠들 때까지 함께 하는 사이에?

지혜   ??

상우   (무시하고, 지혜에게) 갈게.

이내 재빨리 가방 챙겨 가 버리는 상우. 지혜, 정신없지만 급히 인사한다.

지혜   네, 상추 오빠! 특강 잘 들으세요!

재영   (지혜에게) 재미없다, 그치? (하다가) 근데 무슨 특강?

S#11.   교양관 외부 / 낮

재영, 앞서 걸어가는 상우의 뒤를 쫓으며 말 건다.

재영   여자 친구^냐야? 요즘 곧잘 붙어 ^{다닌다?}다니던데.

상우   (정색하고) 쟤는 저랑 상관없는 착한 애니까 괴롭히지 마세요.

재영   (바로 가드 들어오자 살짝 당황) 누가 괴롭힌대? 새끼, 정색하긴.

궁시렁대던 재영, 교양관 앞에 붙어 있는 특강 포스터 보고.

재영   퀵스트 저기 개쓰레긴 건 알고 가냐?

상우   그쪽 의견 안 궁금해요.

재영   먹튀 졸라 유명한데 몰라? 당한 애들이 한둘이 아닌데.

상우   선배 주변 사람들이 멍청해서 당한 거겠죠.

         존나

감독님
디렉션 :

나란히 걷다가
재영 뒤로 걸으며
상우 표정 살피기

| 지혜 | (해맑게) 우와- 두 분이 친하셨구나! |
| 상우/재영 | 아니. / (동시에) 맞아. |

상우, 짜증 난다는 듯 팔 치워 버리고 일어서면.

재영	(능글) 이거 왜 이래? 매일 눈 뜨고 잠들 때까지 함께 하는 사이에?
지혜	??
상우	(무시하고, 지혜에게) 갈게.

나 먼저

이내 재빨리 가방 챙겨 가 버리는 상우. 지혜, 정신없지만 급히 인사한다.

| 지혜 | 네, 상추 오빠! 특강 잘 들으세요! |
| 재영 | (지혜에게) 재미없다, 그치? (하다가) 근데 무슨 특강? |

S#11. 교양관 외부 / 낮

재영, 앞서 걸어가는 상우의 뒤를 쫓으며 말 건다.

재영	여자 친구야? 요즘 곧잘 붙어 다니던데.
상우	(정색하고) 쟤는 저랑 상관없는 착한 애니까 괴롭히지 마세요.
재영	(바로 가드 들어오자 살짝 당황) 누가 괴롭힌대? 새끼, 정색하긴.

궁시렁대던 재영, 교양관 앞에 붙어 있는 특강 포스터 보고.

재영	퀴스트 저기 개쓰레긴 건 알고 가냐?
상우	그쪽 의견 안 궁금해요.
재영	먹튀 졸라 유명한데 몰라? 당한 애들이 한둘이 아닌데.
상우	선배 주변 사람들이 멍청해서 당한 거겠죠.

103

재영　(빈정 상해) 말하는 꼬라지 봐라.

　　　　하긴- 주변에 말해 주는 사람이 없었겠지.

　　　　다른 사람 말은 귓등으로도 안 듣는데….

말 끊듯 가방에서 구겨진 공고문 꺼내 재영에게 던지는 상우.

재영, 자신이 낙서한 공고문인 거 깨닫고 살짝 머쓱해진다.

재영　(적반하장) 뭐, 눈에 띄고 좋네!

상우　그쪽한텐 장난일지 몰라도, 이 게임 프로젝트 저한텐 중요한 거예요.

재영　(여러모로 할 말 없어진)

상우　그리고 선배는 저한테 인간 말종, 양아치 그 이상도 이하도 아니니까.

　　　　같잖은 훈수 말고 가세요.

단호하게 말하고 떠나는 상우의 뒷모습 보는 재영.

불편한 감정이 서서히 차올라 표정 어그러진다.

S#12.　술집, 재영 테이블 / 밤

아늑한 구석 자리. 맥주 여러 병 줄지어 서 있는 가운데.

형탁, 유나에게 지혜의 공고문 보여 주며 종알대고 있다.

형탁　어때 어때. 재밌어 보이지?

유나　3일 만에 gg치고 탈주할라고?

형탁　아- 아니거든! 내가 또 한다면 제대로 하는 사람, (이야! 하려는데)

다트판 중앙에 연달아 팍팍팍 박히는 다트핀.

유나와 형탁, 다트판 조각낼 기세로 다트 던져 대는 재영을 본다.

재영   (빈정 상해) 말하는 꼬라지 봐라.

하긴- 주변에 말해 주는 사람이 없었겠지.

다른 사람 말은 귓등으로도 안 듣는데….

> 상우,
> 빡친 표정으로
> Pause,
> 그러다가   감독님 디렉션 :

말 끊듯 가방에서 구겨진 공고문 꺼내 재영에게 던지는 상우.

재영, 자신이 낙서한 공고문인 거 깨닫고 살짝 머쓱해진다.

재영   (적반하장) 뭐, 눈에 튀고 좋네!

상우   그쪽한텐 장난일지 몰라도, 이 게임 프로젝트 저한텐 중요한 거예요.

재영   (여러모로 할 말 없어진)

상우   그리고 선배는 저한테 인간 말종, 양아치 그 이상도 이하도 아니니까.

같잖은 훈수 말고 가세요.

                그냥

단호하게 말하고 떠나는 상우의 뒷모습 보는 재영.

불편한 감정이 서서히 차올라 표정 어그러진다.

S#12.   술집, 재영 테이블 / 밤

아늑한 구석 자리. 맥주 여러 병 줄지어 서 있는 가운데.

형탁, 유나에게 지혜의 공고문 보여 주며 종알대고 있다.

형탁   어때 어때. 재밌어 보이지?

유나   3일 만에 gg치고 탈주할라고?

형탁   아- 아니거든! 내가 또 한다면 제대로 하는 사람, (이야! 하려는데)

다트판 중앙에 연달아 팍팍팍 박히는 다트핀.

유나와 형탁, 다트판 조각낼 기세로 다트 던져 대는 재영을 본다.

105

형탁	기세 뭐야. 다트판 뚫리는 줄?
유나	(관심 없고, 강냉이나 집어 먹으며) 오늘은 추상우 괴롭히러 안 가냐.

유나의 추상우 발언에 삐끗하고 외곽으로 날아가는 다트편.

감독님
디렉션 :

자신이 왜 화가
났는지 모르겠는…
서운한 감정이 드는
자신에게 화가 남

재영	에이씨, 재수 털리게. 갑자기 그 이름은 왜 꺼내.
유나	뭐래. 맨날 지가 입에 달고 살았으면서?
재영	(할 말 없어, 자리로 와, 맥주 꿀꺽꿀꺽 마시면)
형탁	맞다. 형 여소 받을래? 형이랑 응용공학 같이 듣는 애라는데.
유나	(경악) 응용공학?? 알아는 듣냐?
형탁	아, 어차피 담주면 수강 철회니까 의미 없나.
유나	(재영 놀리듯) 왜~ 계속 들을 수도 있지.
재영	미쳤냐.

그때, 정장 차림의 퀵대표(36,남)를 선두로
대여섯의 학생 무리가 술집으로 들어온다. (동건을 포함한 고학번 위주)
그 속에 어색하게 긴 상우 발견하고 표정 굳는 재영.

유나	타이밍 죽이네.
형탁	아– 저 새끼 술 마시면 개차반 되는데… 왜 하필 여기야.
재영	(시선 거두고) 뭔 상관. 술이나 마셔.

S#13.   술집, 상우 테이블 / 밤

불편한 기색으로 앉아 시계 보는 상우.

술 취한 퀵대표가 동건의 빰을 손바닥으로 툭툭 치는 걸 본다.

이내 기대 식어 싸늘해지고.

형탁	기세 뭐야. 다트판 뚫리는 줄?
유나	(관심 없고, 강냉이나 집어 먹으며) 오늘은 추상우 괴롭히러 안 가냐.

유나의 추상우 발언에 삐끗하고 외곽으로 날아가는 다트핀.

재영	에이씨, 재수 털리게. 갑자기 그 이름은 왜 꺼내.
유나	뭐래. 맨날 지가 입에 달고 살았으면서?
재영	(할 말 없어, 자리로 와, 맥주 꿀꺽꿀꺽 마시면)
형탁	맞다. 형 여소 받을래? 형이랑 응용공학 같이 듣는 애라는데.
유나	(경악) 응용공학?? 알아는 듣냐?
형탁	아, 어차피 담주면 수강 철회니까 의미 없나.
유나	(재영 놀리듯) 왜~ 계속 들을 수도 있지.
재영	미쳤냐.

그때, 정장 차림의 **퀵대표(36,남)**를 선두로
대여섯의 학생 무리가 술집으로 들어온다. (동건을 포함한 고학번 위주)
그 속에 어색하게 낀 상우 발견하고 표정 굳는 재영.

유나	타이밍 죽이네.
형탁	아– 저 새끼 술 마시면 개차반 되는데… 왜 하필 여기야.
재영	(시선 거두고) 뭔 상관. 술이나 마셔.

S#13.   술집, 상우 테이블 / 밤

불편한 기색으로 앉아 시계 보는 상우.
술 취한 퀵대표가 동건의 뺨을 손바닥으로 툭툭 치는 걸 본다.
이내 기대 식어 싸늘해지고.

 장재영 대본

| 상우 | (대표 향해) 전 이만 일어나겠습니다. |

상우 (대표 향해) 전 이만 일어나겠습니다.

퀵대표 (보고) 추상우라고 했나? 우리 얘기 아직 안 끝났잖아.

상우 말씀하신 플젝 계약은 계약서 보내 주시면 검토하고 생각해 볼게요.

퀵대표 흠… 아직 어려서 그런가? 이 친구 세상 물정 너무 모르네~
기회를 주면 냉큼, 감사합니다- 하고 받아야지. 튕기면 쓰나.

상우 (똑 부러지게) IP 저작권 문제는 좀 더 논의가 필요한 거 같아서요.
(일어나며) 밝을 때 다시 논의해 보죠.

퀵대표 (일순 술잔을 쾅! 내려놓는)

일동 (놀라서 보면)

퀵대표 (상우 술잔 턱짓하며) 가더라도 받은 술은 다 먹고 가야지.
(험악하게 돌변해) 어딜 싸가지 없게 밑장을 빼?

거친 퀵대표의 말투에 술자리 분위기 확- 살벌해지고.

S#14. 술집, 재영 테이블 / 밤

갑자기 들리는 사람들의 고함에 놀라 뒤돌아본 재영.
얼굴에 술 벼락 맞은 상우의 몰골 보고 놀란다.

형탁 (쯧) 버릇 나왔네.

유나 아- 짜증. 자리 옮길까.

재영 (신경 끄자 싶어, 시선 돌리며) 이것만 비우고 가자.

남은 맥주 마저 들이켜는 재영, 상우의 걱정 따윈 안 하는 듯한데.

S#15. 술집, 상우 테이블 / 밤

상우, 차분히 휴지 뽑아 얼굴 닦는 사이,
흥분한 퀵대표, 화나서 길길이 날뛴다. 놀라서 말리는 학생들.

상우　　(대표 향해) 전 이만 일어나겠습니다.

퀵대표　(보고) 추상우라고 했나? 우리 얘기 아직 안 끝났잖아.

상우　　말씀하신 플젝 계약은 계약서 보내 주시면 검토하고 생각해 볼게요.

퀵대표　흠… 아직 어려서 그런가? 이 친구 세상 물정 너무 모르네~

　　　　기회를 주면 냉큼, 감사합니다- 하고 받아야지. 튕기면 쓰나.

상우　　(똑 부러지게) IP 저작권 문제는 좀 더 논의가 필요한 거 같아서요.

　　　　(일어나며) 밝을 때 다시 논의해 보죠.

퀵대표　(일순 술잔을 쾅! 내려놓는)

일동　　(놀라서 보면)

퀵대표　(상우 술잔 턱짓하며) 가더라도 받은 술은 다 먹고 가야지.

　　　　(험악하게 돌변해) 어딜 싸가지 없게 밑장을 빼?

거친 퀵대표의 말투에 술자리 분위기 확- 살벌해지고.

S#14.　술집, 재영 테이블 / 밤

갑자기 들리는 사람들의 고함에 놀라 뒤돌아본 재영.

얼굴에 술 벼락 맞은 상우의 몰골 보고 놀란다.

형탁　　(쯧) 버릇 나왔네.

유나　　아- 짜증. 자리 옮길까.

재영　　(신경 끄자 싶어, 시선 돌리며) 이것만 비우고 가자.

남은 맥주 마저 들이켜는 재영, 상우의 걱정 따윈 안 하는 듯한데.

S#15.　술집, 상우 테이블 / 밤

상우, 차분히 휴지 뽑아 얼굴 닦는 사이,

흥분한 퀵대표, 화나서 길길이 날뛴다. 놀라서 말리는 학생들.

장재영 대본

퀵대표 너 술 못 마셔? 아님 뭐 종교 믿어?

상우 (뚝심 있게) 마셔도 상관없는데, 지금은 마시기 싫어요.

퀵대표 (헛웃음) 사회생활 안 해 본 새끼들이 꼭 이런 데서 티가 나요.
(상우에게 다가가) 야, 내가 만만해? 어?

퀵대표, 상우의 머리를 툭툭 치며 점점 위협적인 자세로 나오면.
상우, 가만히 대표를 응시하다가 주머니에서 핸드폰을 꺼내 든다.

상우 (버튼 누르며) 술주정은 한 번으로 족해요. 더 하시면 경찰 부릅니다.

경고하듯 112가 눌러진 핸드폰 화면을 대표에게 보여주는 상우.

퀵대표 !! 이 새끼가…!

당황한 퀵대표, 상우 때리려 손 올리면. 상우, 꿋꿋하게 피하지 않는데.
반사적으로 잠시 질끈 감겼다 떠진 눈. 그사이 퀵대표의 짧은 비명이 울린다.
상우 뒤늦게 상황 파악하면, 퀵대표의 손 옆에 아슬아슬하게 꽂힌 다트핀.
퀵대표, 생명의 위협이라도 느꼈는지, 그 자세 그대로 얼어 있고.
맞은편엔 다트핀 든 채, 익살맞은 포즈로 놀란 척하고 있는 재영이 서 있다.

재영 앗, 죄송~ 얘가 엄한 데로 날아갔네?

상우 (갑작스러운 재영의 등장 놀라운)

퀵대표 (쪽팔려 씩씩) 넌 또 뭐야, 이 새끼야!!

재영, 한 손에 다트핀 들고, 생글 웃으며 두 사람에게로 다가온다.

재영 아저씨. (상우 따라 하는) 술주정은 한 번으로 족해요. 더 하시면─

퀵대표   너 술 못 마셔? 아님 뭐 종교 믿어?

상우   (뚝심 있게) 마셔도 상관없는데, 지금은 마시기 싫어요.

퀵대표   (헛웃음) 사회생활 안 해 본 새끼들이 꼭 이런 데서 티가 나요.

(상우에게 다가가) 야, 내가 만만해? 어?

퀵대표, 상우의 머리를 툭툭 치며 점점 위협적인 자세로 나오면.

상우, 가만히 대표를 응시하다가 주머니에서 핸드폰을 꺼내 든다.

상우   (버튼 누르며) 술주정은 한 번으로 족해요. 더 하시면 ~~경찰 부릅니다.~~ 신고할게요

경고하듯 112가 눌러진 핸드폰 화면을 대표에게 보여주는 상우.

> **감독님 디렉션 :**
>
> 퀵대표, 메뉴판으로 상우 때리려 하고 메뉴판에 다트 꽂히는!

퀵대표   !! 이 새끼가…!

당황한 퀵대표, 상우 때리려 손 올리면. 상우, 꼿꼿하게 피하지 않는데.

반사적으로 잠시 질끈 감겼다 떠진 눈. 그사이 퀵대표의 짧은 비명이 울린다.

상우 뒤늦게 상황 파악하면, 퀵대표의 손 옆에 아슬아슬하게 꽂힌 다트핀.

퀵대표, 생명의 위협이라도 느꼈는지, 그 자세 그대로 얼어 있고.

맞은편엔 다트핀 든 채, 익살맞은 포즈로 놀란 척하고 있는 재영이 서 있다.

재영   앗, 죄송~ 얘가 엄한 데로 날아갔네?

상우   (갑작스러운 재영의 등장 놀라운)

퀵대표   (쪽팔려 씩씩) 넌 또 뭐야, 이 새끼야!!

재영, 한 손에 다트핀 들고, 생글 웃으며 두 사람에게로 다가온다.

재영   아저씨. (상우 따라 하는) 술주정은 한 번으로 족해요. 더 하시면-

 장재영 대본

큰 키의 재영이 다가오자 위협 느낀 퀵대표, 살짝 주춤하면.

재영　　이게 머리로 날아갈 것 같은데….

재영, 장난스럽게 다트로 정수리 쿡- 찌르는 액션 취하자,
퀵대표, 쫄아선 몸을 확 움츠린다. 그런 퀵대표 한심하게 보는 상우.
멀리서 지켜보던 유나와 형탁, 못 말린다는 듯 눈빛 주고받고.
재영과 눈 마주친 상우, 112 띄워 놨던 핸드폰 화면을 끄는데.

퀵대표　　(열 받아, 두 사람 번갈아 보며) 니들 한패야?!
상우/재영　아뇨. / (동시에) 응!
퀵대표　　이것들이…!

퀵대표, 최후의 발악으로 몸을 날려 두 사람에게 달려든다.
엉망으로 뒤엉켜 부딪히는 퀵대표와 상우, 재영.
퀵대표, 씩씩대며 상우의 멱살을 움켜쥐려 하지만, 상우 민첩하게 피하고.
그사이 재영, 재빨리 긴 다리를 쭉 뻗어 발을 건다.
그 탓에 테이블 위로 콰당-! 볼썽사납게 엎어지는 퀵대표.
온몸과 얼굴이 술과 음식들로 엉망이 된다.
상우, 익숙지 않은 난장판에 정신이 조금 혼미한데.
갑자기 상우의 손을 단단하게 잡아 오는 누군가, 재영이다.

> 감독님
> 디렉션 :
>
> 왼쪽 팔
> 다치는
> 액팅 추가

재영　　(끌어당기며) 일단 튀자.

재영, 발악하는 퀵대표를 뒤로하고,
냅다 상우의 손을 잡고 술집 밖으로 달린다.

큰 키의 재영이 다가오자 위협 느낀 퀵대표, 살짝 주춤하면.

재영　이게 머리로 날아갈 것 같은데….

재영, 장난스럽게 다트로 정수리 쿡- 찌르는 액션 취하자,
퀵대표, 쫄아선 몸을 확 움츠린다. 그런 퀵대표 한심하게 보는 상우.
멀리서 지켜보던 유나와 형탁, 못 말린다는 듯 눈빛 주고받고.
재영과 눈 마주친 상우, 112 띄워 놓았던 핸드폰 화면을 끄는데.

퀵대표　(열 받아, 두 사람 번갈아 보며) 니들 한패야?!
상우/재영　아뇨. / (동시에) 응!
퀵대표　이것들이…!

퀵대표, 최후의 발악으로 몸을 날려 두 사람에게 달려든다.
엉망으로 뒤엉켜 부딪히는 퀵대표와 상우, 재영.
퀵대표, 씩씩대며 상우의 멱살을 움켜쥐려 하지만, 상우 민첩하게 피하고.
그사이 재영, 재빨리 긴 다리를 쭉 뻗어 발을 건다.
그 탓에 테이블 위로 콰당-! 볼썽사납게 엎어지는 퀵대표.
온몸과 얼굴이 술과 음식들로 엉망이 된다.
상우, 익숙지 않은 난장판에 정신이 조금 혼미한데.
갑자기 상우의 손을 단단하게 잡아 오는 누군가, 재영이다.

재영　(끌어당기며) 일단 튀자.

재영, 발악하는 퀵대표를 뒤로하고,
냅다 상우의 손을 잡고 술집 밖으로 달린다.

장재영 대본

감독님
디렉션 :

서운했던
감정 풀림.
마냥 신남.
댕댕이?

S#16.   술집 앞 + 거리 / 밤

술집에서 뛰쳐나와 시원하게 밤거리 내달리는 재영과 상우.

어딘가 통쾌한 표정이고.

S#17.   빌라, 복도 / 밤

복도에 들어선 재영과 상우.

땀에 살짝 젖은 머리와 옷을 털어 내며 집으로 향한다.

그 뭐냐...

재영   (맘에 걸려, 변명하듯) 오늘, 쫓아간 거 아니고, 발견한 거야. 다-?

상우   네, 알아요. (좀 생각하다가) 혹시 상해죄로 잡혀가면-

재영   (여유) 설마 대학생한테 꼬장 부리다가 엎어졌다고 신고하겠어?

상우   (슬쩍 웃으려다 말고) 속 편해서 좋겠네요.

상우, 집 앞에 도착해, 가방 열어 열쇠 꺼내면.

재영, 다소 편안해진 분위기에 피식 웃고, 열쇠 찾아 주머니 뒤지는데.

재영   아, 가방.

술집에 열쇠 든 가방을 놓고 왔다.

급히 핸드폰 꺼내면, 전원 배터리 나가 있고.

당황해 상우에게로 또르르 굴러가는 재영의 눈동자.

야

재영   저기 추상우.

상우   (문 열다 보면)

재영   노트북 좀 빌려줘.

주라

상우, 맨몸인 재영 보고, 상황 눈치채 핸드폰 내미는.

S#16.　술집 앞 + 거리 / 밤

술집에서 뛰쳐나와 시원하게 밤거리 내달리는 재영과 상우.
어딘가 통쾌한 표정이고.

S#17.　빌라, 복도 / 밤

복도에 들어선 재영과 상우.
땀에 살짝 젖은 머리와 옷을 털어 내며 집으로 향한다.

감독님 디렉션 :

점점 통쾌해지는!
재영이 웃으니
따라 웃게 되는

재영	(맘에 걸려, 변명하듯) 오늘, 쫓아간 거 아니고, 발견한 거야.
상우	네, 알아요. (좀 생각하다가) 혹시 상해죄로 잡혀가면-
재영	(여유) 설마 대학생한테 꼬장 부리다가 엎어졌다고 신고하겠어?
상우	(슬쩍 웃으려다 말고) 속 편해서 좋겠네요.

상우, 집 앞에 도착해, 가방 열어 열쇠 꺼내면.
재영, 다소 편안해진 분위기에 피식 웃고, 열쇠 찾아 주머니 뒤지는데.

재영	아, 가방.

술집에 열쇠 든 가방을 놓고 왔다.
급히 핸드폰 꺼내면, 전원 배터리 나가 있고.
당황해 상우에게로 또르르 굴러가는 재영의 눈동자.

재영	저기- 추상우.
상우	(문 열다 보면)
재영	노트북 좀 빌려줘.

상우, 맨몸인 재영 보고, 상황 눈치채 핸드폰 내미는.

장재영 대본

재영　요즘 누가 번호 외우고 다니냐. 디엠만 좀 보낼게.

상우　(무심하게 핸드폰 거두며) 직접 가는 게 더 빠를 거 같은데.

재영　그 새끼가 벼르고 기다리면 어떡해.

상우　(좀 웃긴) 무서울 거 없는 거 아녔어요?

재영　(끙- 말 피하면)

상우　(잠시 보다가, 냉정하게) 집에 누구 함부로 안 들여요.

상우, 결국 문 따고 집으로 들어가면,

재영, 얄밉게 보다가, 현관문에 대고 "정 없는 새끼…" 하는데

끼익- 소리와 함께, 닫히고 있던 402호 문이 갑자기 활짝 열린다.

> 감독님
> 디렉션 :
>
> 상우 집 현관
> 푸른 조명
> -> 문 열리면
> 재영에게 묻어나게

상우　10분. 그 이상은 안 돼요.

열린 문 사이로, 마주 보고 선 재영과 상우의 모습에서.

3화 END

116

재영	요즘 누가 번호 외우고 다니냐. 디엠만 좀 보낼게.
상우	(무심하게 핸드폰 거두며) 직접 가는 게 더 빠를 거 같은데.
재영	그 새끼가 벼르고 기다리면 어떡해.
상우	(좀 웃긴) 무서울 거 없는 거 아녔어요?
재영	(끙- 말 피하면)
상우	(잠시 보다가, 냉정하게) 집에 누구 함부로 안 들여요.

상우, 결국 문 따고 집으로 들어가면,

재영, 얄밉게 보다가, 현관문에 대고 "정 없는 새끼…" 하는데

끼익- 소리와 함께, 닫히고 있던 402호 문이 갑자기 활짝 열린다.

상우	10분. 그 이상은 안 돼요.

열린 문 사이로, 마주 보고 선 재영과 상우의 모습에서.

3화 END

FOUR

[SEMANTIC ERROR]

S#1.   상우의 집, 거실 / 밤

건조하게 문 열고 들어서는 상우 뒤로,

"실례합니다~" 호기심 가득한 눈으로 뒤따르는 재영.

무채색 계열에 최소한의 가구와 각 잡힌 책장, 침구를 보며 작게 진저리 친다.

재영   (둘러보며) 와~ 집도 주인 닮나 보다. 정이 없어, 정이.

그런 재영 무시하고, 곧바로 가방 열어 책상 위에 노트북 올리는 상우.

상우   (노트북 켜며) 빨리 쓰시죠. 8분 남았어요.

재영   (의자에 앉으며, 궁시렁) 아이디랑 비번 찾아야 되는데….

8분 같은 소리하네

엔스타 아이디와 비번을 쳐 보는 재영. 비번이 틀려 접속하지 못한다.

옆에 감시하듯 서 있는 상우, 거슬리는.

재영   안 훔쳐 가. 해킹 못 해.

상우   (무시하고 꼿꼿하게 서 있으면)

재영   (상우 상태 보고) 가서 좀 씻던지. 여기까지 술 냄새가 진동한다. 임마!

거참

상우, 셔츠 앞섶 집어 냄새 맡고는 조용히 욕실로 향하다가… 멈칫, 뒤돌면.

> 감독님
> 디렉션:
> 재영, 환장!

재영   (양손 들고) 아무것도 안 건드려!

상우, 지켜본다는 눈빛 발사 후 욕실로 향하고. 재영, 고개 절레절레 젓는다.

S#2.   상우의 집, 욕실 / 밤

모자 벗어 땀에 젖은 머리칼을 흐트러뜨리는 상우.

S#1.   상우의 집, 거실 / 밤

건조하게 문 열고 들어서는 상우 뒤로,

"실례합니다~" 호기심 가득한 눈으로 뒤따르는 재영.

무채색 계열에 최소한의 가구와 각 잡힌 책장, 침구를 보며 작게 진저리 친다.

재영   (둘러보며) 집도 주인 닮나 보다. 정이 없어, 정이.

그런 재영 무시하고, 곧바로 가방 열어 책상 위에 노트북 올리는 상우.

상우   (노트북 켜며) 빨리 쓰시죠. 8분 남았어요.

재영   (의자에 앉으며, 궁시렁) 아이디랑 비번 찾아야 하는데….

엔스타 아이디와 비번을 쳐 보는 재영. 비번이 틀려 접속하지 못한다.

옆에 감시하듯 서 있는 상우, 거슬리는.

재영   안 훔쳐 가. 해킹 못 해.

상우   (무시하고 꼿꼿하게 서 있으면)

재영   (상우 상태 보고) 가서 좀 씻던지. 여기까지 술 냄새가 진동한다.

상우, 셔츠 앞섶 집어 냄새 맡고는 조용히 욕실로 향하다가… 멈칫, 뒤돌면.

재영   (양손 들고) 아무것도 안 건드려!

상우, 지켜본다는 눈빛 발사 후 욕실로 향하고. 재영, 고개 절레절레 젓는다.

S#2.   상우의 집, 욕실 / 밤

모자 벗어 땀에 젖은 머리칼을 흐트러뜨리는 상우.

긴장 풀려, 후- 크게 한숨 내쉬고, 술집에서의 일을 회상한다.

INS〉3화 #15, 다트핀에 놀라 움츠리고, 꼴사납게 엎어지던 퀵대표의 모습.

상우, 저도 모르게 피식- 하고 작은 웃음이 새는데.

재영 (E) 아씨 다섯 번 다 틀렸어!   *네*

(소리치는) 추상우! 엔스타 해킹은 안 배우냐?!!

상우 …괜히 들었어.   *뭐 그런 건*

웃음 거두고 정색하는 상우의 모습 위로,

화면 에러 걸린 듯 지지직-거리는 소리와 함께 오류 표시 뜨며!

> 감독님
> 디렉션:
>
> 상우에게
> 반하는
> 중요 포인트

Title in / 시맨틱 에러

S#3. 상우의 집, 거실 / 밤

재영, 타닥타닥 형탁에게 독촉 메시지 보내고 있으면.

욕실에서 나온 상우, 젖은 머리를 수건으로 털며 다가온다.

상우 아직도 못 찾았어요?

재영 연락은 했는데- (하며 뒤돌다가 멈칫)

재영, 물기에 촉촉하게 젖은 상우의 말간 얼굴을 보니, 말문이 턱 막힌다.

이내 멍하니 뚫어지게 쳐다보면, 상우 불편해서.

상우 뭘 봐요?

재영 …모자 안 쓴 게 훨씬 나은데, 왜 맨날 가리고 다녀?

상우 (노트북 빼앗으며) 남이 뭘 쓰든 신경 끄고, 연락했으면 이제 가세요.

긴장 풀려, 후- 크게 한숨 내쉬고. 술집에서의 일을 회상한다.

INS〉3화 #15, 다트핀에 놀라 움츠리고, 꼴사납게 엎어지던 퀵대표의 모습.

상우, 저도 모르게 피식- 하고 작은 웃음이 새는데.

재영 **(E)** 아씨 다섯 번 다 틀렸어!

    (소리치는) 추상우! 엔스타 해킹은 안 배우냐?!!

상우 …괜히 들렸어.

웃음 거두고 정색하는 상우의 모습 위로,

화면 에러 걸린 듯 지지직-거리는 소리와 함께 오류 표시 뜨며!

Title in / 시맨틱 에러

S#3. 상우의 집, 거실 / 밤

재영, 타닥타닥 형탁에게 독촉 메시지 보내고 있으면.

욕실에서 나온 상우, 젖은 머리를 수건으로 털며 다가온다.

상우 아직도 못 찾았어요?

재영 연락은 했는데- (하며 뒤돌다가 멈칫)

물 뚝뚝
Slow

재영, 물기에 촉촉하게 젖은 상우의 말간 얼굴을 보니, 말문이 턱 막힌다.

이내 멍하니 뚫어지게 쳐다보면, 상우 불편해서.

상우 뭘 봐요?

재영 …모자 안 쓴 게 훨씬 나은데, 왜 맨날 가리고 다녀? 빨리 가요

상우 (노트북 빼앗으며) 남이 뭘 쓰든 신경 끄고, 연락했으면 이제 가세요.

아

상우, 버티고 앉은 재영을 가차 없이 밀어 쫓아내다가,

재영의 팔 뒤에 길게 긁힌 상처를 발견한다.

재영	(서운한 척) 너무하네~ 요즘 일교차가 얼-마나 큰데….
	수업 내내 옆에서 콜록! 콜록!! 대면 좋겠어?
상우	(짜증) 사람 정말 피곤하게 하네요. (하면서도 상처에 시선 가는)
재영	(생긋) 집에 들렀을 때 가오했어야지~

으면

재영 얄밉게 보던 상우, 서랍에서 밴드와 연고를 꺼내 책상에 툭 던진다.

재영	(보고)??
상우	팔 뒤에요.
재영	(상우 다친 줄 알고 훌쩍 다가가, 팔 뒤 살피려 하는) 다쳤어?
상우	(놀라 밀치고) 저 말고. 선배요.
재영	아아- 나~ (상우에게 보이며, 손으로 짚는) 어디? 여기?

상우, 다친 곳 찾아 더듬대는 재영을 귀찮게 보는데.

S#4. 술집 앞 / 밤

술 취한 유나와 재영의 가방을 양어깨에 짊어진 형탁, 힘겨워 보인다.

유나	장재영, 이 새끼… 당장 불러! 누가아~ 혼자 영화 찍고 튀래?!!
형탁	네네~ 온답니다. (훌쩍) 택시기사님 제발 빨리요….

유나 피해 어렵게 핸드폰 켠 형탁, 폭탄으로 와 있는 메시지 보고 식겁한다.

'형탁아 고탁아 가방 가방 열쇠 열쇠 열쇠' 등 단어 나열만 수십 개.

상우, 버티고 앉은 재영을 가차 없이 밀어 쫓아내다가,
재영의 팔 뒤에 길게 긁힌 상처를 발견한다.

재영	(서운한 척) 너무하네~ 요즘 일교차가 얼-마나 큰데….
	수업 내내 옆에서 콜록! 콜록!! 대면 좋겠어?
상우	(짜증) 사람 정말 피곤하게 하네요. (하면서도 상처에 시선 가는)
재영	(생긋) 집에 들였을 때 각오했어야지~

재영 얄밉게 보던 상우, 서랍에서 밴드와 연고를 꺼내 책상에 툭 던진다.

재영	(보고)??
상우	팔 뒤에요.
재영	(상우 다친 줄 알고 홀쩍 다가가, 팔 뒤 살피려 하는) 다쳤어?
상우	(놀라 밀치고) 저 말고. 선배요.
재영	아아- 나~ (상우에게 보이며, 손으로 짚는) 어디? 여기?

상우, 다친 곳 찾아 더듬대는 재영을 귀찮게 보는데.

S#4.　술집 앞 / 밤

술 취한 유나와 재영의 가방을 양어깨에 짊어진 형탁, 힘겨워 보인다.

| 유나 | 장재영, 이 새끼… 당장 불러! 누가아~ 혼자 영화 찍고 튀래?!! |
| 형탁 | 네네~ 온답니다. (홀쩍) 택시기사님 제발 빨리요…. |

유나 피해 어렵게 핸드폰 컨 형탁, 폭탄으로 와 있는 메시지 보고 식겁한다.
'형탁아 고탁아 가방 가방 열쇠 열쇠 열쇠' 등 단어 나열만 수십 개.

형탁   …그냥 다 버려 버려?

메시지와 유나, 번갈아 보며 한숨 쉬는 형탁의 모습 위로.

재영   (E) 아 따거- 살살해, 살살!

(좀)

해라

> 감독님
> 디렉션 :
> 넉살 좋게보다는
> 설레는 감정으로
> 연결

S#5.   상우의 집, 거실 / 밤

바닥에 마주 앉은 재영과 상우.

상우, 재영의 상처 위에 연고 바르려는데, 엄살 피우는 재영 때문에 물러난다.

상우   (한숨) 아직 바르지도 않았거든요.

재영   감정 싣지 말고- 살살 좀 부탁한다고.   *← 뭐 그런거지!*

상우   (손가락 휴지에 닦으며) 그럼 알아서 하세요.

재영   (연고 다시 쥐여 주고) 에이, 보이지도 않는데 내가 어떻게 발라~

        (어깨 틀어 상처 잘 보이게 대 주고) 자자. 이제 가만있을게.

하여튼 성깔은!

재영이 얌전히 기다리자, 체념하고 다시 연고 짜는 상우.

재영, 그 모습 왠지 기분 좋아 흐뭇하게 웃고, 치료받길 기다리는데.

막상 상우가 가까이 다가오자, 왠지 어색해진다.

재영   (어색함 깨려) 너 근데 술자리마다 그래?   *(큼.)* *(러냐?)*

상우   (보면)

아니 **재영**   진상들 일일이 상대하는 것도 피곤하지 않나 해서.

상우   (무심하게 상처에 약 바르며) 별로요.

재영   (따가워 살짝 움찔하고) 오히려 손해 아냐? 사서 적 만드는 거.

상우   (덤덤) 상관없어요. 살면서 그런 놈들이야 많았고, 다 퇴치했으니까.

재영   (피식) 혼자서 히어로물 찍어?   *(냐)*

형탁 …그냥 다 버려 버려?

메시지와 유나, 번갈아 보며 한숨 쉬는 형탁의 모습 위로.

재영 (E) 아 따거— 살살해, 살살!

감독님
디렉션 :

덜 무뚝뚝하게.
자기 때문에 다쳐서
신경 쓰임.

S#5. 상우의 집, 거실 / 밤

바닥에 마주 앉은 재영과 상우.

상우, 재영의 상처 위에 연고 바르려는데, 엄살 피우는 재영 때문에 물러난다.

상우 (한숨) 아직 바르지도 않았거든요.

재영 감정 싣지 말고— 살살 좀 부탁한다고.

상우 (손가락 휴지에 닦으며) 그럼 알아서 하세요.

재영 (연고 다시 쥐여 주고) 에이, 보이지도 않는데 내가 어떻게 발라~
(어깨 틀어 상처 잘 보이게 대 주고) 자자. 이제 가만있을게.

상우 감정
체인지 포인트

재영이 얌전히 기다리자, 체념하고 다시 연고 짜는 상우.

재영, 그 모습 왠지 기분 좋아 흐뭇하게 웃고, 치료받길 기다리는데.

막상 상우가 가까이 다가오자, 왠지 어색해진다.

재영 (어색함 깨려) 너 근데 술자리마다 그래?

상우 (보면)

재영 진상들 일일이 상대하는 것도 피곤하지 않나 해서.

상우 (무심하게 상처에 약 바르며) 별로요.

재영 (따가워 살짝 움찔하고) 오히려 손해 아냐? 사서 적 만드는 거.

상우 (덤덤) 상관없어요. 살면서 그런 놈들이야 많았고, 다 퇴치했으니까.

재영 (피식) 혼자서 히어로물 찍어?

상우   요즘 제일 피곤하게 만드는 건 선배거든요?

재영, 그 말에 멈칫하는데. 이어 밴드 까는 상우. 재영 힐끗 보고.

감독님
디렉션:

상우의 사고 과정을
이해하기 시작하는 부분
Pause 충분히 가져가기

상우   그래도 오늘은 고마웠어요.

재영   ! (예상 못 한 인사에 놀라는)

상우   (담백하게) 싫은 건 싫은 거고, 고마운 건 고마운 거니까.

재영   (희미한 미소) 추상우답네.

재영, 천천히 다가와 밴드 붙이고 멀어지는 상우를 눈으로 쫓는다.
재영의 느릿한 시선, 상우의 하얀 목덜미에 오래 머무는데….

형탁   (E) 가방 배달이요~~!

산통 깨는 형탁의 목소리에 정신이 번쩍 드는 재영.

재영   (어색하게 일어서며) 그, 간다.
        *숨 몰아서 쉬고

재영, 황급히 상우의 집에서 빠져나가며, 밴드를 묘하게 만지작댄다.

감독님
디렉션:

살짝 멈춰
정지

S#6.   카페, 내부 테이블 / 낮

멍한 표정으로 노트북에 그림 끄적이는 재영. (구석 자리)
문득 정신 차리고 보면, 어젯밤 (모자 안 쓴) 상우가 스케치 되어 있다.
INS〉 #5, 어젯밤 상우를 끈적한 시선으로 보던 것 떠올리고.

재영   미쳤나. 왜 자꾸 생각나.
        씨,

상우　　요즘 제일 피곤하게 만드는 건 선배거든요?

재영, 그 말에 멈칫하는데. 이어 밴드 까는 상우. 재영 힐끗 보고.

상우　　그래도 오늘은 고마웠어요.　　다정? 무심?
재영　　! (예상 못 한 인사에 놀라는)
상우　　(담백하게) 싫은 건 싫은 거고, 고마운 건 고마운 거니까.
재영　　(희미한 미소) 추상우답네.

재영, 천천히 다가와 밴드 붙이고 멀어지는 상우를 눈으로 좇는다.
재영의 느릿한 시선, 상우의 하얀 목덜미에 오래 머무는데….

형탁　　**(E)** 가방 배달이요~~!

감독님
디렉션:

두 사람 시선
충분히 교환
Slow

산통 깨는 형탁의 목소리에 정신이 번쩍 드는 재영.

재영　　(어색하게 일어서며) 그, 간다.

재영, 황급히 상우의 집에서 빠져나가며, 밴드를 묘하게 만지작댄다.

S#6.　카페, 내부 테이블 / 낮

멍한 표정으로 노트북에 그림 끄적이는 재영. (구석 자리)
문득 정신 차리고 보면, 어젯밤 (모자 안 쓴) 상우가 스케치 되어 있다.
INS〉 #5, 어젯밤 상우를 끈적한 시선으로 보던 것 떠올리고.

재영　　미쳤나. 왜 자꾸 생각나.

당황해 얼른 그림 창 닫으려 버튼 막 누르는데,

뭔가 잘못 누른 건지, 파란 에러 창이 우수수 떠오른다.

재영   어어, 이거 왜 이래.

      아 씨바 뭐야 이거!

재영, 대책 없이 손으로 팍팍 노트북 내리치고 있으면.

지혜   (E) 상추 오빠 여기요!

멀리서 낯익은 지혜의 목소리 들리는. 재영, 고개 쭉 내밀어 보면.

멀리 창가 자리에 지혜 앉아 있고. 상우, 지혜의 자리로 걸어온다.

다정해 보이는 상우와 지혜의 모습이 못마땅한 재영.

렉 걸린 노트북과 두 사람 번갈아 보다가, 노트북 탁 닫아 버리는데.

> 감독님
> 디렉션:
>
> '쟤네 또 붙어
> 다니네?'
> '추상우가 주말에
> 여자를?'

S#7.   카페, 창가 자리 / 낮

지혜, 레모네이드 마시며, 포트폴리오 검토 중인 상우를 흐뭇하게 바라본다.

지혜   맘에 드는 포트폴리오 있으면 말씀해 주세요!

         제가 팍팍 연결해 드릴게요.

상우, 딱히 마음에 드는 것 없어 무심하게 휙휙 화면 넘기다가

INS〉1화 #15, 불현듯 재영이 그려준 당근맨 떠올라, 아쉬운 표정 짓는데.

그때, 상우 앞으로 불쑥 내밀어지는 노트북 하나.

재영   사망 직전. 네가 살려 내.

      우리 애기

당황해 얼른 그림 창 닫으려 버튼 막 누르는데,
뭔가 잘못 누른 건지, 파란 에러 창이 우수수 떠오른다.

재영   어어, 이거 왜 이래.

재영, 대책 없이 손으로 팍팍 노트북 내리치고 있으면.

지혜   **(E)** 상추 오빠 여기요!

멀리서 낯익은 지혜의 목소리 들리는. 재영, 고개 쭉 내밀어 보면.
멀리 창가 자리에 지혜 앉아 있고. 상우, 지혜의 자리로 걸어온다.
다정해 보이는 상우와 지혜의 모습이 못마땅한 재영.
렉 걸린 노트북과 두 사람 번갈아 보다가, 노트북 탁 닫아 버리는데.

S#7.   카페, 창가 자리 / 낮

지혜, 레모네이드 마시며, 포트폴리오 검토 중인 상우를 흐뭇하게 바라본다.

지혜   맘에 드는 포트폴리오 있으면 말씀해 주세요!
            제가 팍팍 연결해 드릴게요.

상우, 딱히 마음에 드는 것 없어 무심하게 휙휙 화면 넘기다가
INS〉 1화 #15, 불현듯 재영이 그려준 당근맨 떠올라, 아쉬운 표정 짓는데.

그때, 상우 앞으로 불쑥 내밀어지는 노트북 하나.

재영   사망 직전. 네가 살려 내.

131

상우와 지혜, 갑자기 등장해 떼쓰는 재영이 당황스럽다.

S#8.　카페, 외부 + 창가 자리 / 낮

마지못해 카페 밖으로 나온 듯, 아쉬운 표정으로 자꾸만 뒤를 돌아보는 지혜.

지혜　　뭐야, 갑자기 나타나선….

마침 지혜가 앉아 있던 창가 자리를 차지하고 앉은 재영.

상우에게 뭔가 말하다가, 지혜와 눈 마주치자 묘하게 입꼬리 올려 웃는다.

지혜, 왠지 기분 나빠 미간 구기는 모습에서.

상우　　(E) (황당) 이게 저 때문이라고요?

> 눈웃음
> 쳐볼까?
>
> 감독님
> 디렉션:

S#9.　카페, 창가 자리 / 낮

상우의 질문에 지혜에게서 시선 돌리고, 상우를 보는 재영.

천연덕스럽게 거짓말 이어 간다.

재영　　아니

　　　　어제까진 멀쩡했는데, 술집에 두고 온 이후로 이렇다니까?

　　　　그 꼰대 놈이 열받아서 밟았나 봐. 이 귀한 걸…

상우　　!! (조금 놀라 인상 찡그리고 보면)

재영　　(낚였구나 싶어, 슬픈 척) 고치기 싫음 말아… 든가

　　　　철물점 같은 데 가져가면, 한 100만 원이면 되겠지?

상우　　(기막혀) 호구세요? 줘 봐요.

상우, 진지한 태도로 노트북 가져가, 눈 번뜩이고 보면.

재영, 만족스러운 미소 띠며, 몰두한 상우의 얼굴을 구경하고.

상우와 지혜, 갑자기 등장해 떼쓰는 재영이 당황스럽다.

S#8.   카페, 외부 + 창가 자리 / 낮

마지못해 카페 밖으로 나온 듯, 아쉬운 표정으로 자꾸만 뒤를 돌아보는 지혜.

지혜   뭐야, 갑자기 나타나선….

> **감독님 디렉션:**
> 노트북
> 요리조리
> 살펴보는
> 상우

마침 지혜가 앉아 있던 창가 자리를 차지하고 앉은 재영.
상우에게 뭔가 말하다가, 지혜와 눈 마주치자 묘하게 입꼬리 올려 웃는다.
지혜, 왠지 기분 나빠 미간 구기는 모습에서.

상우   (E) (황당) 이게 저 때문이라고요?

S#9.   카페, 창가 자리 / 낮

상우의 질문에 지혜에게서 시선 돌리고, 상우를 보는 재영.
천연덕스럽게 거짓말 이어 간다.

재영   어제까진 멀쩡했는데, 술집에 두고 온 이후로 이렇다니까?
               그 꼰대 놈이 열받아서 밟았나 봐.

상우   !! (조금 놀라 인상 찡그리고 보면)

재영   (낚였구나 싶어, 슬픈 척) 고치기 싫음 말아….
               철물점 같은 데 가져가면, 한 100만 원이면 되겠지?

상우   (기막혀) 호구세요? 줘 봐요.

상우, 진지한 태도로 노트북 가져가, 눈 번뜩이고 보면.
재영, 만족스러운 미소 띠며, 몰두한 상우의 얼굴을 구경하고.

S#10.   빌라 앞, 길거리 / 낮

집으로 향하는 재영과 상우.

재영, 울상으로 노트북 꼭 안고 있고, 상우 그 모습을 귀찮게 본다.

상우   중요한 건 백업해 뒀다면서요.

　　　　고치는 김에 포맷까지 해 준 건데 뭐가 불만이에요?

재영   그래도 어떻게 그걸 싹 다 밀어 버리냐? 정 없게.

상우   (냉정하게) 컴퓨터도 사람이랑 똑같아요.

　　　　온갖 잡다한 쓰레기들, 안 버리고 품고 있으면 제대로 굴러가겠어요?

　　　　효율성만 떨어지지.

재영   그래~ 너 잘났다.

　　　　(새삼 상우 신기해) 어쩜 이렇게 모든 사고 체계가 컴퓨터적이지?

상우   왜 또 시비예요?

재영   시비는 아니고… 이젠 추상우, 네 프로세서를 좀 알 것 같아서.

상우   (뚱해선) 제가 무슨 가전제품이에요?

재영   (눈썹 들썩) 비슷하다고 생각해.

> 감독님
> 디렉션:
>
> 지난밤,
> "고마운 건
> 고마운 거니까"
> 를 생각하는 재영

상우, 어이없어하며 재영 피해 갈지자로 걸으면.

재영, 괴롭히듯 옆에 따라붙고. 티격태격하는 두 사람의 모습, 오래 보인다.

S#11.   미대, 실기실 / 밤

재영, 아까 그리던 상우의 그림, 이어 계속 그리고 있으면. (빨강 집업)

유나, 의자를 드르륵 끌고 재영의 자리로 넘어온다.

유나   너 수강 변경할 거지? 수영이가 외주 찾던데 하실??

재영   (잠시 고민하더니) 아니.

유나   뭐래. 수업 계속 듣는다고?

S#10. 빌라 앞, 길거리 / 낮

집으로 향하는 재영과 상우.

재영, 울상으로 노트북 꼭 안고 있고, 상우 그 모습을 귀찮게 본다.

상우	중요한 건 백업해 됐다면서요.
	고치는 김에 포맷까지 해 준 건데 뭐가 불만이에요?
재영	그래도 어떻게 그걸 싹 다 밀어 버리냐? 정 없게.
상우	(냉정하게) 컴퓨터도 사람이랑 똑같아요.
	온갖 잡다한 쓰레기들, 안 버리고 품고 있으면 제대로 굴러가겠어요?
	효율성만 떨어지지.
재영	그래~ 너 잘났다.
	(새삼 상우 신기해) 어쩜 이렇게 모든 사고 체계가 컴퓨터적이지?
상우	왜 또 시비예요?
재영	시비는 아니고… 이젠 추상우, 네 프로세서를 좀 알 것 같아서.
상우	(뚱해선) 제가 무슨 가전제품이에요? ———— 아니
재영	(눈썹 들썩) 비슷하다고 생각해.

상우, 어이없어하며 재영 피해 갈지자로 걸으면.

재영, 괴롭히듯 옆에 따라붙고. 티격태격하는 두 사람의 모습, 오래 보인다.

S#11. 미대, 실기실 / 밤

재영, 아까 그리던 상우의 그림, 이어 계속 그리고 있으면. (빨강 집업)

유나, 의자를 드르륵 끌고 재영의 자리로 넘어온다.

유나	너 수강 변경할 거지? 수영이가 외주 찾던데 하실??
재영	(잠시 고민하더니) 아니.
유나	뭐래. 수업 계속 듣는다고?

재영	몰라. 저리 가.

재영, 유나의 의자 밀어 멀리 보내면. 유나, 다시 의자 끌고 다가와.

유나	그럼 내 졸작 마무리까지 도와주던가.
재영	꺼져.
유나	우씨- (하다가 컴퓨터 보고) 뭐냐? 개인 작업 시작해?
재영	(좀 민망해) 그냥 손 풀기용.
유나	인물화 잘 그리지도 않는 놈이….
	(유심히 보며) 터치 보소? 피사체에 애정이 듬뿍 담겼는데?
재영	(그림 빤히 보다가) 그러게. 뭐가 예쁘다고. (피식)
유나	(왜 저래? 신경 끄고) 야, 그럼 수영이한테 못 한다고 한다.

유나, 의자 끌고 자기 자리로 돌아가 전화 통화하면.
멍하니 상우 그림 한참 더 보는 재영.
얼마 안 가, 절전모드로 모니터 화면 꺼지는데.
검은 액정 속, 빨간색 집업을 입은 자신의 모습 비쳐 보인다.
INS〉#5, "요즘 제일 피곤하게 만드는 건 선배거든요?" 상우의 말 떠오르고.
잠시 고심하더니, 집업 내려 겉옷 벗는 재영의 모습에서.

S#12. 도서관 앞 / 낮

뾰로통한 표정의 지혜, 도서관 앞 벤치에 앉아 은정과 수다 떤다.

은정	그래서 추 선배와의 나 홀로 데이트는 잘하셨어?
지혜	(울적) 아니, 대실패… 그 선배만 아녔음 분위기 진짜 좋았는데!
은정	선배 누구? (하다가 지혜 뒤로 걸어가는 재영 보고, 탄식) 와-

> 감독님
> 디렉션 :
>
> 재영이 상우를
> 좋아하는 것은 모르지만,
> 20년 삶의 촉이
> 자꾸 발동한다.
> 애써 그것들을 부정 중.

재영　　　몰라. 저리 가.

재영, 유나의 의자 밀어 멀리 보내면. 유나, 다시 의자 끌고 다가와.

유나　　　그럼 내 졸작 마무리까지 도와주던가.

재영　　　꺼져.

유나　　　우씨- (하다가 컴퓨터 보고) 뭐냐? 개인 작업 시작해?

재영　　　(좀 민망해) 그냥 손 풀기용.

유나　　　인물화 잘 그리지도 않는 놈이….

　　　　　(유심히 보며) 터치 보소? 피사체에 애정이 듬뿍 담겼는데?

재영　　　(그림 빤히 보다가) 그러게. 뭐가 예쁘다고. (피식)

유나　　　(왜 저래? 신경 끄고) 야, 그럼 수영이한테 못 한다고 한다.

유나, 의자 끌고 자기 자리로 돌아가 전화 통화하면.

멍하니 상우 그림 한참 더 보는 재영.

얼마 안 가, 절전모드로 모니터 화면 꺼지는데.

검은 액정 속, 빨간색 집업을 입은 자신의 모습 비쳐 보인다.

INS〉 #5, "요즘 제일 피곤하게 만드는 건 선배거든요?" 상우의 말 떠오르고.

잠시 고심하더니, 집업 내려 겉옷 벗는 재영의 모습에서.

S#12.　　도서관 앞 / 낮

뾰로통한 표정의 지혜, 도서관 앞 벤치에 앉아 은정과 수다 떤다.

은정　　　그래서 추 선배와의 나 홀로 데이트는 잘하셨어?

지혜　　　(울적) 아니, 대실패… 그 선배만 아녔음 분위기 진짜 좋았는데!

은정　　　선배 누구? (하다가 지혜 뒤로 걸어가는 재영 보고, 탄식) 와-

장재영 대본

"뭔데?" 지혜, 따라 보면. 훤칠하게 차려입은 재영이 모델처럼 지나간다.
산뜻한 코발트 블루색 니트에 핏 좋은 청바지, 잘 세팅된 머리까지.
지나가던 사람들의 시선, 절로 재영에게 따라붙고….

감독님
디렉션 :

재영,
내린 머리
피어싱 없음

은정   크- 공돌이랑은 클래스가 다르네~

        (정신 차리고) 그래서 그 선배가 누군데?

지혜   (찝찝한 얼굴로 재영 좀 더 보다가, 시선 거두고) 아냐….

그때, 멀리서 "지혜야~~" 외치며 활기차게 달려오는 형탁.

은정   (지혜 옆구리 쿡 찌르고) 로봇 같은 추상우 말고 저 뽀글이는 어때?

지혜   야- 저 오빠 그냥 같이 작업하는 파트너거든? 엮지 마라!

은정   (가방 챙기며) 왜~ 귀엽잖아. 난 수업 들으러 간다! (소곤) 잘해 봐!

놀리며 떠나는 은정 뒤로, 지혜 "아니라고!" 소리치는데.

형탁   (어느새 달려와 해맑게) 뭐가 아니야?

지혜   아무것도 아니에요. (찌릿) 근데 오빠 어제 왜 작업물 안 보냈어요?

형탁   (옆에 앉으며) 아니 내가 진짜 어제는~

칭얼거리는 형탁과 똑 부러지게 혼내는 지혜, 나름 잘 어울리는.

S#13.   교양관, 프랑스어 강의실 / 낮

책상 사이에 이미 가림판 쳐 두고,
팔짱 낀 채 의기양양하게 재영을 기다리는 상우.
문 쪽 힐끔대며 기다리는데, 아무도 안 오고. 이상해 시계 확인하는데.

138

"뭔데?" 지혜, 따라 보면. 훤칠하게 차려입은 재영이 모델처럼 지나간다.

산뜻한 코발트 블루색 니트에 핏 좋은 청바지, 잘 세팅된 머리까지.

지나가던 사람들의 시선, 절로 재영에게 따라붙고….

은정	크- 공돌이랑은 클래스가 다르네~
	(정신 차리고) 그래서 그 선배가 누군데?
지혜	(찝찝한 얼굴로 재영 좀 더 보다가, 시선 거두고) 아냐….

그때, 멀리서 "지혜야~~" 외치며 활기차게 달려오는 형탁.

은정	(지혜 옆구리 쿡 찌르고) 로봇 같은 추상우 말고 저 뽀글이는 어때?
지혜	야- 저 오빠 그냥 같이 작업하는 파트너거든? 엮지 마라!
은정	(가방 챙기며) 왜~ 귀엽잖아. 난 수업 들으러 간다! (소곤) 잘해 봐!

놀리며 떠나는 은정 뒤로, 지혜 "아니라고!" 소리치는데.

형탁	(어느새 달려와 해맑게) 뭐가 아니야?
지혜	아무것도 아니에요. (찌릿) 근데 오빠 어제 왜 작업물 안 보냈어요?
형탁	(옆에 앉으며) 아니 내가 진짜 어제는~

칭얼거리는 형탁과 똑 부러지게 혼내는 지혜, 나름 잘 어울리는.

S#13. 교양관, 프랑스어 강의실 / 낮 ※상우 감정 변화 시점※

책상 사이에 이미 가림판 쳐 두고,

팔짱 낀 채 의기양양하게 재영을 기다리는 상우.

문 쪽 힐끔대며 기다리는데, 아무도 안 오고. 이상해 시계 확인하는데.

재영　　(E) 나 기다려?

반사적으로 돌아본 상우. 뭔가 달라 보이는 재영에게 오래 시선 머문다.

재영　　(씩 웃으며, 앉는) 왜? 오늘따라 더 멋있어 보여? 이냐

상우, 재영의 실없는 장난에 인상 구기면서도, 딱히 부정하진 못하고. 대신 '뭐지? 뭐가 다른 거지?' 싶어 재영을 위아래로 빤히 훑는데….

상우　　(문득 깨달아 저도 모르게) 아! 빨간색.
재영　　(피식) 눈치 한번 겁나 빠르네. 요
　　　　　(가림판 손가락으로 튕기며) 오늘 대화 연습 시간이거든?
　　　　　이것 좀 치우지?

그 말에 가림판 아래로 쓱- 넘어오는 종이 한 장.

상우　　이렇게, 페이퍼로 주고받으면 될 것 같은데.
재영　　조선 시대냐? 밀담해? 　*귀여운듯
　　　　　　야

상우, 끙- 하는 얼굴로 마지못해 가림판 치우면. 재영 피식 웃고.

상우　　그래서 대본 주제는 생각한 거 있어요?
재영　　(책 뒤져 보다가) 멜로.
상우　　무슨 멜로예요. 교환학생한테 길 물어보는 설정으로 가죠.
재영　　존나 식상하네. 너랑 게임 제작했으면 진짜 큰일 날 뻔했다.
　　　　　　　진짜

상우, 기분 나쁘지만, 뭐라 변명할 말 없어 입 삐죽거리고.

재영   (E) 나 기다려?

반사적으로 돌아본 상우. 뭔가 달라 보이는 재영에게 오래 시선 머문다.

재영   (씩 웃으며, 앉는) 왜? 오늘따라 더 멋있어 보여?

상우, 재영의 실없는 장난에 인상 구기면서도, 딱히 부정하진 못하고.
대신 '뭐지? 뭐가 다른 거지?' 싶어 재영을 위아래로 빤히 훑는데….

상우   (문득 깨달아 저도 모르게) 아! 빨간색.
재영   (피식) 눈치 한번 겁나 빠르네.
        (가림판 손가락으로 튕기며) 오늘 대화 연습 시간이거든?
        이것 좀 치우지?

그 말에 가림판 아래로 쏙- 넘어오는 종이 한 장.

하면
상우   이렇게, 페이퍼로 주고받으면 될 것 같은데.
재영   조선 시대냐? 밀담해?

상우, 끙- 하는 얼굴로 마지못해 가림판 치우면. 재영 피식 웃고.

상우   그래서 대본 주제는 생각한 거 있어요?
재영   (책 뒤져 보다가) 멜로.
상우   무슨 멜로예요. 교환학생한테 길 물어보는 설정으로 가죠.
재영   존나 식상하네. 너랑 게임 제작했으면 진짜 큰일 날 뻔했다.

상우, 기분 나쁘지만, 뭐라 변명할 말 없어 입 삐죽거리고.

재영, 그 모습 귀여워 웃음 짓다가.

재영	사랑하는 사람한테 고백했다가,
	배다른 형제였다는 거 알고 충격 먹는 장면으로 가자.
상우	그게 뭔 개소리….
재영	(속닥이는) 교수님이 막장 멜로를 좋아하시거든.
상우	아-
재영	구성은 내가 짜 볼 테니까,
	(유인물 주며) 너는 괜찮은 문장들 좀 추리고 있어.
상우	(놀라) 선배가 대본을 짠다고요? 뭐
재영	(가방에서 노트 꺼내며) 응. 나 연극부. 가끔 연출도 하고.
상우	(못 미덥게 보면)
재영	왜, 내가 또 무임승차할 줄 알았어?

재영, 이후 덤덤하게 대사 짜기에 집중하면.
상우, 재영의 새로운 모습 낯설어 힐끔 보는데.

| 재영 | (E) 아니 대본이 좋으면 뭘 해~~ 상우야! |

S#14.　산책로, 자판기 앞 / 낮

테이블에 앉아 대본 연습 중인 재영과 상우.
재영, 대본에 묻었던 얼굴 떼어 내고선, 상우를 걱정스럽게 본다.

재영	시리도 너보단 감정 있겠다. 아 이거 한두 시간으론 택도 없겠는데.
상우	(뚱해) 발음만 정확하면 되는 거 아녜요?
재영	지금 e랑 o 발음도 제대로 구분 안 되거든요….
	(한숨 쉬고) 솔직히 말해 봐. 너 연애해 본 적 없지?

재영, 그 모습 귀여워 웃음 짓다가.

재영　　사랑하는 사람한테 고백했다가,

　　　　배다른 형제였다는 거 알고 충격 먹는 장면으로 가자.

상우　　그게 뭔 개소리….

재영　　(속닥이는) 교수님이 막장 멜로를 좋아하시거든.

상우　　아-

재영　　구성은 내가 짜 볼 테니까,

　　　　(유인물 주며) 너는 괜찮은 문장들 좀 추리고 있어.

상우　　(놀라) 선배가 대본을 짠다고요?

재영　　(가방에서 노트 꺼내며) 응. 나 연극부. 가끔 연출도 하고.

상우　　(못 미덥게 보면)

재영　　왜, 내가 또 무임승차할 줄 알았어?

재영, 이후 덤덤하게 대사 짜기에 집중하면.

상우, 재영의 새로운 모습 낯설어 힐끔 보는데.

재영　　(E) 대본이 좋으면 뭘 해~~

S#14.　산책로, 자판기 앞 / 낮

테이블에 앉아 대본 연습 중인 재영과 상우.

재영, 대본에 묻었던 얼굴 떼어 내고선, 상우를 걱정스럽게 본다.

재영　　시리도 너보단 감정 있겠다. 이거 한두 시간으론 택도 없겠는데.

상우　　(뚱해) 발음만 정확하면 되는 거 아녜요?

재영　　지금 e랑 o 발음도 제대로 구분 안 되거든요….

　　　　(한숨 쉬고) 솔직히 말해 봐. 너 연애해 본 적 없지?

상우   그게 발표 연습이랑 무슨 상관인데요?

재영   멜로를 법정물처럼 연기하니까 그러지~!

       (쉬고, 사심 조금 담아) 누구 좋아해 본 적은 있어?

상우, '내 연기가 그렇게 심각한가?' 싶어 대본 한 번 쓱 보고.

상우   매체에서 떠드는 감정적 허상을 말하는 거면 없어요.

재영   허상?

상우   사랑이니 뭐니, 어차피 인류 번식을 위한 선동일 뿐이잖아요.

재영   (탄식) 오- 생각이 굉장히 편향적인데.

상우   (도도) 굉장히 합리적인 거겠죠.

재영   (기막힌) 그럼 연애는 뭐라고 생각하는데?

상우   (책 읽듯 술술) 한 쌍의 남녀가 결혼을 전제로 만나는 일이요.

       일종의 정식 프로그램 체험판이라고 볼 수 있겠네요.

재영, 말문이 턱- 막혀 가만히 보다가, 못 말린다는 듯 고개 저으며 웃고.
주머니에서 블랙홀릭 캔 커피 꺼내 상우에게 던진다.

재영   이거나 먹어라.

상우   (이건 또 뭐지? 경계하고 보면)

재영   맛대가리 없어서 너한테 버리려고.

상우   (커피와 대본 번갈아 보고, 이해 안 가) 왜 이래요, 갑자기?

재영   (뻔뻔하게) 뭐가?

상우   전략 바꾼 모양인데, 안 통하니까 친한 척하지 마요.

재영   (어깨 으쓱) 난 전략 같은 거 안 짜.

       (일어서 마주 보고) 그냥 하고 싶은 대로 하는 거지.

감독님
디렉션:

저놈을 어째···
어이없지만
귀여움

무단투기!

상우   그게 발표 연습이랑 무슨 상관인데요?

재영   멜로를 법정물처럼 연기하니까 그러지~!

        (쉬고, 사심 조금 담아) 누구 좋아해 본 적은 있어?

상우, '내 연기가 그렇게 심각한가?' 싶어 대본 한 번 쓱 보고.

상우   매체에서 떠드는 감정적 허상을 말하는 거면 없어요.

재영   허상?

상우   사랑이니 뭐니, 어차피 인류 번식을 위한 선동일 뿐이잖아요.

재영   (탄식) 오- 생각이 굉장히 편향적인데.

상우   (도도) 굉장히 합리적인 거겠죠.

재영   (기막힌) 그럼 연애는 뭐라고 생각하는데?

상우   (책 읽듯 술술) 한 쌍의 남녀가 결혼을 전제로 만나는 일이요.

        일종의 정식 프로그램 체험판이라고 볼 수 있겠네요.

재영, 말문이 턱- 막혀 가만히 보다가, 못 말린다는 듯 고개 저으며 웃고.
주머니에서 블랙홀릭 캔 커피 꺼내 상우에게 던진다.

재영   이거나 먹어라.

상우   (이건 또 뭐지? 경계하고 보면)

재영   맛대가리 없어서 너한테 버리려고.

상우   (커피와 대본 번갈아 보고, 이해 안 가) 왜 이래요, 갑자기?

재영   (뻔뻔하게) 뭐가?

상우   전략 바꾼 모양인데, 안 통하니까 친한 척하지 마요.

재영   (어깨 으쓱) 난 전략 같은 거 안 짜.

        (일어서 마주 보고) 그냥 하고 싶은 대로 하는 거지.

재영, 이내 산뜻하게 사라지고. 상우, 끝까지 의심을 버리지 못한다.

상우   왜 저래?

S#15.   상우의 집, 책상 / 밤

노트북 화면에 프랑스어 번역기와 사전 페이지 여러 창 떠 있고.
상우의 손에 들린 대본 곳곳엔 꼼꼼하게 검수한 흔적 가득하다.

상우   (여전히 미심쩍은) 내용은 멀쩡한데… 대체 속셈이 뭐지?

마침 책상 위 블랙홀릭 캔 커피 시야에 걸리자, 의심스럽게 집어 드는 상우.

상우   (앞뒤로 살펴보며) 독약이라도 탔나?

그때 시선 너머로 보이는 블랙홀릭 박스. 박스 안 커피가 한가득하다.
상우, 어쩐지 사기 떨어져, 힘 빠진 한숨을 푹 내쉬고.

S#16.   도서관, 서가 / 낮

고요한 도서관. 틈틈이 책장 넘어가는 소리만 들리는 가운데.
항상 앉는 서가 앞 창가 자리에 앉아 가림판 세워 놓고 공부하는 상우.
테이블 아래로 옆자리 슬쩍 보면, 재영의 신발 보인다.
거슬리지만 무시하고 계속 공부하려 하는데, 좁은 책상 탓에
가림판을 팔꿈치로 툭툭 치게 된다. 하- 작게 한숨 쉬고 가림판 치우면,
옆에서 팔 베고 누워 잠들어 있는 재영 보이는.

감독님 디렉션:

상우   (한심하게 보고) 어쩐지 조용하다 했다.

소품,
『AI의 이해』

재영, 이내 산뜻하게 사라지고. 상우, 끝까지 의심을 버리지 못한다.

상우   왜 저래?

S#15.   상우의 집, 책상 / 밤

노트북 화면에 프랑스어 번역기와 사전 페이지 여러 창 떠 있고.
상우의 손에 들린 대본 곳곳엔 꼼꼼하게 검수한 흔적 가득하다.

상우   (여전히 미심쩍은) 내용은 멀쩡한데… 대체 속셈이 뭐지?

마침 책상 위 블랙홀릭 캔 커피 시야에 걸리자, 의심스럽게 집어 드는 상우.

상우   (앞뒤로 살펴보며) 독약이라도 탔나?

그때 시선 너머로 보이는 블랙홀릭 박스. 박스 안 커피가 한가득하다.
상우, 어쩐지 사기 떨어져, 힘 빠진 한숨을 푹 내쉬고.

S#16.   도서관, 서가 / 낮

고요한 도서관. 틈틈이 책장 넘어가는 소리만 들리는 가운데.
항상 앉는 서가 앞 창가 자리에 앉아 가림판 세워 놓고 공부하는 상우.
테이블 아래로 옆자리 슬쩍 보면, 재영의 신발 보인다.
거슬리지만 무시하고 계속 공부하려 하는데, 좁은 책상 탓에
가림판을 팔꿈치로 툭툭 치게 된다. 하- 작게 한숨 쉬고 가림판 치우면,
옆에서 팔 베고 누워 잠들어 있는 재영 보이는.

> 감독님
> 디렉션:
>
> Ep. 2
> 잠든 상우와
> 비슷한 포즈의
> 재영

상우   (한심하게 보고) 어쩐지 조용하다 했다.

상우, 가림판 접어 넣고, 다시 공부에 집중하려는데.

쌕- 쌕- 옆자리에서 들려오는 얕은 숨소리에, 눈동자 다시 또르르 굴러간다.

상우 (깨닫고, 펜 탁 내려놓으며) 하- 이젠 가만히 있어도 방해가 되네.

그때 마침, 상우의 시야에 걸리는 재영의 사인펜.

INS〉 2화 #15, 재영의 낙서로 망신 당했던 제 모습 떠올리고.

상우, 충동적으로 재영의 사인펜을 집는다.

이내 잠시 망설이다가 재영에게로 서서히 다가가는데….

상체 낮게 숙인 상우의 시선, 낙서할 곳을 찾아 재영의 얼굴 위를 방황하면.

길게 내려앉은 속눈썹, 곧게 뻗은 콧대, 피어싱 안 낀 자국 등이 보이고.

창가에서 휙- 불어온 바람에 재영의 앞머리 부드럽게 흐트러진다.

상우 (머뭇) 원래… 이렇게 생겼었나?

본래의 목적은 잃고, 재영의 미모에 시선을 뺏겨 버린 상우.

펜 끝에 꽂아 둔 뚜껑이 떨어지는 것도 모른 채 홀린 듯 보는데….

그 순간, 재영이 작게 입만 움직여 속삭인다.

재영 (잠기운에 낮게 내려앉은 목소리로) …상우야.
　　　　나 언제까지 눈 감고 있어야 돼?

상우 !!

갑자기 입을 연 재영 때문에 놀란 상우, 펜으로 재영의 볼을 꾹 눌러 버린다.

그러면 재영, 기다렸다는 듯 반짝 눈을 뜨고.

씩- 즐겁게 웃는 재영의 미소에, 상우 눈에 띄게 당황하는 모습에서.

상우, 가림판 접어 넣고, 다시 공부에 집중하려는데.

쌕- 쌕- 옆자리에서 들려오는 얕은 숨소리에, 눈동자 다시 또르르 굴러간다.

상우　　(깨닫고, 펜 탁 내려놓으며) 하- 이젠 가만히 있어도 방해가 되네.

그때 마침, 상우의 시야에 걸리는 재영의 사인펜.

INS〉 2화 #15, 재영의 낙서로 망신 당했던 제 모습 떠올리고.

상우, 충동적으로 재영의 사인펜을 집는다.

이내 잠시 망설이다가 재영에게로 서서히 다가가는데….

상체 낮게 숙인 상우의 시선, 낙서할 곳을 찾아 재영의 얼굴 위를 방황하면.

길게 내려앉은 속눈썹, 곧게 뻗은 콧대, 피어싱 안 낀 자국 등이 보이고.

창가에서 휙- 불어온 바람에 재영의 앞머리 부드럽게 흐트러진다.

상우　　(머뭇) 원래… 이렇게 생겼었나?

본래의 목적은 잃고, 재영의 미모에 시선을 뺏겨 버린 상우.

펜 끝에 꽂아 둔 뚜껑이 떨어지는 것도 모른 채 홀린 듯 보는데….

그 순간, 재영이 작게 입만 움직여 속삭인다.

재영　　(잠기운에 낮게 내려앉은 목소리로) …상우야.

　　　　　나 언제까지 눈 감고 있어야 돼?

상우　　!!

갑자기 입을 연 재영 때문에 놀란 상우, 펜으로 재영의 볼을 꾹 눌러 버린다.

그러면 재영, 기다렸다는 듯 반짝 눈을 뜨고.

씩- 즐겁게 웃는 재영의 미소에, 상우 눈에 띄게 당황하는 모습에서.

S#17.　캠퍼스 / 밤

가방끈 두 손으로 꼭 쥐고, 쪽팔림 가득한 얼굴로 캠퍼스 빠져나가는 상우.

상우　　하- 유치하게 똑같은 짓이나 하고…!

그때 문자 메시지 도착하고, 상우 별생각 없이 확인하면.
'프랑스어 초보를 위한 발음 꿀팁' 영상이다. 발신자는 '무임승차3'

재영　　**(E)** (이어 도착) [e랑o발음설명잘나와있으니까이거보고연습ㄱㄱ]
상우　　(좀 의외라) 화낼 줄 알았더니….

상우, 가만 보다가, [참고할게요] 보내고, 이어 [띄어쓰기하세요] 덧붙이면.
재영에게서 [ㄴ1ㄱㅏㅅㅐ종데됴ㅇ1ㄴㅏ딓] 답장 와, 어이없는 웃음 터뜨리는데.
이어 화려한 프랑스 제복 사진들이 연달아 여러 장 도착한다.

재영　　**(E)** [어떤게나아?]
상우　　??
재영　　**(E)** [골라봐] [니가입을거]

마지막 메시지에 얼굴 확 구기는 상우.

S#18.　미대, 실기실 / 밤

콧노래 흥얼거리며, 프랑스 복식 찾아보고 있는 재영.
상우에게서 오래도록 답장 없자, 삐쭉인다.

재영　　또 씹네. (털고) 그럼 뭐 어쩔 수 없지.
　　　　　　(사악해져) 프릴 왕창 달린 놈으로 입혀 버릴까 보다.

S#17.   캠퍼스 / 밤

가방끈 두 손으로 꼭 쥐고, 쪽팔림 가득한 얼굴로 캠퍼스 빠져나가는 상우.

상우   하- 유치하게 똑같은 짓이나 하고…!

그때 문자 메시지 도착하고, 상우 별생각 없이 확인하면.
'프랑스어 초보를 위한 발음 꿀팁' 영상이다. 발신자는 '무임승차3'

재영   **(E)** (이어 도착) [e랑o발음설명잘나와있으니까이거보고연습ㄱㄱ]
상우   (좀 의외라) 화낼 줄 알았더니….

뭐야

상우, 가만 보다가, [참고할게요] 보내고, 이어 [띄어쓰기하세요] 덧붙이면.
재영에게서 [ㄴ1ㄱㅜㅅH죵데玉ㅇ1ㄴF¿] 답장 와, 어이없는 웃음 터뜨리는데.
이어 화려한 프랑스 제복 사진들이 연달아 여러 장 도착한다.

재영   **(E)** [어떤게나아?]
상우   ??
재영   **(E)** [골라봐] [니가입을거]

마지막 메시지에 얼굴 확 구기는 상우.

S#18.   미대, 실기실 / 밤

콧노래 흥얼거리며, 프랑스 복식 찾아보고 있는 재영.
상우에게서 오래도록 답장 없자, 삐쭉인다.

재영   또 씹네. (털고) 그럼 뭐 어쩔 수 없지.
           (사악해져) 프릴 왕창 달린 놈으로 입혀 버릴까 보다.

장재영 대본

재영, 상우 입힐 생각에 신나서 옷 열정적으로 고르고 있으면.
지나가던 유나, 그런 재영을 한심하게 본다. (재영의 볼에 점 그대로)

유나	볼에 그 똥파린 뭔데.
재영	(씩 웃으며) 아아~ 이거? (볼 콕 찌르고) 관심의 증~표? ~랄까
유나	아 눈석… (주먹 꼭 쥐어 보이고) 내 관심의 증표도 좀 받아 볼래?
재영	(주먹 하이파이브 하고, 사진 보이며) 야, 이거 추상우 잘 어울릴까?
	아, 너 걔 얼굴 모르지. (다시 빠져) 쏩- 밝은색이 나을 거 같은데….
유나	(헛웃음) 난리 났네.

S#19.　교양관, 프랑스어 강의실 앞 복도 / 낮

프랑스 제복 멋지게 딱 갖춰 입은 상우와 재영.
런웨이에 선 모델처럼 멋지게 걸으면.
지나가던 사람들, 힐끔대며 웃거나 감탄하는데….
강의실 앞에서 끽- 멈춰 서는 상우, 유턴해 돌아가려 한다.
재영, 잽싸게 붙잡고.

재영	무르기 없다 했지? 예쁘기만 하구만! 괜찮다니깐?	
상우	(땀 삐질) 아무리 생각해도 이건 아녜요. 너무 과하잖아요!	
재영	(고급 비밀인 양) 딴 팀은 노래에 춤까지 춘다는데?	감독님 디렉션:
상우	!! (의지 확 불타면)	재영, 귀여워하는 웃음
재영	(걸려들었다, 씩 웃고) 대사는 다 외웠지?	
상우	당연하죠.	

당당히 말하며 강의실로 들어가는 상우. 말과 달리 얼굴에 불안감 스치는데.

재영, 상우 입힐 생각에 신나서 옷 열정적으로 고르고 있으면.

지나가던 유나, 그런 재영을 한심하게 본다. (재영의 볼에 점 그대로)

유나	볼에 그 똥파린 뭔데.
재영	(씩 웃으며) 아아~ 이거? (볼 콕 찌르고) 관심의 증-표?
유나	아 눈썩… (주먹 꼭 쥐어 보이고) 내 관심의 증표도 좀 받아 볼래?
재영	(주먹 하이파이브 하고, 사진 보이며) 야, 이거 추상우 잘 어울릴까?
	아, 너 걔 얼굴 모르지. (다시 빠져) 쏨- 밝은색이 나을 거 같은데….
유나	(헛웃음) 난리 났네.

S#19. 교양관, 프랑스어 강의실 앞 복도 / 낮

프랑스 제복 멋지게 딱 갖춰 입은 상우와 재영.

런웨이에 선 모델처럼 멋지게 걸으면.

지나가던 사람들, 힐끔대며 웃거나 감탄하는데….

강의실 앞에서 끽- 멈춰 서는 상우, 유턴해 돌아가려 한다.

재영, 잽싸게 붙잡고.

> 감독님
> 디렉션:
> **재영에게
> 끌려가는
> 그림**

재영	무르기 없다 했지?
상우	(땀 삐질) 아무리 생각해도 이건 아녜요. 너무 과하잖아요!
재영	(고급 비밀인 양) 딴 팀은 노래에 춤까지 춘다는데?
상우	!! (의지 확 불타면)
재영	(걸려들었다, 씩 웃고) 대사는 다 외웠지?
상우	당연하죠.

당당히 말하며 강의실로 들어가는 상우. 말과 달리 얼굴에 불안감 스치는데.

S#20. 교양관, 프랑스어 강의실 / 낮

자리에 앉아 너덜너덜해진 대본을 읽고 또 읽는 상우.
옆자리 재영, 그런 상우의 모습 지그시 보다가.

재영   불안하면 손바닥에 적든가.
상우   (대본 계속 보며) 그건 공정하지 못하잖아요.
재영   (살짝 미소 지으며) 그래. 그게 추상우 방식이지.

재영, 조용히 핸드폰 꺼내 셀카 앵글 속에 상우와의 투 샷을 잡는다.

재영   추상우. 여기 봐 봐.
상우   (얼굴 들었다가, 찰칵 사진 찍히자) 아, 뭐예요. 지워요.

함께 찍힌 투 샷 슬쩍 보고 피식 웃는 재영.

재영   (상우 보고) 형이라고 불러 보든가?   뭐
상우   (질색) 남의 가족 구성원 좀 함부로 늘리지 마요.
재영   (못 들은 척) 어? 교수님 오셨다. (학생들 따라) 봉쥬르~!!
상우   (끙– 말없이 재영 쩨려보는)

(CUT TO)

이어 경쾌한 음악 아래, 컷 뛰어 발표 훌륭하게 해내는 두 사람 보인다.
상우, 표정이나 몸짓은 조금 뻣뻣하지만, 재영과 눈 맞추며 대사 잘 외우고.
재영, 능청맞게 연기하는 중간중간, 그런 상우를 기특하게 본다.
교수와 학생들의 박수갈채 받으며, 꾸벅 마무리 인사하는 두 사람에서.

감독님
디렉션:

상우를
사랑스럽게
보는 재영

S#20.   교양관, 프랑스어 강의실 / 낮

자리에 앉아 너덜너덜해진 대본을 읽고 또 읽는 상우.
옆자리 재영, 그런 상우의 모습 지그시 보다가.

재영	불안하면 손바닥에 적든가.
상우	(대본 계속 보며) 그건 공정하지 못하잖아요.
재영	(살짝 미소 지으며) 그래. 그게 추상우 방식이지.

재영, 조용히 핸드폰 꺼내 셀카 앵글 속에 상우와의 투 샷을 잡는다.

재영	추상우. 여기 봐 봐.
상우	(얼굴 들었다가, 찰칵 사진 찍히자) 아, 뭐예요. 지워요.

함께 찍힌 투 샷 슬쩍 보고 피식 웃는 재영.

재영	(상우 보고) 형이라고 불러 보든가?
상우	(질색) 남의 가족 구성원 좀 함부로 늘리지 마요.
재영	(못 들은 척) 어? 교수님 오셨다. (학생들 따라) 봉쥬르~!!
상우	(끙- 말없이 재영 째려보는)

(CUT TO)

이어 경쾌한 음악 아래, 컷 튀어 발표 훌륭하게 해내는 두 사람 보인다.
상우, 표정이나 몸짓은 조금 뻣뻣하지만, 재영과 눈 맞추며 대사 잘 외우고.
재영, 능청맞게 연기하는 중간중간, 그런 상우를 기특하게 본다.
교수와 학생들의 박수갈채 받으며, 꾸벅 마무리 인사하는 두 사람에서.

감독님
디렉션 :

> 재영을 의지하기도 하며
> 조금 뻣뻣하게 연기.
> 발표 끝내고 만족스러움.

155

S#21. 교양관, 의상실 / 밤

일상복으로 갈아입은 상우, 초조한 기색으로 문 앞에 서서
바깥 동태를 살핀다. 문고리를 꼭 잡은 두 손, 당혹감에 달달 떨리고 있다.

상우 (안에 대고 버럭) 아직이에요!?

상우가 소리친 곳은 의상이 빼곡하게 걸린 행거로 가득 찬 밀실.
그 속에서 재영, 두 사람이 입었던 제복을 들고 두리번거린다.

재영 있어 봐! 분명 여기 어디쯤이었는데….
상우 (조급해 바깥 한 번 더 보고, 중얼) 미친 게 분명해. 제정신이 아니야.
재영 (화통하게) 너무 겁먹지 마~ 한두 시간 빌려 썼다고 뭐라 하겠어?
상우 빌린 게 아니라, 훔친 거잖아요!
　　　　도둑질한 옷인 줄 알았으면 안 입었을 거라고요!!

그때, 누군가 의상실 향해 다가오자, 사색이 되는 상우.

상우 어어… 누구 오는 거 같은데. (재영에게) 아직 멀었어요?!
　　　　(더 가까이 오자, 패닉 와) 어어, 안 되는데…!!

당황한 상우, 어쩔 줄 몰라 하는데,
갑자기 긴 팔이 쑥 다가와 상우를 밀실 안으로 끌어들인다.
상우, 놀라 보면. 재영, 행거 속으로 상우와 자신의 몸을 깊게 숨기고,
항의하려는 상우의 입술을 쉿- 손가락으로 막아 조용히 시킨다.

의상실로 들어온 연극부원, 무언가를 찾는 듯 전화하며 두리번거리고,
"소품 박스에?" 되물으며 밀실로 들어오면.

> **감독님 디렉션:**
> 장난치는 상황.
> 상우의 반응이
> 귀여워서
> 시간 끄는 중.

> **감독님 디렉션:**
> 뒷걸음질 치는
> 상우의 손을
> 잡아끄는 재영!

S#21.　교양관, 의상실 / 밤

일상복으로 갈아입은 상우, 초조한 기색으로 문 앞에 서서
바깥 동태를 살핀다. 문고리를 꼭 잡은 두 손, 당혹감에 달달 떨리고 있다.

상우　(안에 대고 버럭) 아직이에요!?

상우가 소리친 곳은 의상이 빼곡하게 걸린 행거로 가득 찬 밀실.
그 속에서 재영, 두 사람이 입었던 제복을 들고 두리번거린다.

재영　있어 봐! 분명 여기 어디쯤이었는데….
상우　(조급해 바깥 한 번 더 보고, 중얼) 미친 게 분명해. 제정신이 아니야.
재영　(화통하게) 너무 겁먹지 마~ 한두 시간 빌려 썼다고 뭐라 하겠어?
상우　빌린 게 아니라, 훔친 거잖아요!
　　　　도둑질한 옷인 줄 알았으면 안 입었을 거라고요!!

그때, 누군가 의상실 향해 다가오자, 사색이 되는 상우.

상우　어어… 누구 오는 거 같은데. (재영에게) 아직 멀었어요?!
　　　　(더 가까이 오자, 패닉 와) 어어, 안 되는데…!!

> **감독님 디렉션:**
> 입구 센서 켜지고 누군가 들어오는 소리에 상우 깜짝 놀란다

당황한 상우, 어쩔 줄 몰라 하는데,
갑자기 긴 팔이 쑥 다가와 상우를 밀실 안으로 끌어들인다.
상우, 놀라 보면. 재영, 행거 속으로 상우와 자신의 몸을 깊게 숨기고.
항의하려는 상우의 입술을 쉿- 손가락으로 막아 조용히 시킨다.

의상실로 들어온 연극부원, 무언가를 찾는 듯 전화하며 두리번거리고.
"소품 박스에?" 되물으며 밀실로 들어오면.

157

장재영 대본

두 사람, 숨죽이며, 몸 바짝 밀착시켜, 옷 틈 사이로 완벽하게 숨는데….

문득 정면으로 시선이 마주친 두 사람.
완전히 밀착된 전신과 코끝이 닿을 듯한 거리감에 긴장감이 확 샘솟는다.
상우, 낯선 긴장감에 밭은 호흡 내쉬고. 재영, 그런 상우 빤히 보다가.
"영화 예매는 했어?" 연극부원의 통화 내용 가만히 듣더니,
천천히 상우의 귓가로 고개 숙이고 다가가 귓속말 속삭인다.

붉은 조명
켜진다

재영   우리도 영화 보러 갈래?

놀란 듯 눈 커지는 상우와 그런 상우를 지그시 보는 재영의 모습에서!!

4화 END

두 사람, 숨죽이며, 몸 바짝 밀착시켜, 옷 틈 사이로 완벽하게 숨는데….

다채로운 빛의
크리스탈
조명 on

문득 정면으로 시선이 마주친 두 사람.
완전히 밀착된 전신과 코끝이 닿을 듯한 거리감에 긴장감이 확 샘솟는다.
상우, 낯선 긴장감에 밭은 호흡 내쉬고. 재영, 그런 상우 빤히 보다가.
"영화 예매는 했어?" 연극부원의 통화 내용 가만히 듣더니,
천천히 상우의 귓가로 고개 숙이고 다가가 귓속말 속삭인다.

재영 우리도 영화 보러 갈래? *가볍게 떨려

놀란 듯 눈 커지는 상우와 그런 상우를 지그시 보는 재영의 모습에서!!

4화 END

말해줘 (되 모아)
나도 너를 좋아해 하지만 (큐브정 왜 두암봐아)
안돼 우리는 연인이 될 수 없어 (늘.누느 푸봉 파 재도로 야앙)
사범 우리 사이엔 비밀이 있어 (어 내에. 암싸부 영 사브헤 양으 누)

쥐 , 깨끄쇼요, 아테디하은

쥐템, ^비잉

누숨, 쟈망~ 드 죠져

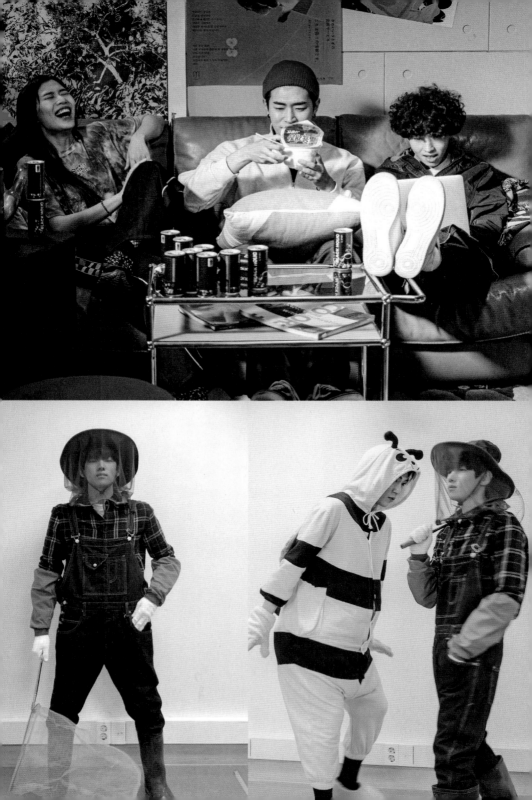

FIVE

[SEMANTIC ERROR]

S#1.   교양관, 의상실 / 밤

의상실로 들어온 연극부원, 무언가를 찾는 듯 전화하며 두리번거리고.
"소품 박스에?" 되물으며 밀실로 들어와 행거 사이를 뒤집는데.
정적이 흐르는 분위기 속에서, 카메라, 옆으로 이동하면.
비좁은 옷 틈 사이로 몸 바짝 밀착해 숨어 있는 상우와 재영 보인다.

걸릴까 조마조마하며 숨죽이는 두 사람, 문득 정면으로 시선이 마주치면.
완전히 밀착된 전신과 코끝이 닿을 듯한 거리감에 긴장감이 확 샘솟는다.
특히 상우, 기이하게 쿵쾅쿵쾅 뛰는 심장 박동 소리 혼란스럽고.
심지어 재영이 키스하듯 천천히 얼굴 숙이고 다가오자 경고음까지 울리는데.

기계음   (E) 에러, 에러, 에러! 이상 반응, 이상 반응, 이상 반응!

다행히 재영의 입술, 얼굴을 비껴 귓가로 향하지만.

재영   우리도 영화 보러 갈래?

재영의 따뜻한 숨결이 귓가에 닿는 순간, 상우 퓨즈가 펑-! 나가 버린다.
이내 있는 힘껏 재영을 밀치고 의상실 밖으로 도망치는 상우.

1b. 교양관, 의상실 앞 복도 / 밤

뛰어가는 상우의 모습 위로
강렬한 붉은 색의 Error! Error! Error! 글자가 화면 한가득 채워지며!

Title in / 시맨틱 에러

S#1.   교양관, 의상실 / 밤

의상실로 들어온 연극부원, 무언가를 찾는 듯 전화하며 두리번거리고.

"소품 박스에?" 되물으며 밀실로 들어와 행거 사이를 뒤집는데.

정적이 흐르는 분위기 속에서, 카메라, 옆으로 이동하면.

비좁은 옷 틈 사이로 몸 바짝 밀착해 숨어 있는 상우와 재영 보인다.

걸릴까 조마조마하며 숨죽이는 두 사람, 문득 정면으로 시선이 마주치면.

완전히 밀착된 전신과 코끝이 닿을 듯한 거리감에 긴장감이 확 샘솟는다.

특히 상우, 기이하게 쿵쾅쿵쾅 뛰는 심장 박동 소리 혼란스럽고.

심지어 재영이 키스하듯 천천히 얼굴 숙이고 다가오자 경고음까지 울리는데.

기계음   (E) 에러, 에러, 에러! 이상 반응, 이상 반응, 이상 반응!

다행히 재영의 입술, 얼굴을 비껴 귓가로 향하지만.

감독님 디렉션:
우당탕탕 소리와 함께

재영   우리도 영화 보러 갈래?

재영의 따뜻한 숨결이 귓가에 닿는 순간, 상우 퓨즈가 펑-! 나가 버린다.

이내 있는 힘껏 재영을 밀치고 의상실 밖으로 도망치는 상우.

끝없는 복도를 달리는 느낌

1b. 교양관, 의상실 앞 복도 / 밤

뛰어가는 상우의 모습 위로

강렬한 붉은 색의 Error! Error! Error! 글자가 화면 한가득 채워지며!

Title in / 시맨틱 에러

S#2.　　교양관, 화장실 / 밤

황급히 화장실로 뛰어 들어온 상우.

'고장' 안내문이 붙어 있는 가장 안쪽 칸에 들어가고 나서야 숨을 몰아쉰다.

그 와중에 재영에게서 전화 와 끄려 하지만, 손이 덜덜 떨려 잘 안 되고.

복도에선 "추상우!" 하고 상우를 찾는 재영의 목소리가 계속해서 들려온다.

벽에 기대 눈을 감는 상우, 낮게 욕설 지껄인다.

상우　　…씨발.

S#3.　　공학관, 강의실 / 낮

출석 체크 중인 강의실.

어두운 표정의 재영, 핸드폰 보고 있다.

어젯밤부터 상우에게 계속 메시지 보냈지만, 상우에게선 답장 없다.

재영　　(E) [야갑자기그렇게가버리는게어됐냐?]

　　　　[후배한테잘설명하고넘어갔어] [문제ㄴㄴ]

　　　　(다음 날) [아직도빡쳤냐?] (읽지 않음 표시 1)

재영, 옆자리 보면 비어 있고, 학생들 같은 곳 보며 수군댄다.

동건　　추상우가 결석을? 웬일이래?

건희　　아픈가 보지.

동건　　대가리 깨진 날에도 수업 들으러 왔던 놈이 별일이네.

수군대는 학생들의 말에 점점 표정 굳는 재영.

재영　　진짜 어디 아픈가…?

S#2.　교양관, 화장실 / 밤

황급히 화장실로 뛰어 들어온 상우.

'고장' 안내문이 붙어 있는 가장 안쪽 칸에 들어가고 나서야 숨을 몰아쉰다.

그 와중에 재영에게서 전화 와 끄려 하지만, 손이 덜덜 떨려 잘 안 되고.

복도에선 "추상우!" 하고 상우를 찾는 재영의 목소리가 계속해서 들려온다.

벽에 기대 눈을 감는 상우, 낮게 욕설 지껄인다.

상우　　　…씨발.

> 감독님 디렉션:
>
> 연애에 감흥 없는 상우가 세상에서 제일 싫은 재영에게 흥분을 느꼈다
> -> 나 자신이 싫은 기분

S#3.　공학관, 강의실 / 낮

출석 체크 중인 강의실.

어두운 표정의 재영, 핸드폰 보고 있다.

어젯밤부터 상우에게 계속 메시지 보냈지만, 상우에게선 답장 없다.

재영　　　(E) [야갑자기그렇게가버리는게어디있냐?]

[후배한테잘설명하고넘어갔어] [문제ㄴㄴ]

(다음 날) [아직도빡쳤냐?] (읽지 않음 표시 1)

재영, 옆자리 보면 비어 있고, 학생들 같은 곳 보며 수군댄다.

동건　　　추상우가 결석을? 웬일이래?

건희　　　아픈가 보지.

동건　　　대가리 깨진 날에도 수업 들으러 왔던 놈이 별일이네.

수군대는 학생들의 말에 점점 표정 굳는 재영.

재영　　　진짜 어디 아픈가…?

이내 가방 챙겨 일어나고.

S#4.　상우의 집, 거실 / 낮

불 꺼진 상우의 집. 기척 하나 없이 조용한 가운데.

노트북 앞에 고요하게 앉아 있는 상우의 뒷모습 보인다.

카메라 팬 하면, 검색창에 '신체 오작동' 검색하는 상우. 밤새워 퀭하다.

아래 검색 기록으로는 '비정상적 욕구' '호르몬 이상 징후' 등 떠 있고.

초조하고 불안한 기색의 상우, 심각한 얼굴로 검색 결과 스크롤 내려 보는데.

갑자기 쿵쿵쿵 현관문 두드리는 소리 들린다. 상우, 돌아보면.

재영　　(E) 야, 추상우! 너 왜 수업 안 와!!

반갑지 않은 재영의 등장에 멈칫하는 상우. 무시하려 하지만,

재영이 어찌나 세게 두드리는지 현관문 쿵쿵 흔들린다.

재영　　(E) 추상우! 살아 있냐? 죽은 거 아니지!!

　　　　너

상우, 짜증 나 현관문 바라보면서, 몸을 축- 늘어뜨리는.

상우　　하, 다 포맷돼 버렸음 좋겠다….

S#5.　빌라, 복도 / 낮

손에 죽 봉투 든 재영, 대답 없는 상우의 집 앞을 기웃거리다가,

핸드폰 꺼내 상우에게 전화 건다. 이어 현관문에 귀 바싹 대면.

집 안쪽에서 웅웅- 진동 소리 들리는.

이내 가방 챙겨 일어나고.

S#4.   상우의 집, 거실 / 낮

감독님
디렉션:

전날 Error의 여파!
밤새 한숨도
못 잔 상황.
널브러진 거실
당혹, 허탈…

불 꺼진 상우의 집. 기척 하나 없이 조용한 가운데.
노트북 앞에 고요하게 앉아 있는 상우의 뒷모습 보인다.

카메라 팬 하면, 검색창에 '신체 오작동' 검색하는 상우. 밤새워 퀭하다.
아래 검색 기록으로는 '비정상적 욕구' '호르몬 이상 징후' 등 떠 있고.
초조하고 불안한 기색의 상우, 심각한 얼굴로 검색 결과 스크롤 내려 보는데.
갑자기 쿵쿵쿵 현관문 두드리는 소리 들린다. 상우, 돌아보면.

재영   (E) 야, 추상우! 너 왜 수업 안 와!!

반갑지 않은 재영의 등장에 멈칫하는 상우. 무시하려 하지만,
재영이 어찌나 세게 두드리는지 현관문 쿵쿵 흔들린다.

재영   (E) 추상우! 살아 있냐? 죽은 거 아니지!!

상우, 짜증 나 현관문 바라보면서, 몸을 축- 늘어뜨리는.

상우   하, 다 포맷돼 버렸음 좋겠다….

S#5.   빌라, 복도 / 낮   ※올라가는 감정 잘 뜯혀하기※

손에 죽 봉투 든 재영, 대답 없는 상우의 집 앞을 기웃거리다가,
핸드폰 꺼내 상우에게 전화 건다. 이어 현관문에 귀 바싹 대면.
집 안쪽에서 웅웅- 진동 소리 들린다.

재영　집에 있는 건 맞는 거 같은데… (확 걱정돼) 혹시 쓰러진 거 아냐?

마음 조급해져, 쿵쿵쿵! 문 두드리는 재영.

　　　야 추상우

재영　나 구급차 부른다! 어?!

　　　진짜

재영, 다급하게 119 다이얼 누르려던 순간, 끼-익하고 열리는 현관문.
흥분해 있던 재영, 폐인 몰골의 상우가 모습을 드러내자, 멈칫 놀라는데.

재영　야, 너 꼴이….
상우　(가라앉아) 왜 남의 집 앞에서 행패예요. 저야말로 경찰 불러요?
재영　(걱정돼) 아니, 아프면 아프다고 말을 하면 될 거 아냐….
　　　(다가가 이마에 손 올리는) 병원은 갔어?

훌쩍 다가온 재영이 걱정스럽게 보며, 이마에 손을 올리자,
바로 또 몸이 반응해 움찔하는 상우. 당혹감에 매섭게 재영의 손길을 내친다.
다시 쿵쾅대는 심장 박동 때문에 혼란스러운 상우와
상우의 과민반응이 당황스러운 재영.

재영　(민망해 손등 쓸며) 난 그냥 열 있나 재려고….
상우　(동요한 티 숨기며) 신경 끄고 가요. 고성방가로 신고하기 전에.
재영　(꿈틀) 그리고 죽상으로 있는데 걱정 안 하게 생겼냐?
　　　전화라도 받던가. 문자는 왜 또 다 씹어?
상우　(예민하게 쏘는) 누가 걱정해 달래요?!!

두 사람 사이에 흐르는 정적.

재영　집에 있는 건 맞는 거 같은데… (확 걱정돼) 혹시 쓰러진 거 아냐?

마음 조급해져, 쿵쿵쿵! 문 두드리는 재영.

재영　나 구급차 부른다!

> 감독님 디렉션 :
> 초췌한
> 얼굴
> + 모자 쓰기

재영, 다급하게 119 다이얼 누르려던 순간, 끼-익하고 열리는 현관문.
흥분해 있던 재영, 폐인 몰골의 상우가 모습을 드러내자, 멈칫 놀라는데.

재영　야, 너 꼴이….
상우　(가라앉아) 왜 남의 집 앞에서 행패예요. 저야말로 경찰 불러요?
재영　(걱정돼) 아니, 아프면 아프다고 말을 하면 될 거 아냐….
　　　　(다가가 이마에 손 올리는) 병원은 갔어?

> 감독님 디렉션 :
> 냉정하려
> 애썼지만
> 결국 폭발!

훌쩍 다가온 재영이 걱정스럽게 보며, 이마에 손을 올리자,
바로 또 몸이 반응해 움찔하는 상우. 당혹감에 매섭게 재영의 손길을 내친다.
다시 쿵쾅대는 심장 박동 때문에 혼란스러운 상우와
상우의 과민반응이 당황스러운 재영.

재영　(민망해 손등 쓸며) 난 그냥 열 있나 재려고….
상우　(동요한 티 숨기며) 신경 끄고 가요. 고성방가로 신고하기 전에.
재영　(꿈틀) 그리고 죽상으로 있는데 걱정 안 하게 생겼냐?
　　　　전화라도 받던가. 문자는 왜 또 다 씹어?
상우　(예민하게 쏘는) 누가 걱정해 달래요?!!

두 사람 사이에 흐르는 정적.

재영   (차갑게 굳어) …한동안 괜찮다가 또 시작이네. 뭐가 불만인데?

상우   (시니컬해져) 발표 하나 같이 했다고, 친한 척 마요.

        풀린 건 아무것도 없고, 선배 때문에 전 여전히 최악이니까.

재영   하… 걱정 한 번 했다고 욕 오지게 먹네.

        (좀 억울한) 그래, 내가 초반에 미친놈처럼 굴긴 했어.

        근데 고작 사흘 했다, 사흘. 그다음엔 만회해 보겠다고 빌빌거렸잖아.

상우   (말 끊으며) 제 의사와는 상관없이요.

재영   (움찔) 한순간에 사람 할 말 없게 만드는 것도 존나 재주다. 그래.

상우   (진심 담아) 솔직히, 지금도 선배 보는 거 불편하고 짜증 나요.

재영   (상처받은, 감정 치솟아) 그동안은 기분 더러워서 어떻게 참았냐?

        성적 그딴 게 뭐라고, 대-단하십니다.   대단하다 너

상우   알면, 지금 당장 꺼져요.

재영   명령하지 마, 새끼야. 다신 볼 일 없을 테니까.
                    이

재영, 상우 앞으로 팽개치듯 죽 봉투 버리고 가 버리면.

상우, 그 뒷모습 고집스럽게 보다가,

상우   잘됐네.

집으로 쾅- 문 닫고 들어가고.

S#6.   상우의 집, 거실 / 낮

이어 집으로 들어와 깡 생수 들이켜며 격해진 감정 진정시키는 상우.

슬슬 이성 돌아오자, 가방에 노트북과 수업 교재 챙겨 넣는다.

상우   저딴 인간 때문에 수업 빠지는 건 손해지.

재영   (차갑게 굳어) …한동안 괜찮다가 또 시작이네. 뭐가 불만인데?

상우   (시니컬해져) 발표 하나 같이 했다고, 친한 척 마요.

       풀린 건 아무것도 없고, 선배 때문에 전 여전히 최악이니까.

재영   하… 걱정 한 번 했다고 욕 오지게 먹네.

       (좀 억울한) 그래, 내가 초반에 미친놈처럼 굴긴 했어.

       근데 고작 사흘 했다, 사흘. 그다음엔 만회해 보겠다고 빌빌거렸잖아.

상우   (말 끊으며) 제 의사와는 상관없이요.

재영   (움찔) 한순간에 사람 할 말 없게 만드는 것도 존나 재주다. 그래.

상우   (진심 담아) 솔직히, 지금도 선배 보는 거 불편하고 짜증 나요.

재영   (상처받은, 감정 치솟아) 그동안은 기분 더러워서 어떻게 참았냐?

       성적 그딴 게 뭐라고, 대-단하십니다.

상우   알면, 지금 당장 꺼져요.

재영   명령하지 마, 새끼야. 다신 볼 일 없을 테니까.

> 감독님
> 디렉션 :
>
> 떠난 자리
> 오래 보기.
> 감정 충분히.

재영, 상우 앞으로 팽개치듯 죽 봉투 버리고 가 버리면.

상우, 그 뒷모습 고집스럽게 보다가,

상우   잘됐네.

집으로 쾅- 문 닫고 들어가고.

S#6.   상우의 집, 거실 / 낮

이어 집으로 들어와 깡 생수 들이켜며 격해진 감정 진정시키는 상우.

슬슬 이성 돌아오자, 가방에 노트북과 수업 교재 챙겨 넣는다.

상우   저딴 인간 때문에 수업 빠지는 건 손해지.

이내 소파에 걸쳐둔 겉옷 챙겨 입고, 집 밖을 나서는 상우의 모습에서.

감독님
디렉션 :

걱정돼서 찾아갔는데
문전박대. 타인에게
처음으로 거부당함.
절절매는 자신이 의아.
-> 당혹감, 삐짐?

S#7. 밥집 / 낮

고기반찬과 상추쌈 등 백반 상차림 차려져 있는 가운데,
핸드폰 톡톡 만지던 유나. 앞에서 물 따르고 있는 형탁에게 묻는다.

유나   장재영은?

형탁   몰라. 톡 안 보던데?

유나   새끼, 빠져선. (주방 대고) 이모님, 여기 사이다 추가요.

재영   (가게 들어오며) 소주도 하나 주세요!

무서운 표정으로 들어와 형탁이 따른 물 벌컥벌컥 들이켜는 재영.

재영   (혼잣말) 씨발, 뭐라도 해 봤음 억울하지라도 않지.

유나와 형탁, 또 뭔 일인가 싶어, 눈빛 교환하고.
형탁, 눈치 보며 조심스럽게 상추쌈 싸 먹으려, 상추 집어 드는데.
상추 보자마자, 눈이 회까닥 도는 재영. 형탁의 손에서 바로 빼앗아 간다.

　　　　　　　상추 우이씨

재영   (상추 찢으며) 먹지 마, 이거!

유나   (경악해 보는)

재영   (깻잎 집어 형탁의 입에 넣어 주고) 앞으로 깻잎만 먹어. 알겠어?!

형탁   (소심하게, 오물거리며) 난 상추가 더 좋은데….

유나   (황당) 돌았냐?

때마침 이모님이 사이다와 소주를 테이블로 가져다주자,
다 마신 물컵에 소주를 콸콸 따르는 재영.

이내 소파에 걸쳐둔 겉옷 챙겨 입고, 집 밖을 나서는 상우의 모습에서.

S#7.   밥집 / 낮

고기반찬과 상추쌈 등 백반 상차림 차려져 있는 가운데,

핸드폰 톡톡 만지던 유나. 앞에서 물 따르고 있는 형탁에게 묻는다.

유나   장재영은?

형탁   몰라. 톡 안 보던데?

유나   새끼, 빠져선. (주방 대고) 이모님, 여기 사이다 추가요.

재영   (가게 들어오며) 소주도 하나 주세요!

무서운 표정으로 들어와 형탁이 따른 물 벌컥벌컥 들이켜는 재영.

재영   (혼잣말) 씨발, 뭐라도 해 봤음 억울하지라도 않지.

유나와 형탁, 또 뭔 일인가 싶어, 눈빛 교환하고.

형탁, 눈치 보며 조심스럽게 상추쌈 싸 먹으려, 상추 집어 드는데.

상추 보자마자, 눈이 회까닥 도는 재영. 형탁의 손에서 바로 빼앗아 간다.

재영   (상추 찢으며) 먹지 마, 이거!

유나   (경악해 보는)

재영   (깻잎 집어 형탁의 입에 넣어 주고) 앞으로 깻잎만 먹어. 알겠어?!

형탁   (소심하게, 오물거리며) 난 상추가 더 좋은데….

유나   (황당) 돌았냐?

때마침 이모님이 사이다와 소주를 테이블로 가져다주자,

다 마신 물컵에 소주를 콸콸 따르는 재영.

장재영 대본

유나	미친. 그러다 골로 간다.
재영	너한테 업어 달라 안 해.
유나	(짜증, 걱정) 왜 또 지랄인데. 무슨 일 있어?
재영	…없어, 이제.

아 몰라!

재영, 씁쓸한 얼굴로 술 들이켜고.

S#8. 빌라 앞 / 밤

술 취해 비틀거리며 빌라 앞에 도착한 재영.

건물 앞, 누군가 발로 찬 듯 눕혀져 있는 상우의 자전거가 눈에 밟힌다.

자전거를 상우 보듯 노려보다가, 다가가 발로 뻥- 한 대 차 주려는데.

INS〉 #5 "솔직히, 지금도 선배 보는 거 불편하고 짜증 나요." 떠오르는.

순간 비참해져 발동작 멈추는 재영.

| 재영 | 그렇게 싫다면, 꺼져 준다. 추상우. |

재영, 쓰러진 자전거 쓱 한 번 보고는,

빌라 안으로 들어가지 않고, 뒤돌아 간다.

감독님
디렉션 :

재영
뒷모습에서
카메라 벗겨지면
보이는 자전거

(CUT TO)

빌라 앞. 건물 벽에 세워진 자전거 보이고. **페이드아웃**

S#9. 캠퍼스, 외벽 게시판 / 낮

시간 흘러. 개강 주에 비해 차분해진 캠퍼스 전경 보이고.

공고 게시판에 디자이너 공고문 다시 붙이는 상우.

주변 포스터들, 모집 마감 도장 찍혀 있거나, 번호 다 떼어 갔다.

상우, 경각심 일어, 공고문 다시 한번 반듯하게 착 밀착시키고.

유나	미친. 그러다 골로 간다.
재영	너한테 업어 달라 안 해.
유나	(짜증, 걱정) 왜 또 지랄인데. 무슨 일 있어?
재영	…없어, 이제.

재영, 씁쓸한 얼굴로 술 들이켜고.

S#8.　빌라 앞 / 밤

술 취해 비틀거리며 빌라 앞에 도착한 재영.
건물 앞, 누군가 발로 찬 듯 눕혀져 있는 상우의 자전거가 눈에 밟힌다.
자전거를 상우 보듯 노려보다가, 다가가 발로 뻥- 한 대 차 주려는데.
INS〉 #5 "솔직히, 지금도 선배 보는 거 불편하고 짜증 나요." 떠오르는.
순간 비참해져 발동작 멈추는 재영.

재영	그렇게 싫다면, 꺼져 준다. 추상우.

재영, 쓰러진 자전거 쓱 한 번 보고는,
빌라 안으로 들어가지 않고, 뒤돌아 간다.

(CUT TO)

빌라 앞. 건물 벽에 세워진 자전거 보이고. **페이드아웃**

S#9.　캠퍼스, 외벽 게시판 / 낮

시간 흘러. 개강 주에 비해 차분해진 캠퍼스 전경 보이고.
공고 게시판에 디자이너 공고문 다시 붙이는 상우.
주변 포스터들, 모집 마감 도장 찍혀 있거나, 번호 다 떼어 갔다.
상우, 경각심 일어, 공고문 다시 한번 반듯하게 착 밀착시키고.

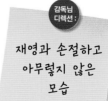

감독님
디렉션 :

재영과 손절하고
아무렇지 않은
모습

S#10.   공학관, 강의실 / 낮

상우, 강의실 들어서, 시계 보면 9:30. 아무도 없다.

창가 넷째 줄 자리로 가 앉고, 자연스럽게 가방에서 가림판 꺼내는데.

뒤늦게 생각나, 아- 하며 가림판을 내린다. 빈 옆자리 힐끔 보는.

이내 교재 펴 예습 시작하는 상우, 아무렇지 않아 보이고.

S#11.   미대, 실기실 / 낮

눈 팅팅 부은 유나, 숙취로 골골대며 소파에 드러누워 있으면.

킥킥 웃으며 카메라 들이대는 재영, 찰칵찰칵 엽사를 찍는다.

재영   (킥킥대며) 미친, 눈 부은 거 봐. *것 봐라* 앞은 보이냐?

유나   (옆에 누우며) 아씨, 까불지 말고 가서 숙취해소제나 좀 사 와.

재영   부기 뺄 겸 님이나 다녀오세요~~

유나의 엽사 보며 낄낄대던 재영, 사진첩 마구 넘기다가

상우와 함께 찍은 셀카(4화) 발견하고 멈칫한다. 미련 남아 잠시 보게 되는.

유나   주말 내내 달린 건 똑같은데, 넌 왜 멀쩡하냐?   !

재영   (쾌활함 억지로 끌어모으며) 그야 나니까~ 비교가 되냐?

        당연한 걸 뭘 물어?

웃고 돌아와, 다시 사진 보는 재영. 이내 사진 삭제하고, 일어선다.

재영   (유나에게) 명명 한 병이면 되지?

S#12.   산책로, 자판기 앞 / 낮

다소 멍한 표정의 상우, 빨간 불도 안 들어온 자판기를

의식 없이 꾹꾹 누르고 있다. 옆에선 지혜, 이를 의아하게 보다가.

S#10.   공학관, 강의실 / 낮

상우, 강의실 들어서, 시계 보면 9:30. 아무도 없다.

창가 넷째 줄 자리로 가 앉고, 자연스럽게 가방에서 가림판 꺼내는데.

뒤늦게 생각나, 아- 하며 가림판을 내린다. 빈 옆자리 힐끔 보는.

이내 교재 펴 예습 시작하는 상우, 아무렇지 않아 보이고.

S#11.   미대, 실기실 / 낮

눈 팅팅 부은 유나, 숙취로 골골대며 소파에 드러누워 있으면.

킥킥 웃으며 카메라 들이대는 재영, 찰칵찰칵 엽사를 찍는다.

재영   (킥킥대며) 미친, 눈 부은 거 봐. 앞은 보이냐?

유나   (옆에 누우며) 아씨, 까불지 말고 가서 숙취해소제나 좀 사 와.

재영   부기 뺄 겸 님이나 다녀오세요~~

유나의 엽사 보며 낄낄대던 재영, 사진첩 마구 넘기다가

상우와 함께 찍은 셀카(4화) 발견하고 멈칫한다. 미련 남아 잠시 보게 되는.

유나   주말 내내 달린 건 똑같은데, 넌 왜 멀쩡하냐?

재영   (쾌활함 억지로 끌어모으며) 그야 나니까~ 비교가 되냐?

웃고 돌아와, 다시 사진 보는 재영. 이내 사진 삭제하고, 일어선다.

재영   (유나에게) 명명 한 병이면 되지?

S#12.   산책로, 자판기 앞 / 낮

다소 멍한 표정의 상우, 빨간 불도 안 들어온 자판기를

의식 없이 꾹꾹 누르고 있다. 옆에선 지혜, 이를 의아하게 보다가.

지혜　　돈, 안 넣었는데요?

상우　　어?

지혜, 상우 대신 지폐 2장 넣고, 블랙홀릭 2캔 뽑아 나눠 가진다.

지혜　　마침 커피 딱 땡겼는데. 통했네요?

상우　　(내가 왜 그랬지? 싶어 커피 보다가, 천원 꺼내 주는) 여기.

지혜　　(웃고, 잔돈 건네는) 진짜 칼이다, 칼.

상우, 잔돈 챙겨 넣고, 바로 커피 따 마시는데. 윽- 인상이 구겨진다.

지혜　　(놀라) 어! 왜요? 상했어요?

상우　　아니. (본인도 황당한) 맛없어서….

　　　　　(성분표 보며, 갸웃) 성분은 그대론데?

지혜　　(한 입 마시고) 음- 똑같은 거 같은데요? 커피에 물 탄 맛?

상우　　(뭐지? 싶어 한 입 더 마시지만, 여전히 맛없어서 표정 찡그리면)

지혜　　(뭔가 발견하고) 어? 오빠, 근데 옷 거꾸로 입은 것 같아요…!

상우, 뭔가 싶어 지혜의 시선 따라, 상의 보면.
옷 뒤집어 입어 택이 밖으로 나와 있다. 당황스러움이 번지는 상우의 얼굴.

한편, 음료수 뽑으러 자판기로 향하던 재영.
사이좋게 웃고 있는 상우와 지혜의 모습 보고, 걸음을 멈춘다.
"힙 한데? 저도 이렇게 입을래요!" 장난치는 지혜와 어이없게 웃는 상우.
재영, 가만히 보다가, 못 본 척 지나치고.

지혜   돈, 안 넣었는데요?

상우   어?

지혜, 상우 대신 지폐 2장 넣고, 블랙홀릭 2캔 뽑아 나눠 가진다.

지혜   마침 커피 딱 땡겼는데. 통했네요?

상우   (내가 왜 그랬지? 싶어 커피 보다가, 천원 꺼내 주는) 여기.

지혜   (웃고, 잔돈 건네는) 진짜 칼이다, 칼.

상우, 잔돈 챙겨 넣고, 바로 커피 따 마시는데. 으- 인상이 구겨진다.

지혜   (놀라) 어! 왜요? 상했어요?

상우   아니. (본인도 황당한) 맛없어서….

　　　　(성분표 보며, 갸웃) 성분은 그대론데?

지혜   (한 입 마시고) 음- 똑같은 거 같은데요? 커피에 물 탄 맛?

상우   (뭐지? 싶어 한 입 더 마시지만, 여전히 맛없어서 표정 찡그리면)

지혜   (뭔가 발견하고) 어? 오빠, 근데 옷 거꾸로 입은 것 같아요…!

상우, 뭔가 싶어 지혜의 시선 따라, 상의 보면.

옷 뒤집어 입어 택이 밖으로 나와 있다. 당황스러움이 번지는 상우의 얼굴.

한편, 음료수 뽑으러 자판기로 향하던 재영.

사이좋게 웃고 있는 상우와 지혜의 모습 보고, 걸음을 멈춘다.

"힙 한데? 저도 이렇게 입을래요!" 장난치는 지혜와 어이없게 웃는 상우.

재영, 가만히 보다가, 못 본 척 지나치고.

장재영 대본

S#13.　한강, 스케이트보드장 / 밤

어둠이 내려앉은 밤, 조명이 환히 밝힌 터널 길.

보드 연습하는 사람들로 북적이는 가운데.

보드에 올라탄 재영, 사람들과 인사하며 능숙하게 보드 쭉 미끄러뜨리다가,

INS〉 #12, 산책로에서 봤던 지혜와 상우의 친밀한 모습 떠올리고.

삐끗하며 발을 헛디딘다. 이내 의욕 잃고 구석에 털썩 주저앉는.

재영　　…새끼, 바로 얼굴 피긴.

재영, 서운해 한숨 내쉬는데, **테드형**(33,남) 친근하게 다가와 물 건넨다.

테드형　오늘따라 무리한다? 젊다고 삐기다가 무릎 나가~

재영　(물 마시고) 언젠 머리 비울 땐 땀 빼는 게 최고라며?

테드형　오~ 장재영이 심란할 때도 있어? 여자 문제?

재영　내가 형이야? (웃고) 그래서 이번엔 부탁할 게 뭔데?

테드형　자식, 눈치 빠르긴. (웃고) 레스토랑 오픈빨이 필요한데, 인물이 없어~
　　　　　주위에 괜찮은 애들 좀 없냐? 아님 너 엔스타 홍보라도-

재영　(가만 듣다가 툭) 서빙이면 돼?

테드형　!! 진짜? 개빡셀 텐데, 괜찮아?

재영　그럼 더 좋고. (피식) 차라리 바쁜 게 낫겠어.

> 감독님 디렉션:
> 재영 마지막 대사 후 테드형 퇴장 아무렇지 않은 척하다가 테드형 나가면 다시금 심란해지는…

밤바람 맞으며, 밤하늘을 올려다보는 재영. 어딘가 공허한 표정이다.

S#14.　빌라, 복도 / 밤

상의 제대로 돌려 입은 상우. 찝찝한 얼굴로 옷깃 만지작거린다.

상우　뭐지?

S#13.　한강, 스케이트보드장 / 밤

어둠이 내려앉은 밤, 조명이 환히 밝힌 터널 길.

보드 연습하는 사람들로 북적이는 가운데.

보드에 올라탄 재영, 사람들과 인사하며 능숙하게 보드 쭉 미끄러뜨리다가,

INS〉 #12, 산책로에서 봤던 지혜와 상우의 친밀한 모습 떠올리고.

삐끗하며 발을 헛디딘다. 이내 의욕 잃고 구석에 털썩 주저앉는.

재영　　…새끼, 바로 얼굴 피긴.

재영, 서운해 한숨 내쉬는데, **테드형**(33,남) 친근하게 다가와 물 건넨다.

테드형　　오늘따라 무리한다? 젊다고 삐기다가 무릎 나가~

재영　　(물 마시고) 언젠 머리 비울 땐 땀 빼는 게 최고라며?

테드형　　오~ 장재영이 심란할 때도 있어? 여자 문제?

재영　　내가 형이야? (웃고) 그래서 이번엔 부탁할 게 뭔데?

테드형　　자식, 눈치 빠르긴. (웃고) 레스토랑 오픈빨이 필요한데, 인물이 없어~

　　　　　　주위에 괜찮은 애들 좀 없냐? 아님 너 엔스타 홍보라도-

재영　　(가만 듣다가 툭) 서빙이면 돼?

테드형　　!! 진짜? 개빡셀 텐데, 괜찮아?

재영　　그럼 더 좋고. (피식) 차라리 바쁜 게 낫겠어.

밤바람 맞으며, 밤하늘을 올려다보는 재영. 어딘가 공허한 표정이다.

S#14.　빌라, 복도 / 밤

상의 제대로 돌려 입은 상우. 찝찝한 얼굴로 옷깃 만지작거린다.

상우　　뭐지?

오래 묵은 전단지가 덕지덕지 붙은 재영의 집 앞에서 괜히 걸음 느려지고.

상우　(재영의 집 보며) 다 제자리로 돌아왔는데….

S#15.　상우의 집, 책상 / 밤

노트북 앞에 앉은 상우. 일이 손에 잡히지 않아, 멍하니 딴생각 중이다.

상우　(재영의 집 계속 뇌리에 남아) 이사 간 건가….

홀린 듯 엔스타로 들어가 검색창에 '장재영' 검색하는 상우.
수많은 프로필 중 단번에 재영 찾아내 들어가면, 개성 넘치는 피드 펼쳐진다.
혹했다가, 에이 이건 아니지 싶어 끄려는데, 가장 최근 사진 눈에 띄는.
프랑스어 발표 날, 재영이 몰래 찍은 상우와의 셀카 사진이다.

상우　(인상 찡글) 왜 이런 걸 맘대로….

INS〉 4화 #20, 어색하지만 재영과 눈 맞추며 대사 해내던 순간 떠오르는.
발표가 끝난 후. 상우, 교수와 학생들의 박수갈채 받자, 뿌듯해져 재영 보면
재영, 잘했다는 듯 씩- 어른스럽게 웃어 준다.

추억에 젖어 아련해지는 상우. 저도 모르게 화면 캡처를 누른다.
이어 다음 사진으로 넘어가면, 보더들과 그라피티 배경으로 찍은 것.

상우　진짜 별로다. 날라리 같아. (저장)

이후로도 계속되는 상우의 언행 불일치.
다음 피드로 넘어가면, 보드 연습하다가 넘어지는 재영의 영상이다.

오래 묵은 전단지가 덕지덕지 붙은 재영의 집 앞에서 괜히 걸음 느려지고.

상우   (재영의 집 보며) 다 제자리로 돌아왔는데….

> 감독님 디렉션 :
> **침대에 쓰러져 누우며**

S#15.   상우의 집, 책상 / 밤

노트북 앞에 앉은 상우. 일이 손에 잡히지 않아, 멍하니 딴생각 중이다.

상우   (재영의 집 계속 뇌리에 남아) 이사 간 건가….

홀린 듯 엔스타로 들어가 검색창에 '장재영' 검색하는 상우.
수많은 프로필 중 단번에 재영 찾아내 들어가면, 개성 넘치는 피드 펼쳐진다.
혹했다가, 에이 이건 아니지 싶어 *끄려*는데, 가장 최근 사진 눈에 띄는.
프랑스어 발표 날, 재영이 몰래 찍은 상우와의 셀카 사진이다.

> 감독님 디렉션 :
> **자리에 앉아 집중!**

상우   <u>(인상 찡글) 왜 이런 걸 맘대로…</u> *싫은데 마냥 싫은 건 xx*

INS〉 4화 #20, 어색하지만 재영과 눈 맞추며 대사 해내던 순간 떠오르는.
발표가 끝난 후. 상우, 교수와 학생들의 박수갈채 받자, 뿌듯해져 재영 보면
재영, 잘했다는 듯 씩- 어른스럽게 웃어 준다.

추억에 젖어 아련해지는 상우. 저도 모르게 화면 캡처를 누른다.
이어 다음 사진으로 넘어가면, 보더들과 그라피티 배경으로 찍은 것.

상우   진짜 별로다. 날라리 같아. (저장)

이후로도 계속되는 상우의 언행 불일치.
다음 피드로 넘어가면, 보드 연습하다가 넘어지는 재영의 영상이다.

상우 …바보. (다시 재생)

상우, 피식 웃음 흘리고. 눈 초롱초롱 빛내며 태그 항목에 들어가면.
테드형이 올린 레스토랑 홍보글이 제일 먼저 눈에 띈다. 클릭해 보면.
[#평일런치 #존잘알바생_보러_오세요! #본뉴잇 #연석동맛집 #신상레스토랑]

상우 연석동… (삐죽) 머네.

그러다 문득 자신의 행동 깨닫고, 정신이 번쩍 드는 상우.

상우 (E) 내가… 지금 뭘 하는 거지?

화면에 떠 있는 재영(테드형과의 투 샷) 보며, 당혹감에 사로잡히는데.

S#16. 도서관, 서가 / 낮

문제지 채점 중인 상우. 멘탈 나가 눈동자에 초점이 없다.
채점하는 것마다 오답이라, 두 페이지 가득 빨간 비가 내린다.

상우 (참담해) 2시간 동안 뭘 한 거야, 대체.

상우, 문제지 앞으로 넘겨 보면, 요 며칠 간의 점수 상태, 엉망이다.
스트레스로 머리 싸매는 상우.

그때, 똑똑 책상을 두드리는 손. 상우, 고개 들어 보면, 지혜다.
지혜, 에너지바 흔들며, 밖으로 나가자 손짓하는.

상우 …바보. (다시 재생)

상우, 피식 웃음 흘리고. 눈 초롱초롱 빛내며 태그 항목에 들어가면.
테드형이 올린 레스토랑 홍보글이 제일 먼저 눈에 띈다. 클릭해 보면.

[#평일런치 #존잘알바생_보러_오세요! #본뉴잇 #연석동맛집 #신상레스토랑]

> 감독님
> 디렉션 :
>
> **침대에
> 다시 벌러덩**

상우 연석동… (삐죽) 머네.

그러다 문득 자신의 행동 깨닫고, 정신이 번쩍 드는 상우.

상우 (E) 내가… 지금 뭘 하는 거지? (혼란)

화면에 떠 있는 재영(테드형과의 투 샷) 보며, 당혹감에 사로잡히는데.

S#16. 도서관, 서가 / 낮

문제지 채점 중인 상우. 멘탈 나가 눈동자에 초점이 없다.
채점하는 것마다 오답이라, 두 페이지 가득 빨간 비가 내린다.

상우 (참담해) 2시간 동안 뭘 한 거야, 대체.

상우, 문제지 앞으로 넘겨 보면, 요 며칠 간의 점수 상태, 엉망이다.
스트레스로 머리 싸매는 상우.

그때, 똑똑 책상을 두드리는 손. 상우, 고개 들어 보면, 지혜다.
지혜, 에너지바 흔들며, 밖으로 나가자 손짓하는.

S#17.　도서관 앞 / 낮

나란히 앉아 바람 쐬는 지혜와 상우.

상우, 지혜가 준 에너지바 먹지 않고, 옆에 내려 두었다.

지혜, 조금 피곤해 보이는 상우의 옆얼굴 가만히 살피다가.

지혜	오빠, 무슨 고민 있어요?
상우	(보면)
지혜	요즘 좀 멍해 보여서요.
	(짓궂게 과장해서) 도서관에서도 한숨을 막 푹- 푹-
상우	아- 그냥, 좀 안 풀리는 문제가 있어서.
지혜	(살갑게) 뭔데요? 던져 봐요!
	제가 오빠만큼은 아녀도 나름 똑똑하단 소리 꽤 듣거든요~

지혜, 자신만만하게 웃어 보이면. 상우, 잠시 고민하다가.

상우	그게… 문제의 원인을 제거했는데,
	일상 체계가 돌아오질 않아. 전보다 렉도 자주 걸리고.
지혜	(좀 생각하다가, 명쾌하게) 그럼 제거가 답이 아니었나 보네!
상우	!!
지혜	문제 상태로 롤백해서 다시 살펴보면 되지 않을까요?
상우	(그럴듯해) 롤백….

상우, 고민에 빠지던 그때,

저 멀리, 후배들과 장난치며 캠퍼스 지나가는 재영 보인다.

저도 모르게 반가운 표정 짓고, 재영에게서 시선 떼지 못하는 상우.

후배들, 재영에게 친숙하게 매달리며 귀엽게 구는데.

S#17.   도서관 앞 / 낮

나란히 앉아 바람 쐬는 지혜와 상우.

상우, 지혜가 준 에너지바 먹지 않고, 옆에 내려 두었다.

지혜, 조금 피곤해 보이는 상우의 옆얼굴 가만히 살피다가.

지혜	오빠, 무슨 고민 있어요?
상우	(보면)
지혜	요즘 좀 멍해 보여서요.
	(짓궂게 과장해서) 도서관에서도 한숨을 막 푹- 푹-
상우	아- 그냥 좀 안 풀리는 문제가 있어서.
지혜	(살갑게) 뭔데요? 던져 봐요!
	요즘 제가 오빠만큼은 아녀도 나름 똑똑하단 소리 꽤 듣거든요~

지혜, 자신만만하게 웃어 보이면. 상우, 잠시 고민하다가.

상우	그게… 문제의 원인을 제거했는데,
	또 다시 일상 체계가 돌아오질 않아. 전보다 렉도 자주 걸리고.
지혜	(좀 생각하다가, 명쾌하게) 그럼 제거가 답이 아니었나 보네!
상우	!!
지혜	문제 상태로 롤백해서 다시 살펴보면 되지 않을까요?
상우	(그럴듯해) 롤백….

상우, 고민에 빠지던 그때,

저 멀리, 후배들과 장난치며 캠퍼스 지나가는 재영 보인다.

저도 모르게 반가운 표정 짓고, 재영에게서 시선 떼지 못하는 상우.

후배들, 재영에게 친숙하게 매달리며 귀엽게 구는데.

후배1	아 형~ 제발 같이 소개팅하면 안 돼요?
재영	귀찮아-
후배2	형이 있어야 연극과에서 해 준다고 했다구요….
후배1	아 혀엉 제발~

재영이 후배들 얼싸안듯 어깨동무하고 웃자, 상우 묘하게 기분 나빠진다.

지혜, 재영에게 꽂혀 시시각각 변하는 상우의 표정 묘하게 보고.

상우	(시선 떼고) 내가 성급했던 거 같아.
지혜	(보면)
상우	(합리화하며) 삭제된 소스 안에 쓸 만한 코드가 있을 수도 있는 건데.
지혜	맞아요! 도움 됐다니 다행이다~
	(히히 웃다가) 오빠, 고마우면 저 부탁 하나 들어주세요!
상우	부탁? 그래. 보상은 해야지.
지혜	치- 그렇게 딱딱하게 굴 필요 없구요.
	같이 밥 먹어요. (강조) 학식 말고!

상우, 순간 레스토랑 엔스타 생각나, 사라지는 재영 힐끔 보고.

상우	…오늘 점심 어때?
지혜	(쉽게 수락해서 놀란) 에? 진짜요?

S#18. 레스토랑, 테이블 / 낮

엔스타용으로 예쁘게 꾸며진 프렌치 레스토랑.

잘생긴 알바생들이 셔츠 차림으로 바삐 서빙하고 있는 가운데.

한 테이블 차지하고 앉은 상우와 지혜.

후배1	아 형~ 제발 같이 소개팅하면 안 돼요?
재영	귀찮아-
후배2	형이 있어야 연극과에서 해 준다고 했다구요….
후배1	아 허엉 제발~

재영이 후배들 얼싸안듯 어깨동무하고 웃자, 상우 묘하게 기분 나빠진다.

지혜, 재영에게 꽂혀 시시각각 변하는 상우의 표정 묘하게 보고.

상우	(시선 떼고) 내가 성급했던 거 같아.
지혜	(보면)
상우	(합리화하며) 삭제된 소스 안에 쓸 만한 코드가 있을 수도 있는 건데.
지혜	맞아요! 도움 됐다니 다행이다~
	(히히 웃다가) 오빠, 고마우면 저 부탁 하나 들어주세요!
상우	부탁? 그래. 보상은 해야지.
지혜	치- 그렇게 딱딱하게 굴 필요 없구요.
	같이 밥 먹어요. (강조) 학식 말고!

상우, 순간 레스토랑 엔스타 생각나, 사라지는 재영 힐끔 보고.

상우	…오늘 점심 어때?
지혜	(쉽게 수락해서 놀란) 에? 진짜요?

S#18. 레스토랑, 테이블 / 낮

엔스타용으로 예쁘게 꾸며진 프렌치 레스토랑.

잘생긴 알바생들이 셔츠 차림으로 바삐 서빙하고 있는 가운데.

한 테이블 차지하고 앉은 상우와 지혜.

들뜬 지혜, 열심히 메뉴 고르고 있는 반면,

상우, 재영을 찾아 계속해서 홀을 두리번거린다.

지혜 오빠가 이런 데 오자고 할 줄 몰랐어요!

다 맛있어 보인다~~ 뭐 먹을까요?

상우 (대충) 아무거나 시켜.

지혜 앗, 그거 제일 비매너 멘트인데.

(금방 해맑아져) 근데 전 좋아요. 제가 먹고 싶은 거 두 개 시킬게요?

"로제파스타 하나랑요~" 지혜, 알바생1에게 주문하고 있으면.

고개 쭉 빼 카운터 쪽까지 훑는 상우인데.

S#19. 레스토랑, 홀 / 낮

"뒤지게 바쁘네…" 불평하며 음식 들고 주방에서 나오던 재영. (유니폼 차림)

테이블에 앉아 있는 상우와 지혜 발견하고 멈칫한다.

재영 하, 여긴 또 어떻게 알고 온 거야?

(했다가, 뒤늦게 헛웃음) 알고 왔겠냐. 모르니까 왔겠지.

맥 빠진 재영, 지나가던 테드형 붙잡고 음식 맡긴다.

재영 저기 3번 테이블. 나 좀 쉰다. 형

S#20. 레스토랑, 테이블 + 카운터 / 낮

두리번거리던 상우, 앞치마 벗어 던지고, 밖으로 나가는 재영 발견한다.

상우 (혼잣말) 설마 퇴근?

들뜬 지혜, 열심히 메뉴 고르고 있는 반면,
상우, 재영을 찾아 계속해서 홀을 두리번거린다.

지혜   오빠가 이런 데 오자고 할 줄 몰랐어요!

　　　　 다 맛있어 보인다~~ 뭐 먹을까요?

상우   (대충) 아무거나 시켜.

지혜   앗, 그거 제일 비매너 멘트인데.

　　　　 (금방 해맑아져) 근데 전 좋아요. 제가 먹고 싶은 거 두 개 시킬게요?

"로제파스타 하나랑요~" 지혜, 알바생1에게 주문하고 있으면.
고개 쭉 빼 카운터 쪽까지 훑는 상우인데.

S#19.　레스토랑, 홀 / 낮

"뒤지게 바쁘네…" 불평하며 음식 들고 주방에서 나오던 재영. (유니폼 차림)
테이블에 앉아 있는 상우와 지혜 발견하고 멈칫한다.

재영   하, 여긴 또 어떻게 알고 온 거야?

　　　　 (했다가, 뒤늦게 헛웃음) 알고 왔겠냐. 모르니까 왔겠지.

맥 빠진 재영, 지나가던 테드형 붙잡고 음식 맡긴다.

재영   저기 3번 테이블. 나 좀 쉰다.

S#20.　레스토랑, 테이블 + 카운터 / 낮

두리번거리던 상우, 앞치마 벗어 던지고, 밖으로 나가는 재영 발견한다.

상우   (혼잣말) 설마 퇴근?

　　　　　　 벌써

지혜	("음료수는-" 주문하다가 듣고) 네?
상우	(마음 급해져 일어나며) 나 좀 나갔다 올게.
지혜	(밖으로 나가는 상우 보고) 어, 거기 화장실 아닌데!

S#21. 레스토랑, 뒷골목 / 낮

그늘진 뒷골목 벽에 기대선 재영. 낮은 한숨을 내쉰다.

재영 신경 안 쓴다고 별짓을 다 해 놓고, 두 번 만에 무너지냐.
졸라 쉽다, 장재영.

존나

순간 짜증이 일어 발에 채는 돌멩이를 뻥 차는 재영. 우울해 중얼거린다.

재영 저 새끼는 나 신경도 안 쓸 텐데….

마침 형탁에게 전화 오고.
재영, 기운 내 "여~ 고탁이~"하고 받지만, 갈수록 목소리에 힘이 빠진다.

재영 어어, 맞아. 연석동. 지금 오게? 좋지. 개업 선물.

온다고?

그때, 골목 어귀에서 재영을 향해 다가오는 실루엣 보인다.
재영, 신경 안 쓰고 계속 통화하는데, 가까이 다가오는 사람, 상우이다.
재영, 알아채고 눈살 찌푸리면. 상우, 비장하게 서서, 재영을 빤히 본다.

재영	(어쩌라는 거지 싶어 맞서 보며) 어. 지금 잠깐 쉬는 중.
상우	(묵묵히 쳐다보면)	*계속 상우를 쳐다보면서
재영	(상대하기 피곤해 시선 떼며) 아니야. 안 바쁘니까 얘기해.

지혜	("음료수는-" 주문하다가 듣고) 네?
상우	(마음 급해져 일어나며) 나 좀 나갔다 올게.
지혜	(밖으로 나가는 상우 보고) 어, 거기 화장실 아닌데!

S#21. 레스토랑, 뒷골목 / 낮

그늘진 뒷골목 벽에 기대선 재영. 낮은 한숨을 내쉰다.

재영	신경 안 쓴다고 별짓을 다 해 놓고, 두 번 만에 무너지냐.
	졸라 쉽다, 장재영.

순간 짜증이 일어 발에 채는 돌멩이를 뻥 차는 재영. 우울해 중얼거린다.

재영	저 새끼는 나 신경도 안 쓸 텐데….

마침 형탁에게 전화 오고.
재영, 기운 내 "여~ 고탁이~"하고 받지만, 갈수록 목소리에 힘이 빠진다.

재영	어어, 맞아. 연석동. 지금 오게? 좋지. 개업 선물.

그때, 골목 어귀에서 재영을 향해 다가오는 실루엣 보인다.
재영, 신경 안 쓰고 계속 통화하는데, 가까이 다가오는 사람, 상우이다.
재영, 알아채고 눈살 찌푸리면. 상우, 비장하게 서서, 재영을 빤히 본다.

재영	(어쩌라는 거지 싫어 맞서 보며) 어. 지금 잠깐 쉬는 중.
상우	(묵묵히 쳐다보면)
재영	(상대하기 피곤해 시선 떼며) 아니야. 안 바쁘니까 얘기해.

그때, 묵직한 상우의 목소리가 울린다.

상우   형.

재영   ?!! (형 소리에 놀라 보는)

상우   전화 끊어요. 지금부터 중요한 얘기 할 거니까.

박력 넘치는 상우의 태도에 순간 긴장하는 재영에서!!

5화 END

그때, 묵직한 상우의 목소리가 울린다.

상우   형.

재영   ?!! (형 소리에 놀라 보는)

상우   전화 끊어요. 지금부터 중요한 얘기 할 거니까.

박력 넘치는 상우의 태도에 순간 긴장하는 재영에서!!

5화 END

SIX
[SEMANTIC ERROR]

S#1.　레스토랑, 뒷골목 / 낮

그늘진 뒷골목 벽에 기대선 재영,

자신을 빤히 바라보는 상우를 무시하며 통화 계속한다.

재영	(어쩌라는 거지 싶어 맞서 보며) 어. 지금 잠깐 쉬는 중. *계속 상우를
상우	(묵묵히 쳐다보면) 쳐다보면서
재영	(상대하기 피곤해 시선 떼며) 아니야. 안 바쁘니까 얘기해.

그때, 묵직한 상우의 목소리가 울린다.

상우	형.
재영	?!! (형 소리에 놀라 보는)
상우	전화 끊어요. 지금부터 중요한 얘기 할 거니까.

당황한 재영. 상우의 형 소리에 핸드폰 너머 형탁의 부름이 들리지 않는다.

핸드폰 들고 있던 손 서서히 내리며.

		냐
재영	너, 방금 뭐라고 했어?	
		*끊지 말고 한 번에 치기
상우	…형.	
재영	!!	
상우	같이 게임 만들어요.	

계속된 '형' 어택에 황당함과 설렘으로 얼얼해진 재영의 모습 위로,

화면 에러 걸린 듯 지지직-거리는 소리와 함께 오류 표시 뜨며!

Title in / 시맨틱 에러

S#1.　　레스토랑, 뒷골목 / 낮

그늘진 뒷골목 벽에 기대선 재영,

자신을 빤히 바라보는 상우를 무시하며 통화 계속한다.

재영　　　(어쩌라는 거지 싫어 맞서 보며) 어. 지금 잠깐 쉬는 중.

상우　　　(묵묵히 쳐다보면)

재영　　　(상대하기 피곤해 시선 떼며) 아니야. 안 바쁘니까 얘기해.

그때, 묵직한 상우의 목소리가 울린다.

재영　　　?!! (형 소리에 놀라 보는)

상우　　　형.

재영　　　?!! (형 소리에 놀라 보는)

상우　　　전화 끊어요. 지금부터 중요한 얘기 할 거니까.

> 감독님 디렉션:
>
> Ep. 4 S#20
> "형이라고 불러 봐"를
> 기억하고 나름의
> 전략을 세움

당황한 재영. 상우의 형 소리에 핸드폰 너머 형탁의 부름이 들리지 않는다.

핸드폰 들고 있던 손 서서히 내리며.

재영　　　너, 방금 뭐라고 했어?

상우　　　…형.

재영　　　!!

상우　　　같이 게임 만들어요.

계속된 '형' 어택에 황당함과 설렘으로 얼얼해진 재영의 모습 위로,

화면 에러 걸린 듯 지지직-거리는 소리와 함께 오류 표시 뜨며!

Title in / 시맨틱 에러

S#2. 레스토랑, 뒷골목 / 낮

상우에게서 뒤돌아선 재영,

심호흡 크게 내쉬며 놀란 가슴 진정시키고 있자니, 열이 뻗쳐오른다.

감독님
디렉션:

**형 소리에
감정 흔들린다**

재영 (뒤돌아) 언젠 나 보기만 해도 짜증 나고, 당장 꺼지라며.

그래 놓고 이제 와서 게임 제작을 하자고?

상우 실력 있는 디자이너가 필요해요. (보고) 형처럼.

재영 (당황스러워 머리 쓸어 올리는) 돌겠네. 진짜하

네가 다짜고짜 와서 말 몇 마디 던지면 내가 오케이 해야 돼?

상우 형 쪽에서 원하는 게 있으면-

재영 (울컥) 그 형 소리 좀…! 갑자기 왜 안 하던 형 타령이야?

상우 (반항심에) 언젠 그렇게 부르라면서요.

재영 (단호) 아니. 하지 마.

상우 !!

재영의 단호한 거절에 조금 의기소침해지는 상우.

재영, 그런 상우 보고 있자니, 마음 흔들려 애써 눈길 피하고.

재영 됐고. 난 너같이 감정 없는 로봇 새끼가 아니라서,

너랑 작업할 생각 없으니까. 얌전히 데이트나 하고 집에 가라.

상우, 상심한 얼굴로 말없이 재영 보고.

재영, 단호하게 상우 지나치면서도, 마음 편하지만은 않은데.

감독님
디렉션:

S#3. 레스토랑, 홀 / 낮

손님들 빠진 브레이크 타임.

홀 정리 중인 재영, 조금 전 상우의 말과 표정이 자꾸 맴돈다.

**재영, 터덜터덜
가게로 들어오는
동선으로 변경!**

S#2. 레스토랑, 뒷골목 / 낮

상우에게서 뒤돌아선 재영,

심호흡 크게 내쉬며 놀란 가슴 진정시키고 있자니, 열이 뻗쳐오른다.

재영	(뒤돌아) 언젠 나 보기만 해도 짜증 나고, 당장 꺼지라며.
	그래 놓고 이제 와서 게임 제작을 하자고?
상우	실력 있는 디자이너가 필요해요. (보고) 형처럼.
재영	(당황스러워 머리 쓸어 올리는) 돌겠네.
	네가 다짜고짜 와서 말 몇 마디 던지면 내가 오케이 해야 돼?
상우	형 쪽에서 원하는 게 있으면-
재영	(울컥) 그 형 소리 좀…! 갑자기 왜 안 하던 형 타령이야?
상우	(반항심에) 언젠 그렇게 부르라면서요.
재영	(단호) 아니. 하지 마.
상우	!!

> 감독님 디렉션:
>
> 충격1
> 전략 실패
> 충격2
> 재영이 화낼 줄
> 몰랐음

재영의 단호한 거절에 조금 의기소침해지는 상우.

재영, 그런 상우 보고 있자니, 마음 흔들려 애써 눈길 피하고.

재영	됐고. 난 너같이 감정 없는 로봇 새끼가 아니라서,
	너랑 작업할 생각 없으니까. 얌전히 데이트나 하고 집에 가라.

상우, 상심한 얼굴로 말없이 재영 보고.

재영, 단호하게 상우 지나치면서도, 마음 편하지만은 않은데.

S#3. 레스토랑, 홀 / 낮

손님들 빠진 브레이크 타임.

홀 정리 중인 재영, 조금 전 상우의 말과 표정이 자꾸 맴돈다.

INS〉 #2, "실력 있는 디자이너가 필요해요. 형처럼."

거절했더니, 상심한 얼굴로 재영을 바라보던 상우의 여린 눈빛.

재영　안 어울리게, 상처받은 척은.

　　　　서끼

재영, 괘씸해 행주로 테이블 빡빡 닦고 있으면.

테드형, 쇼핑백 하나 들고 와.

테드형　아까 찌끼 테이블, 네 친구들 맞지?

재영　(불퉁해) 아닌데.

테드형　아니긴. 아까 땡땡이치고 같이 들어오더만.

　　　　(쇼핑백 건네고) 자. 갖다 줘.

재영　뭔데?

　　　　아

재영, 쇼핑백 열어 보면. '한국대 추상우'라고 쓰여 있는 상우의 파일이다. (1화)

테드형　맞지? 친구 거.　　　지가

재영　(보다가, 내려놓으며) 몰라. 가지러 오겠지.

　　　　　　　　　　아

재영, 모른 척 테이블 정리 다시 하는. 그러면서도 힐끔 쇼핑백 한 번 보고.

S#4.　레스토랑 앞, 거리 / 낮

식사 마치고 집으로 향하는 상우와 지혜.

지혜, 표정 굳어 있는 상우의 눈치를 힐끔 본다.

지혜　아까- 오빠 하도 안 오길래 도망간 줄 알았어요. (웃음)

　　　　맛은 있는데… 가격이 좀 사악하다. 그죠?

INS〉#2. "실력 있는 디자이너가 필요해요. 형처럼."

거절했더니, 상심한 얼굴로 재영을 바라보던 상우의 여린 눈빛.

재영 안 어울리게, 상처받은 척은.

재영. 괘씸해 행주로 테이블 빡빡 닦고 있으면.

테드형, 쇼핑백 하나 들고 와.

테드형 아까 쩌기 테이블, 네 친구들 맞지?

재영 (불퉁해) 아닌데.

테드형 아니긴. 아까 땡땡이치고 같이 들어오더만.

 (쇼핑백 건네고) 자. 갖다 줘.

재영 뭔데?

재영, 쇼핑백 열어 보면. '한국대 추상우'라고 쓰여 있는 상우의 파일이다. (1화)

테드형 맞지? 친구 거.

재영 (보다가, 내려놓으며) 몰라. 가지러 오겠지.

재영, 모른 척 테이블 정리 다시 하는. 그러면서도 힐끔 쇼핑백 한 번 보고.

S#4. 레스토랑 앞, 거리 / 낮

식사 마치고 집으로 향하는 상우와 지혜.

지혜, 표정 굳어 있는 상우의 눈치를 힐끔 본다.

지혜 아까- 오빠 하도 안 오길래 도망간 줄 알았어요. (웃음)

 맛은 있는데… 가격이 좀 사악하다. 그죠?

217

상우	(생각에 잠겨 혼잣말) 내가 생각해도 좀 별로긴 했어.
지혜	맞아. 님 SNS용 가게 같구….
상우	(고개 끄덕) 좀 더 합리적인 전략이 필요해.
지혜	(고개 끄덕) 네. 2차 카페는 제가- (하다가) 전략이요?
상우	(지혜 보고) 오늘 같이 와 줘서 고맙다.
	학교에서 보자.

상우, 급하게 사라지면, 지혜 그저 황당하다.

지혜	뭐야… (시무룩) 데이트 아녔어?

감독님
디렉션:

Ep.5 S#21
재영 대사
여기서 하기!

S#5.   미대, 실기실 / 낮

소파에 가부좌 자세로 앉아 눈 감고 있는 재영.
그러다 눈 딱 뜨면, 테이블 위에 올려진 추상우 파일과 눈 마주친다.
아냐 아냐, 고개 저으며 다시 눈 감다가, 힐끗 새우눈 떠 보고….
결국, 파일 발로 치워 버리는데. 파일 안에 있던 프린트들, 바닥으로 쏟아진다.

재영	아이씨….

재영, 마지못해 흩어진 파일 정리해 보면, '야채맨 게임 기획안'이다.
그리고 그 속에서 자신이 그린 당근맨 그림(1화)도 발견하는.

재영	이 새끼는 마음 약해지게 이걸 왜 가지고 다녀….

재영, 파일 정리하다 말고 소파에 기대어
자신의 그림과 흩어진 기획안들을 바라본다. 문득 생각 많아지는데.

상우	(생각에 잠겨 혼잣말) 내가 생각해도 좀 별로긴 했어.
지혜	맞아. 넌 SNS용 가게 같구….
상우	(고개 끄덕) 좀 더 합리적인 전략이 필요해.
지혜	(고개 끄덕) 네. 2차 카페는 제가- (하다가) 전략이요?
상우	(지혜 보고) 오늘 같이 와 줘서 고맙다.

고마워

학교에서 보자.

내일

상우, 급하게 사라지면, 지혜 그저 황당하다.

| 지혜 | 뭐야… (시무룩) 데이트 아녔어? |

S#5.   미대, 실기실 / 낮

소파에 가부좌 자세로 앉아 눈 감고 있는 재영.

그러다 눈 딱 뜨면, 테이블 위에 올려진 추상우 파일과 눈 마주친다.

아냐 아냐, 고개 저으며 다시 눈 감다가, 힐끗 새우눈 떠 보고….

결국, 파일 발로 치워 버리는데. 파일 안에 있던 프린트들, 바닥으로 쏟아진다.

| 재영 | 아이씨…. |

재영, 마지못해 흩어진 파일 정리해 보면, '야채맨 게임 기획안'이다.

그리고 그 속에서 자신이 그린 당근맨 그림(1화)도 발견하는.

| 재영 | 이 새끼는 마음 약해지게 이걸 왜 가지고 다녀…. |

재영, 파일 정리하다 말고 소파에 기대어

자신의 그림과 흩어진 기획안들을 바라본다. 문득 생각 많아지는데.

S#6.   산책로, 자판기 앞 / 밤

골몰하는 표정으로 이메일에 무언가를 열심히 적는 상우.
책상 위에는 '설득'에 관한 책들이 잔뜩 쌓여 있고.
카메라, 노트북 화면 비추면.

제목 : 장재영 디자이너 재요청 건에 대하여_추상우
내용 : 첨부 파일 확인 바랍니다.
     이하, 재영이 형에게.

까지 썼다가, 마지막 호칭이 걸려 멈칫하고 있다.
INS〉 #2, "갑자기 왜 안 하던 형 타령이야?" "하지 마."
단호하던 재영의 말 떠오르는.

상우   형이라고 하라고 할 땐 언제고….

결국, '형에게' 지우고 '*장재영 선배님께*'로 수정하는 상우인데.

재영   (E) 그걸로 먹히겠냐.

재영, 언제 온 건지, 뒤에 서서 상우의 노트북 보고 있다.
놀라서 노트북 화면 얼른 닫았다가, 차라리 잘됐다 싶어 다시 여는 상우.

상우   선배 말대로 그땐 제가 성의가 좀 없었어요.
        그래서 선배에게 이득이 될 만한 부분들을 좀 정리해 봤는데….

한숨 쉬며, 『설득의 기술』 책 들어 보이는 재영.

S#6.　산책로, 자판기 앞 / 밤

골몰하는 표정으로 이메일에 무언가를 열심히 적는 상우.

책상 위에는 '설득'에 관한 책들이 잔뜩 쌓여 있고.

카메라, 노트북 화면 비추면.

제목 : 장재영 디자이너 재요청 건에 대하여_추상우

내용 : 첨부 파일 확인 바랍니다.

　　이하, 재영이 형에게.

까지 썼다가, 마지막 호칭이 걸려 멈칫하고 있다.

INS〉 #2, "갑자기 왜 안 하던 형 타령이야?" "하지 마."

단호하던 재영의 말 떠오르는.

상우　　형이라고 하라고 할 땐 언제고….

결국, '형에게' 지우고 '장재영 선배님께'로 수정하는 상우인데.

재영　　**(E)** 그걸로 먹히겠냐.

재영, 언제 온 건지, 뒤에 서서 상우의 노트북 보고 있다.

놀라서 노트북 화면 얼른 닫았다가, 차라리 잘됐다 싶어 다시 여는 상우.

상우　　선배 말대로 그땐 제가 성의가 좀 없었어요.

　　　　그래서 선배에게 이득이 될 만한 부분들을 좀 정리해 봤는데….

한숨 쉬며, 『설득의 기술』 책 들어 보이는 재영.

장재영 대본

감독님
디렉션 :

올려다보는
상우의 눈에
살짝 흔들리는

재영 이런 거 백날 읽으면 뭐 해. 사람 마음 하나 못 움직이는데.

상우 (또 거절당하는구나, 싶어 찡그리는) 그럼 뭘 원하시는-

재영 됐고. 이거나 가져가.

재영, 상우에게 파일 건네주면. 상우, 파일 끝 잡고 재영 본다.

파일 가운데에 둔 채, 잠시 서로를 진득하게 보는 두 사람.

그러다 재영, 먼저 손 놓고 뒤돌아 떠나면.

상우, 간절한 목소리 튀어 나간다.

상우 선배가 필요해요!

재영 (걷다가 멈추어 서는)

상우 (뒷모습에 대고) 선배가 아니면 안 돼요. 꼭 선배여야 돼요.

재영 (조금 놀라 뒤돌아보면)

상우 그러니까 한 번만 다시 생각해 주세요.

    저 진짜 잘할 자신 있어요. 형.

결의에 차 있으면서도 간절한 상우의 얼굴이 인상적으로 다가오는 재영.

잠시 가만히 보다가, 하- 짧게 한숨 내쉬며 얼굴 쓸어내리더니,

상우에게로 뚜벅뚜벅 걸어온다. 상우, 긴장해 주먹 꼭 쥐면.

재영 이번 학기 안에 끝낼 자신 있어?

상우 !! …네!

재영 기획은 내가 바꿀 거야. 야채맨 그거 졸라 쿠리니까. 존나 구리거든?

        다

기쁨에 고개 크게 끄덕이는 상우. 처음으로 환하게 웃어 보인다.

재영, 이내 따라 미소 짓는 모습에서.

재영	이런 거 백날 읽으면 뭐 해. 사람 마음 하나 못 움직이는데.
상우	(또 거절당하는구나, 싫어 찡그리는) 그럼 뭘 원하시는-
재영	됐고. 이거나 가져가.

재영, 상우에게 파일 건네주면. 상우, 파일 끝 잡고 재영 본다.
파일 가운데에 둔 채, 잠시 서로를 진득하게 보는 두 사람.
그러다 재영, 먼저 손 놓고 뒤돌아 떠나면.
상우, 간절한 목소리 튀어 나간다.

> **감독님 디렉션:**
> 파일에 그려진
> 상우스럽게 변형된
> 당근맨 추가!
> (재영을 붙잡는 당위성)

상우	선배가 필요해요!
재영	(걷다가 멈추어 서는)
상우	(뒷모습에 대고) 선배가 아니면 안 돼요. 꼭 선배여야 돼요.
재영	(조금 놀라 뒤돌아보면)
상우	그러니까 한 번만 다시 생각해 주세요. 저 진짜 잘할 자신 있어요. ▽형.

결의에 차 있으면서도 간절한 상우의 얼굴이 인상적으로 다가오는 재영.
잠시 가만히 보다가, 하- 짧게 한숨 내쉬며 얼굴 쓸어내리더니,
상우에게로 뚜벅뚜벅 걸어온다. 상우, 긴장해 주먹 꼭 쥐면.

재영	이번 학기 안에 끝낼 자신 있어?
상우	!! …네!
재영	기획은 내가 바꿀 거야. 야채맨 그거 졸라 구리니까.

기쁨에 고개 크게 끄덕이는 상우. 처음으로 환하게 웃어 보인다.
재영, 이내 따라 미소 짓는 모습에서.

> **감독님 디렉션:**
> 1. 환하게 웃는다?
> 2. 서서히 웃는다?
> 3. 살짝 미소?

재영　(E) 그렇게 웃으면 반칙 아닌가?

S#7.　미대, 실기실 앞 복도 / 낮

실기실 향해 걸어가는 유나와 재영. 유나, 재영을 보며 쯧 혀를 찬다.

유나　넌 벨도 없냐? 뒤지게 싸웠대며, 그걸 덥석 물어?

재영　(민망하지만, 아닌 척) 내가 필요하다잖아~

　　　맨날 눈 세모꼴로 뜨고 째려보던 애가,

　　　그렁그렁해선 도와 달라는데 그걸 어떻게 거절하냐?

유나　망상 필터 오지네. 형 소리 한 번에 헤벌쭉 넘어가신 거겠지.

재영　(손가락 까딱까딱) 한 번 아니고 네 번.

유나　어휴– 답도 없는 새끼.

유나 질색하며 실기실 먼저 들어가 버리면, 살짝 민망해지는 재영.

마침 상우에게서 [2시 회의실에서 뵙죠] 문자 오자 다시 기대감에 설렌다.

재영　정말 간절해 보였다고. 꼭 내가 아니면 안 되는 것처럼.

내심 솟아오르는 뿌듯함에 살짝 미소 짓는 재영의 얼굴에서.

S#8.　도서관, 회의실 / 낮

웃고 있던 재영의 얼굴 디졸브되어, 급격하게 어두워진다.

재영, 상우에게 건네받은 프린트 보고 있는데,

기획부터 마무리 QA까지 빽빽하게 적힌 계획표. 보기만 해도 숨이 막힌다.

상우　(각 잡고, 사무적으로) 저랑 작업하려면 두 가지 유의해 주세요.

재영　(보면)

재영   (E) 그렇게 웃으면 반칙 아닌가?

S#7.   미대, 실기실 앞 복도 / 낮

실기실 향해 걸어가는 유나와 재영. 유나, 재영을 보며 쯧 혀를 찬다.

유나   넌 벨도 없냐? 뒤지게 싸웠다며, 그걸 덥석 물어?
재영   (민망하지만, 아닌 척) 내가 필요하다잖아~
         맨날 눈 세모꼴로 뜨고 째려보던 애가,
         그렁그렁해선 도와 달라는데 그걸 어떻게 거절하냐?
유나   망상 필터 오지네. 형 소리 한 번에 헤벌쭉 넘어가신 거겠지.
재영   (손가락 까딱까딱) 한 번이 아니고 네 번.
유나   어휴– 답도 없는 새끼.

유나 질색하며 실기실 먼저 들어가 버리면, 살짝 민망해지는 재영.
마침 상우에게서 [2시 회의실에서 뵙죠] 문자 오자 다시 기대감에 설렌다.

재영   정말 간절해 보였다고. 꼭 내가 아니면 안 되는 것처럼.

내심 솟아오르는 뿌듯함에 살짝 미소 짓는 재영의 얼굴에서.

> 감독님 디렉션 :
>
> 식혜,
> 한과 같은
> 전통 간식 세팅

S#8.   도서관, 회의실 / 낮

웃고 있던 재영의 얼굴 **디졸브**되어, 급격하게 어두워진다.
재영, 상우에게 건네받은 프린트 보고 있는데,
기획부터 마무리 QA까지 **빽빽하게** 적힌 계획표. 보기만 해도 숨이 막힌다.

상우   (각 잡고, 사무적으로) 저랑 작업하려면 두 가지 유의해 주세요.
재영   (보면)

225

장재영 대본

상우 첫째, 데드라인 꼭 지켜 주세요.

둘째, 대충하는 거 용납 안 해요.

재영, 기막혀 상우가 준비해 놓은 쌀 음료 따 벌컥벌컥 들이켜면.

상우 이의 없는 거로 알고.

그럼 다음 미팅까지 새로운 기획안 준비해 오세요.

재영 (못 참고) 양아치냐? 다음 미팅이면 당장 내일이잖아.

상우 일정이 촉박해서 기획에 많은 시간을 할애할 수 없어요.

오늘 밤 자정까지. 안 보내면, 기획 그대로 갑니다.

재영 허, 악덕 고용주 납셨네.

> **감독님 디렉션 :**
> 앞에 있는
> 다과 보며,
> "환갑잔치하냐."

재영, 황당해하고 있으면. 상우, 할 일 다 끝났다는 듯 바로 일어선다.

재영 (아쉬워 팔 붙잡으며) 벌써 가?

멈칫한 상우, 잡힌 팔 신경 쓰여 부자연스럽게 빼고는, 가방 고쳐 멘다.

상우 오래 있을 수 없는 사정이 있어요.

재영 뭔데?

상우 (재영 눈 피하고) 말하기 싫어요.

이내 상우, 재영 지나쳐 가다가, 잠시 멈춰서.

상우 그리고, 한 가지 더.

앞으로 예고 없는 신체 접촉은 삼가 주세요. 굉장히 불편합니다.

재영 (뜨끔)

상우　첫째, 데드라인 꼭 지켜 주세요.

　　　둘째, 대충하는 거 용납 안 해요.

재영, 기막혀 상우가 준비해 놓은 쌀 음료 따 벌컥벌컥 들이켜면.

상우　이의 없는 거로 알고.

　　　그럼 다음 미팅까지 새로운 기획안 준비해 오세요.

재영　(못 참고) 양아치냐? 다음 미팅이면 당장 내일이잖아.

상우　일정이 촉박해서 기획에 많은 시간을 할애할 수 없어요.

　　　오늘 밤 자정까지. 안 보내면 기획(이 기획안) 그대로 갑니다.

재영　허, 악덕 고용주 납셨네.

재영, 황당해하고 있으면. 상우, 할 일 다 끝났다는 듯 바로 일어선다.

재영　(아쉬워 팔 붙잡으며) 벌써 가?

멈칫한 상우, 잡힌 팔 신경 쓰여 부자연스럽게 빼고는, 가방 고쳐 멘다.

상우　오래 있을 수 없는 사정이 있어요.

재영　뭔데?

상우　(재영 눈 피하고) 말하기 싫어요.

이내 상우, 재영 지나쳐 가다가, 잠시 멈춰서.

상우　아, 그리고, 한 가지 더.

　　　앞으로 예고 없는 신체 접촉은 삼가 해주세요. 굉장히 불편합니다.

재영　(뜨끔)

상우	그럼 다음 미팅 때 뵙죠.
재영	그냥 내일이라고 해. 다음 미팅이라고 하니까 며칠 뒤인 것 같잖아.
상우	제 마음입니다.

제 할 말만 남기고 휙 나가 버리는 상우에 재영, 어안이 벙벙하다.

동건   (E) 형 낚였네요!

S#9.   당구장 / 밤

동건과 당구 치는 중인 재영.

동건	둘이서? 그것도 학기 중에?
재영	아예 불가능해?
동건	퀄에 따라 다르죠. 하냐
	근데 추상우가 원하는 건 존나 고퀄일 거 아니에요.
재영	그렇긴 하지···.

왜

그때, 주머니에서 울리는 핸드폰. 보면 상우의 문자이다.
큐대 각 잡고 공 치는 동건, 보기 좋게 비껴 나간다. 하씨- 아쉬운 표정.

상우   (E) [마감 시간 5분 전입니다.]
        [아직 메일이 안 왔길래 리마인드 해 드려요.]

옆에서 슬쩍 재영의 핸드폰을 보는 동건.

동건	이것 봐. 초반부터 졸라 빡빡하게 구네. 그냥 관둬요~
재영	(찌릿) 빡빡한 게 아니라 꼼꼼한 거지. 임마!

야,

감독님
디렉션 :

새침,
도도

상우	그럼 다음 미팅 때 뵙죠.
재영	그냥 내일이라고 해. 다음 미팅이라고 하니까 며칠 뒤인 것 같잖아.
상우	제 마음입니다.

이에요

제 할 말만 남기고 휙 나가 버리는 상우에 재영, 어안이 벙벙하다.

동건	(E) 형 낚였네요!

S#9. 당구장 / 밤

동건과 당구 치는 중인 재영.

동건	둘이서? 그것도 학기 중에?
재영	아예 불가능해?
동건	뭘에 따라 다르죠.
	근데 추상우가 원하는 건 존나 고뤨일 거 아니에요.
재영	그렇긴 하지….

그때, 주머니에서 울리는 핸드폰. 보면 상우의 문자이다.
큐대 각 잡고 공 치는 동건, 보기 좋게 비껴 나간다. 하씨 - 아쉬운 표정.

상우	(E) [마감 시간 5분 전입니다.]
	[아직 메일이 안 왔길래 리마인드 해 드려요.]

옆에서 슬쩍 재영의 핸드폰을 보는 동건.

동건	이것 봐. 초반부터 졸라 빡빡하게 구네. 그냥 관둬요~
재영	(찌릿) 빡빡한 게 아니라 꼼꼼한 거지.

재영, 큐대로 동건 콩- 살짝 치면, 동건 뭐야? 하는 표정으로 보고.

S#10.　상우의 집, 책상 / 밤

재영의 과거 엔스타 보는 상우. 의미 없이 새로고침만 누르다가
답장 없는 핸드폰을 본다. 읽기만 하고 답장 없자 시무룩해지는.
그때 마침, 재영의 엔스타 사진 아래로 달린 댓글이 눈에 들어온다.
[장재영 살아 있냐? 전화 좀 받아라]

상우　(혹해) 전화…?

재영의 연락처 띄우는 상우, 통화 버튼 누를까 말까 잠시 고민하다가.

상우　(합리화하며) 뭐, 사정이 있을 수도 있으니까.
　　　어쩔 수 없네.

통화 버튼 누르는 상우의 표정에 설렘 가득한데.

S#11.　상우의 집 + 당구장 / 밤 (교차)

재영, "형 차례예요!" 부추기는 동건에게 "기다려" 하고
[어련히내가알아서할까봐]까지 답장 쓰고 이모티콘 고민하는데,
전화 온다. 발신자 보면 '악덕고용주'

재영　웬일? (의아해하며 받고) 여보세요. (하면)

낮게 울리는 재영의 목소리 듣기 좋아 잠시 멈칫하는 상우. 목소리 가다듬고.

> 감독님
> 디렉션:
>
> 짝사랑하는 사람과
> 첫 전화하듯
> 설레임!!

재영, 큐대로 동건 콩- 살짝 치면, 동건 뭐야? 하는 표정으로 보고.

S#10.   상우의 집, 책상 / 밤

재영의 과거 엔스타 보는 상우. 의미 없이 새로고침만 누르다가
답장 없는 핸드폰을 본다. 읽기만 하고 답장 없자 시무룩해지는.
그때 마침, 재영의 엔스타 사진 아래로 달린 댓글이 눈에 들어온다.
[장재영 살아 있냐? 전화 좀 받아라]

상우   (혹해) 전화…?

재영의 연락처 띄우는 상우, 통화 버튼 누를까 말까 잠시 고민하다가.

상우   (합리화하며) 뭐, 사정이 있을 수도 있으니까.
          어쩔 수 없네.

통화 버튼 누르는 상우의 표정에 설렘 가득한데.

> 감독님
> 디렉션 :
>
> 창가에 서서
> 설렘 애써
> 숨기는

S#11.   상우의 집 + 당구장 / 밤 (교차)

재영, "형 차례에요!" 부추기는 동건에게 "기다려" 하고
[어련히내가알아서할까봐]까지 답장 쓰고 이모티콘 고민하는데,
전화 온다. 발신자 보면 '악덕고용주'

재영   웬일? (의아해하며 받고) 여보세요. (하면)

낮게 울리는 재영의 목소리 듣기 좋아 잠시 멈칫하는 상우. 목소리 가다듬고.

상우	추상우예요.
재영	(피식) 알아. 무슨 일 있어?
상우	자정인데 메일이 안 와서요.
	마감 못 맞출 특별한 사정이라도 있으세요?
재영	(푸시식) 난 또… 내일까지 가져가면 되잖아.

상우, 왠지 전화 바로 끊고 싶지 않아 잠시 뜸 들이는데.
핸드폰 너머로 당구공 부딪히는 소리 들린다. 산통 깨져, 표정 굳히고.

상우	…선배.
재영	(순간 설레) 어?
상우	당구공 소리 나요.
재영	….

그때 마침, 공 들어갔는지, 사람들의 환호 소리 들린다.

상우	(딱딱해져) 다음부터 시간 엄수해 주세요.
재영	(찔려) 알았어. 집요한 놈… (하다가) 아, 추상우.

상우, 전화 끊으려다가 다시 집중하고 들으면.

재영	앞으로 문자 말고 전화로 하자.
상우	…왜요? *좋으니까*
재영	*내가* 그냥. 이게 더 좋네. (웃음) 그럼 잘 자라.
상우	(잠시 망설이다가) 형도요. (하고 바로 끊는)

뚝 끊긴 핸드폰 보며 피식 웃는 재영, 마음 한구석 말랑해지고.

상우 추상우예요.

재영 (피식) 알아. 무슨 일 있어?

상우 자정인데 메일이 안 와서요.

  마감 못 맞출 특별한 사정이라도 있으세요?

재영 (푸시식) 난 또… 내일까지 가져가면 되잖아.

상우, 왠지 전화 바로 끊고 싶지 않아 잠시 뜸 들이는데.
핸드폰 너머로 당구공 부딪히는 소리 들린다. 산통 깨져, 표정 굳히고.

상우 …선배.

재영 (순간 설레) 어?

상우 당구공 소리 나요.

재영 ….

그때 마침, 공 들어갔는지, 사람들의 환호 소리 들린다.

상우 (딱딱해져) 다음부터 시간 엄수해 주세요.

재영 (찔려) 알았어. 집요한 놈… (하다가) 아, 추상우.

상우, 전화 끊으려다가 다시 집중하고 들으면.

재영 앞으로 문자 말고 전화로 하자.

상우 …왜요?

재영 그냥. 이게 더 좋네. (웃음) 그럼 잘 자라.

상우 (잠시 망설이다가) 형도요. (하고 바로 끊는)

뚝 끊긴 핸드폰 보며 피식 웃는 재영, 마음 한구석 말랑해지고.

들고 있던 큐대를 동건에게 건넨다.

재영   이건 내가 낼게. 먼저 들어간다. ~~드간다~~

동건   아 뭐야, 형이 치자며-

재영   쏘리! ~~야~~

신나선 가방 챙겨 나가는 재영의 뒷모습 보이고.

S#12.   미대, 실기실 / 밤

모니터에 시선 고정한 채 손가락 빠르게 놀리는 재영.
화면 안에는 상우를 닮은 검은색 모자를 쓴 소년과
빨간색 머리를 한 소년이 2등신 캐릭터로 그려져 있다.
그 아래로 가지 총, 폭탄 호박 등 다양한 채소 무기들이 나열되어 있고.
재영, 뒤에서 "형형"하고 부르는 소리도 듣지 못한 채 몰입해 작업하는데.

형탁   (다가와 어깨 흔들) 아- 형! 안 들려?

재영   (정신 차리고 보는) 왜~ 형님 바쁘다. 건들지 마라.

형탁   (심각) 지금 완전 비상사태야. 형, 이 테이블 기억나?

재영, 형탁이 내민 핸드폰 보면. 지혜의 엔스타 사진이다.
상우의 팔이 걸린 사진과 함께 '(상추 이모티콘) #설렘' 달린.

재영   (떨떠름) 네가 맨날 말하던 지혜가 이 류지혜야?

형탁   형, 지혜 알아? 그럼 이 옆에 남자도 봤겠네?
         (조급해져) 어때, 잘생겼어? 키는? 어떤 스타일이야?

재영, 찡찡대는 형탁 귀찮아하다가,

들고 있던 큐대를 동건에게 건넨다.

재영   이건 내가 낼게. 먼저 들어간다.

동건   아 뭐야, 형이 치자며–

재영   쏘리!

신나선 가방 챙겨 나가는 재영의 뒷모습 보이고.

S#12.   미대, 실기실 / 밤

모니터에 시선 고정한 채 손가락 빠르게 놀리는 재영.

화면 안에는 상우를 닮은 검은색 모자를 쓴 소년과

빨간색 머리를 한 소년이 2등신 캐릭터로 그려져 있다.

그 아래로 가지 총, 폭탄 호박 등 다양한 채소 무기들이 나열되어 있고.

재영, 뒤에서 "형형"하고 부르는 소리도 듣지 못한 채 몰입해 작업하는데.

형탁   (다가와 어깨 흔들) 아– 형! 안 들려?

재영   (정신 차리고 보는) 왜~ 형님 바쁘다. 건들지 마라.

형탁   (심각) 지금 완전 비상사태야. 형, 이 테이블 기억나?

재영, 형탁이 내민 핸드폰 보면. 지혜의 엔스타 사진이다.

상우의 팔이 걸린 사진과 함께 '(상추 이모티콘) #설렘' 달린.

재영   (떨떠름) 네가 맨날 말하던 지혜가 이 류지혜야?

형탁   형, 지혜 알아? 그럼 이 옆에 남자도 봤겠네?

         (조급해져) 어때, 잘생겼어? 키는? 어떤 스타일이야?

재영, 찡찡대는 형탁 귀찮아하다가,

INS〉 #6, 상우가 환하게 웃던 얼굴 떠올리고.

재영	…그냥 좀 생겼어. (희미한 미소) 웃는 게 예쁘고.
형탁	뭐야! 나보다 더?? (억지로 방긋방긋 웃어 보이면)
재영	(밀어내며) 새끼, 징그럽게. 방해 그만하고 가서 좀 자라!
형탁	(힝- 시무룩) 옛날엔 귀엽대 놓고… 형은 내 편이어야지!
재영	(귀찮아, 핸드폰으로 새벽 2시 시계 보이며) 너 내일 1교시 아냐?
형탁	헉- 미쳤다. (급히 가방 챙기며) 형은 집 안 가?

재영, 작업 재개하며 그저 손 바이바이 흔들면. 형탁, 별나게 보고 나간다.

S#13.   산책로, 자판기 앞 / 낮

기획안 첫 장, 〈베지 벤처러〉 화려하게 디자인된 타이틀 보이고.
이후 새로운 컨셉에 형식까지 완벽한 기획안을 진지하게 검토하는 상우.
재영, 거만하게 팔짱 끼고 앉아 있지만, 테이블 아래 다리는 달달 떨린다.
모자 아래 상우의 표정 보이지 않자, 반응 알 수 없어 초조한데.

상우	좋네요. 이걸로 가요.
재영	(안도의 한숨)
상우	(슬쩍 보고, 덧붙이는) 잘하셨어요.
재영	(입꼬리 올라가려는 거 참고) 누가 뭐 칭찬받으려고 한 줄 아나. 솔직히 하루 만에 말도 안 되는 거 알지? 이 악마 같은 새끼야.
상우	아무한테나 기대 안 하죠. 선배라서 그런 거예요.
재영	!! (들뜬 맘 누르고) 어디가 맘에 드는데? 구체적으로 말해 봐.
상우	그냥 종합적인 판단인데….

상우, 재영 닮은 빨간색 머리 캐릭터에서 눈을 떼지 못한다.

INS〉 #6, 상우가 환하게 웃던 얼굴 떠올리고.

재영	…그냥 좀 생겼어. (희미한 미소) 웃는 게 예쁘고.
형탁	뭐야! 나보다 더?? (억지로 방긋방긋 웃어 보이면)
재영	(밀어내며) 새끼, 징그럽게. 방해 그만하고 가서 좀 자라!
형탁	(힝-시무룩) 옛날엔 귀엽댔 놓고… 형은 내 편이어야지!
재영	(귀찮아, 핸드폰으로 새벽 2시 시계 보이며) 너 내일 1교시 아냐?
형탁	헉-미쳤다. (급히 가방 챙기며) 형은 집 안 가?

재영, 작업 재개하며 그저 손 바이바이 흔들면. 형탁, 별나게 보고 나간다.

S#13. 산책로, 자판기 앞 / 낮

기획안 첫 장, 〈베지 벤처러〉 화려하게 디자인된 타이틀 보이고.
이후 새로운 컨셉에 형식까지 완벽한 기획안을 진지하게 검토하는 상우.
재영, 거만하게 팔짱 끼고 앉아 있지만, 테이블 아래 다리는 달달 떤다.
모자 아래 상우의 표정 보이지 않자, 반응 알 수 없어 초조한데.

상우	좋네요. 이걸로 가요.
재영	(안도의 한숨)
상우	(슬쩍 보고, 덧붙이는) 잘하셨어요.
재영	(입꼬리 올라가려는 거 참고) 누가 뭐 칭찬받으려고 한 줄 아나.
	솔직히 하루 만에 말도 안 되는 거 알지? 이 악마 같은 새끼야.
상우	아무한테나 기대 안 하죠. 선배라서 그런 거예요.
재영	!! (들뜬 맘 누르고) 어디가 맘에 드는데? 구체적으로 말해 봐.
상우	그냥 종합적인 판단인데….

상우, 재영 닮은 빨간색 머리 캐릭터에서 눈을 떼지 못한다.

장재영 대본

재영, 궁금해 보려 하면. 얼른 기획안 내려 버리고.

상우　근데 앞으로 캐릭터 디지털화할 때,

애니메이션 넣을 거 고려해서 부위별로 잘라 주세요.

원본 파일은 png로 크기 맞춰 주시고요.

재영　(잔소리 듣기 싫어 딴청 부리면)

상우　(한숨) 준수 사항은 메일로 보낼게요. 그리고….

(가만 보다가) 이리 와 보세요.

재영　?? 왜?

상우　예고할게요. 잘하셨으니 머리 쓰다듬어 드릴게요.

재영, 뭐라고? 이해 못 해 가만있으면.

일어나 재영 가까이 다가가 서는 상우. 조심스럽게 손 올려

재영의 정수리를 기계적으로 두어 번 쓰다듬고는… 재빨리 자리 뜬다.

놀라서 그대로 얼어 버린 재영. 종종걸음으로 사라지는 상우 뒷모습 보고는.

재영　쟤 뭐야?

> 감독님
> 디렉션:
>
> 황당, 웃음, 설레임
> 복합적인

뒤늦게 패드 챙겨 상우를 쫓아간다.

상우, "방금 그거 뭐야?" 쫑알거리는 재영 애써 무시하며 앞만 보고 걷는.

낙엽 진 산책로를 귀엽게 티격태격하며 걸어가는 두 사람의 모습 보이고.

S#14.　구내식당 / 낮

지혜와 마주 앉은 재영, 짜게 식은 표정이다.

표정 안 좋은 건 지혜도 마찬가지.

재영　밥 먹는다길래 따라왔는데… 지혜 너도 있는 줄은 몰랐네?

재영, 궁금해 보려 하면. 얼른 기획안 내려 버리고.

상우   근데 앞으로 캐릭터 디지털화할 때,
        애니메이션 넣을 거 고려해서 부위별로 잘라 주세요.
        원본 파일은 png로 크기 맞춰 주시고요.

재영   (잔소리 듣기 싫어 딴청 부리면)

상우   (한숨) 준수 사항은 메일로 보낼게요. 그리고…
        (가만 보다가) 이리 와 보세요.

재영   ?? 왜?

상우   예고할게요. 잘하셨으니 머리 쓰다듬어 드릴게요.

재영, 뭐라고? 이해 못 해 가만있으면.
일어나 재영 가까이 다가가 서는 상우. 조심스럽게 손 올려
재영의 정수리를 기계적으로 두어 번 쓰다듬고는… 재빨리 자리 뜬다.
놀라서 그대로 얼어 버린 재영. 종종걸음으로 사라지는 상우 뒷모습 보고는.

재영   쟤 뭐야?

뒤늦게 패드 챙겨 상우를 쫓아간다.
상우, "방금 그거 뭐야?" 종알거리는 재영 애써 무시하며 앞만 보고 걷는.
낙엽 진 산책로를 귀엽게 티격태격하며 걸어가는 두 사람의 모습 보이고.

S#14.   구내식당 / 낮

지혜와 마주 앉은 재영, 짜게 식은 표정이다.
표정 안 좋은 건 지혜도 마찬가지.

재영   밥 먹는다길래 따라왔는데… 지혜 너도 있는 줄은 몰랐네?

지혜   저도요. (억지웃음) 선배가 같이 오실 줄은….

뒤늦게 상우가 식판 들고 오자, 두 사람 경쟁하듯 제 옆자리 의자를 빼 준다.

재영/지혜 여기 앉아! / 여기 앉으세요!

순간 눈에서 불꽃이 튀는 재영과 지혜.
상우, 자신에게 쏟아지는 강렬한 두 시선에 난감하고.
잠시 재영과 그 옆자리 힐끗 보다가, 지혜의 옆에 앉는다.
지혜, 승리의 미소 짓고. 재영, 분노의 숟가락질하는.

지혜   (분위기 전환하려) 재영 선배는 여자 친구 없으세요?
         인기 엄청 많을 것 같은데.

상우, 살짝 멈칫하지만, 이내 무심한 척 밥 먹는데.

재영   응 없어. (상우 보고) 요즘 누구 덕분에 사는 게 심심하지가 않아서~
상우   (애써 포커페이스 유지하려 하는)
지혜   (영혼 없이) 아- 그러시구나….
         (상우에게) 맞다. 상추 오빠, 전에 말한 롤백 문제는 잘 해결했어요?
상우   (재영 힐끔 보고 고개 끄덕) 대충… 그런 거 같아.
지혜   잘 됐다~ 고민 상담 필요하면 언제든 또 얘기하세요!

화기애애한 두 사람 보는 재영. 감정 담아 밥을 꼭-꼭- 씹어 먹는다.

재영   (혼잣말) 고민 상담? 누군 그림 자판기 취급하더니….

지혜   저도요. (억지웃음) 선배가 같이 오실 줄은….

뒤늦게 상우가 식판 들고 오자, 두 사람 경쟁하듯 제 옆자리 의자를 빼 준다.

재영/지혜 여기 앉아! / 여기 앉으세요!

순간 눈에서 불꽃이 튀는 재영과 지혜.
상우, 자신에게 쏟아지는 강렬한 두 시선에 난감하고.
잠시 재영과 그 옆자리 힐끗 보다가, 지혜의 옆에 앉는다.
지혜, 승리의 미소 짓고. 재영, 분노의 숟가락질하는.

지혜   (분위기 전환하려) 재영 선배는 여자 친구 없으세요?
          인기 엄청 많을 것 같은데.

상우, 살짝 멈칫하지만, 이내 무심한 척 밥 먹는데.

> 감독님
> 디렉션 :
>
> 여자 친구?
> 신경 쓰이는!
> 귀 쫑긋

재영   응 없어. (상우 보고) 요즘 누구 덕분에 사는 게 심심하지가 않아서~
상우   (애써 포커페이스 유지하려 하는)
지혜   (영혼 없이) 아- 그러시구나….
          (상우에게) 맞다. 상추 오빠, 전에 말한 롤백 문제는 잘 해결했어요?
상우   (재영 힐끔 보고 고개 끄덕) 대충… 그런 거 같아.
지혜   잘 됐다~ 고민 상담 필요하면 언제든 또 얘기하세요!

화기애애한 두 사람 보는 재영. 감정 담아 밥을 꼭-꼭- 씹어 먹는다.

재영   (혼잣말) 고민 상담? 누군 그림 자판기 취급하더니….

그런 재영 힐끔 보고 상우에게 말 거는 지혜.

지혜　　오빠. 다 먹고 도서관 갈 거죠? 같이- 있는데

재영　　(말 잘라) 아니. 상우는 나랑 갈 데가 있어.

상우　　(영문 몰라) 어디요?

재영　　파일 뭐 수정하라며. 이해 못 했어. 네가 직접 알려 줘.

　그　　　　　　　　나

애처럼 떼쓰는 재영을 황당하게 보는 상우와 지혜.

지혜, 이번엔 확실히 알겠다. 자신을 견제하고 보는 재영과 눈싸움하는.

S#15.　예술대 앞 / 낮

재영, 상우의 가방끈 잡고 앞장서 끌고 간다.

상우　　어디로 가는 거예요? 그냥 도서실에서 해도-

재영　　거기선 못 떠들잖아. 실기실에서 해.

상우　　(번뜩, 혼잣말) 형 작업실…? (걸음 멈추면)

재영　　(뒤돌아보고) 왜. 싫어?

상우　　(큼큼) 뭐, 선배 작업 환경 체크하는 건 나쁘지 않을 거 같네요.
　　　　　능률이 올라야 서로 좋으니까.

재영　　(씩 웃으며) 내 말이 그 말이야.

재영, 다시 상우의 가방끈 끌어당기고, 상우 군말 없이 따라간다.

S#16.　미대, 실기실 / 낮

재영의 실기실에 입성한 상우. 호기심 가득한 눈으로 안을 휘- 둘러본다.

포스터가 덕지덕지 붙은 벽에 시선 가 보면, 텍스 스튜디오 작품들.

상우가 관심 가지고 훑자, 재영 주위에서 얼쩡거리며 보다가.

그런 재영 힐끔 보고 상우에게 말 거는 지혜.

지혜	오빠. 다 먹고 도서관 갈 거죠? 같이-
재영	(말 잘라) 아니. 상우는 나랑 갈 데가 있어.
상우	(영문 몰라) 어디요?
재영	파일 뭐 수정하라며. 이해 못 했어. 네가 직접 알려 줘.

애처럼 떼쓰는 재영을 황당하게 보는 상우와 지혜.

지혜, 이번엔 확실히 알겠다. 자신을 견제하고 보는 재영과 눈싸움하는.

S#15. 예술대 앞 / 낮

재영, 상우의 가방끈 잡고 앞장서 끌고 간다.

상우	어디로 가는 거예요? 그냥 도서실에서 해도-
재영	거기선 못 떠들잖아. 실기실에서 해.
상우	(번뜩, 혼잣말) 형 작업실…? (걸음 멈추면)
재영	(뒤돌아보고) 왜. 싫어?
상우	(큼큼) 뭐, 선배 작업 환경 체크하는 건 나쁘지 않을 거 같네요. 능률이 올라야 서로 좋으니까.
재영	(씩 웃으며) 내 말이 그 말이야.

재영, 다시 상우의 가방끈 끌어당기고, 상우 군말 없이 따라간다.

S#16. 미대, 실기실 / 낮

재영의 실기실에 입성한 상우. 호기심 가득한 눈으로 안을 휘- 둘러본다.

포스터가 덕지덕지 붙은 벽에 시선 가 보면, 텍스 스튜디오 작품들.

상우가 관심 가지고 훑자, 재영 주위에서 얼쩡거리며 보다가.

재영   너도 덱스 작품 좋아해?

상우   (재영 한 번 쓱 보고) 퀄리티 좋잖아요. 내용은 대중적이고.

재영   감상평 삭막한 것 봐라. (웃고) 있어 봐. 자리 만들어 줄게.

재영, 자리 찾아 떠나면. 상우 작업실 좀 더 둘러보는데.

콰직-하고 발에 밟히는 무언가. 내려보면, 먹다 버린 바나나 껍질이다.

그 옆에도 대충 뭉쳐 버린 휴지, 때 탄 슬리퍼 등 쓰레기들 널린.

상우, 으- 인상 쓰며 게걸음질 치는데, 실기실에 잔잔히 흐르던 음악,

갑자기 쾅!! 하며 비트 센 하드코어 록으로 바뀐다.

상우, 놀라 보면. 작업 중인 유나, 온몸으로 음악 즐기며 머리를 흔들고 있다.

상우 인지한 유나, 눈을 반짝 뜨며 두 사람 쳐다본다.

유나   헐! 추상추!??

상우   (기분 나빠) 네?

유나   (깨닫고 깔깔) 미친 실수. 근데 거꾸로 해도 추상추네? 개웃기다!!

재영   (복화술로 경고) 적당히 해라.
       (창피해하며 상우를 돌려세우고) 쟤는 신경 쓰지 말고 여기 앉아.

재영, 자신의 옆자리로 상우 안내하는데.

재영   (상우 앞 쓰레기들 손으로 쓱 밀어 버리고) 여기서 작업해.

상우   (으으- 못 참는 표정으로 보다가) 쓰레기, 제대로 버리고 오세요.

재영   (자리에 앉다가 보면)

상우   지금 당.장.

이후, 상우가 손가락 가리킬 때마다,

쓰레기 버리고, 창문 열어 환기하고, 바탕화면 정리하는 재영의 모습 보인다.

재영	너도 덱스 작품 좋아해?
상우	(재영 한 번 쓱 보고) 퀄리티 좋잖아요. 내용은 대중적이고.
재영	감상평 삭막한 것 봐라. (웃고) 있어 봐. 자리 만들어 줄게.

재영, 자리 찾아 떠나면. 상우 작업실 좀 더 둘러보는데.
콰직-하고 발에 밟히는 무언가. 내려보면, 먹다 버린 바나나 껍질이다.
그 옆에도 대충 뭉쳐 버린 휴지, 때 탄 슬리퍼 등 쓰레기들 널린.
상우, 으- 인상 쓰며 게걸음질 치는데, 실기실에 잔잔히 흐르던 음악.
갑자기 쾅!! 하며 비트 센 하드코어 록으로 바뀐다.
상우, 놀라 보면. 작업 중인 유나, 온몸으로 음악 즐기며 머리를 흔들고 있다.
상우 인지한 유나, 눈을 반짝 뜨며 두 사람 쳐다본다.

유나	헐! 추상추!??
상우	(기분 나빠) 네?
유나	(깨닫고 깔깔) 미친 실수. 근데 거꾸로 해도 추상추네? 개웃기다!!
재영	(복화술로 경고) 적당히 해라.
	(창피해하며 상우를 돌려세우고) 쟤는 신경 쓰지 말고 여기 앉아.

재영, 자신의 옆자리로 상우 안내하는데.

재영	(상우 앞 쓰레기들 손으로 쓱 밀어 버리고) 여기서 작업해.
상우	(으으- 못 참는 표정으로 보다가) 쓰레기 제대로 버리고 오세요.
재영	(자리에 앉다가 보면)
상우	지금 당.장.

이후, 상우가 손가락 가리킬 때마다,
쓰레기 버리고, 창문 열어 환기하고, 바탕화면 정리하는 재영의 모습 보인다.

이내 헥헥 숨 내쉬며 상우 독하다는 듯 째려보는 재영.

재영	이제 됐냐? 남의 구역 들어온 주제에 제멋대로 굴고 있어.
상우	다른 사람도 아니고 선배가 그런 말 하니까 웃기네요.
재영	(피식) 농담도 할 줄 아냐.

아네

재영, 웃다가 흥미진진하게 보고 있던 유나와 눈이 딱 마주친다.

유나	(놀리듯) 저기요. 둘만 쓰는 것도 아닌데 너무 시끄러워요~
상우	(돌아보고, 무심하게) 거기 헤드폰 좋은 거 있네요. 그거 쓰세요.
유나	! (한 방 먹은)

재영, 풋 웃으며, 유나의 머리에 헤드폰 억지로 씌우고.
제 옆자리에 곧게 허리 펴고 앉아 노트북 펼치는 상우를 낯설게 본다.

재영	진짜 적응 안 되는 그림이네. (웃는)

S#17.   빌라 앞, 길거리 / 밤

작업 마치고 집으로 가는 재영과 상우. 전보다 거리 가까워졌다.

재영	담주 안에 프로토타입 다 뽑으려면 빡세겠는데?
상우	그래도 메이저 회사 피드백 받아 볼 기횐데 해 봐야죠.
재영	하여튼 한수영, 오지랖 넓게 괜히 떠벌리고 다녀선…. (걱정되는 눈빛으로) 너 진짜 공부랑 병행할 수 있겠어?
상우	(고개 끄덕) 요즘 컨디션이 좋아서 공부 효율이 높아요.
재영	(장난) 내가 수업 빠져 줘서 잘되나 보네?
상우	(바로 대답 안 하고, 눈알 또르르 굴리더니) 꼭 그런 건 아니에요.

이내 헥헥 숨 내쉬며 상우 독하다는 듯 째려보는 재영.

재영   이제 됐냐? 남의 구역 들어온 주제에 제멋대로 굴고 있어.

상우   다른 사람도 아니고 선배가 그런 말 하니까 웃기네요.

재영   (피식) 농담도 할 줄 아냐.

재영, 웃다가 흥미진진하게 보고 있던 유나와 눈이 딱 마주친다.

유나   (놀리듯) 저기요. 둘만 쓰는 것도 아닌데 너무 시끄러워요~

상우   (돌아보고, 무심하게) 거기 헤드폰 좋은 거 있네요. 그거 쓰세요.

유나   ! (한 방 먹은)

재영, 풋 웃으며, 유나의 머리에 헤드폰 억지로 씌우고.
제 옆자리에 곧게 허리 펴고 앉아 노트북 펼치는 상우를 낯설게 본다.

재영   진짜 적응 안 되는 그림이네. (웃는)

S#17.   빌라 앞, 길거리 / 밤

작업 마치고 집으로 가는 재영과 상우. 전보다 거리 가까워졌다.

재영   담주 안에 프로토타입 다 뽑으려면 빡세겠는데?

상우   그래도 메이저 회사 피드백 받아 볼 기회인데 해 봐야죠.

재영   하여튼 한수영, 오지랖 넓게 괜히 떠벌리고 다녀선….
         (걱정되는 눈빛으로) 너 진짜 공부랑 병행할 수 있겠어?

상우   (고개 끄덕) 요즘 컨디션이 좋아서 공부 효율이 높아요.

재영   (장난) 내가 수업 빠져 줘서 잘되나 보네?

상우   (바로 대답 안 하고, 눈알 또르르 굴리더니) 꼭 그런 건 아니에요.

장재영 대본

재영   (반격 준비하다가 의아한) ?? 그럼?

상우   말하기-

재영   (상우 따라 하듯) "말하기 싫어요." 또 이러려고?

상우   알면 묻지 말죠.

상우, 도도한 걸음으로 앞서 걸으면. 재영 피식 웃으며 따라간다.

감독님 디렉션 :

상우를 점점 더
알고 싶은 감정!
상우의 속도에
맞춰 주는 재영

재영   근데 너 게임은 왜 만드냐.

상우   (보면)

재영   (네) 너 정도 성적이면 취업은 충분하잖아.

상우   (담백하게) 좋아하니까요.

재영   (예상치 못해 놀란) 네가 그런 감정적인 이유로 움직인다고?

상우   (재영이 궁금해하는 눈치면) 게임은 모두가 제로부터 시작하잖아요.

        내가 어떻게 하느냐에 따라서 보상이 주어지고.

        그런 합리적인 성취감이 좋아요. (하다가 재영의 시선 느끼고 멈칫)

재영, 진지하게 말하는 상우가 대견하다는 듯 보고 있다.
빌라 앞 전봇대 아래 마주 보고 선 재영과 상우. 잠시 시선 교환 오가고.
상우에게로 한 발짝 다가가는 재영.

재영   상우야.

상우   (조금 긴장해) 네.

재영   머리 쓰다듬어도 돼? 1분 뒤에.

상우   ….

재영   (단칼에 거절하지 않는 것도 어디냐 싶어 가볍게) 싫음 말고.

상우   …그렇게까지 싫진 않아요. 미리 말만 하면.

재영   그럼….

재영	(반격 준비하다가 의아한) ?? 그럼?
상우	말하기-
재영	(상우 따라 하듯) "말하기 싫어요." 또 이러려고?
상우	알면 묻지 말죠.

상우, 도도한 걸음으로 앞서 걸으면. 재영 피식 웃으며 따라간다.

재영	근데 너 게임은 왜 만드냐.
상우	(보면)
재영	네 성적이면 취업은 충분하잖아.
상우	(담백하게) 좋아하니까요.
재영	(예상치 못해 놀란) 네가 그런 감정적인 이유로 움직인다고?
상우	(재영이 궁금해하는 눈치면) 게임은 모두가 제로부터 시작하잖아요.
	내가 어떻게 하느냐에 따라서 보상이 주어지고.
	그런 합리적인 성취감이 좋아요. (하다가 재영의 시선 느끼고 멈칫)

재영, 진지하게 말하는 상우가 대견하다는 듯 보고 있다.
빌라 앞 전봇대 아래 마주 보고 선 재영과 상우. 잠시 시선 교환 오가고.
상우에게로 한 발짝 다가가는 재영.

재영	상우야.
상우	(조금 긴장해) 네.
재영	머리 쓰다듬어도 돼? 1분 뒤에.
상우	….
재영	(단칼에 거절하지 않는 것도 어디냐 싶어 가볍게) 싫음 말고.
상우	…그렇게까지 싫진 않아요. 미리 말만 하면.
재영	그럼…. *다급하게

재영, 조심스럽게 손을 뻗어, 상우의 머리를 부드럽게 쓰다듬는다.

재영　　좋아하는 거, 열심히 해 보자. 우리.

자상하게 웃는 재영의 얼굴을 설레서 빤히 올려다보는 상우.

S#18.　　상우의 집, 침대 / 밤

침대에 누워 잠을 청하는 상우.

조심스럽게 머리 위로 손을 올려, 재영이 쓰다듬었던 부분을 다시 만져 본다.

벅찬 마음에 이불 머리끝까지 덮어 버리고.

S#19.　　미대, 실기실 / 낮

재영의 노트북 위에 붙은 D-1 포스트잇.

책상 위에는 빈 캔 커피와 에너지 드링크 나뒹굴고 있고.

마감을 앞둔 재영과 상우, 마무리 작업에 박차를 가하고 있다.

재영, 작업 끝낸 후 후련하게 웃으며 x창 누르는데, 이내 사색 되어.

재영　　아씨, 저장 안 했어! 미친- (머리 싸매며) 죽어라 이 미친놈아아아….

상우　　(한심하게 보다가, 퀭한 재영 안쓰러워) 자고 다시 해요.

　　　　　뇌에 활성산소가 안 도니까 자꾸 실수하는 거잖아요.

재영　　걱정된단 말을 참 정겹게 하네. 응….

　　　　　(좀비처럼 일어나) 그럼 나 30분만 잔다. 꼭 깨워야 돼. 꼭.

상우　　(피식) 찬물 끼얹어서라도 깨울 테니까 빨리 자요.

재영　　(소파에 쓰러지듯 누우며) 역시 악덕 사장….

말 다 못 잇고 바로 잠들어 버리는 재영.

상우, 그런 재영 한 번 슬쩍 보고 다시 작업하는데.

재영, 조심스럽게 손을 뻗어, 상우의 머리를 부드럽게 쓰다듬는다.

재영　　　좋아하는 거, 열심히 해 보자. 우리.

자상하게 웃는 재영의 얼굴을 설레서 빤히 올려다보는 상우.

> 감독님 디렉션 :
> S#17의 설레는 감정 연결
> 조금 더 표현해도 됨

S#18.　상우의 집, 침대 / 밤

침대에 누워 잠을 청하는 상우.

조심스럽게 머리 위로 손을 올려, 재영이 쓰다듬었던 부분을 다시 만져 본다.

벅찬 마음에 이불 머리끝까지 덮어 버리고.

S#19.　미대, 실기실 / 낮

재영의 노트북 위에 붙은 D-1 포스트잇.

책상 위에는 빈 캔 커피와 에너지 드링크 나뒹굴고 있고.

마감을 앞둔 재영과 상우, 마무리 작업에 박차를 가하고 있다.

재영, 작업 끝낸 후 후련하게 웃으며 x창 누르는데, 이내 사색 되어.

재영　　　아씨, 저장 안 했어! 미친- (머리 싸매며) 죽어라 이 미친놈아아아….

상우　　　(한심하게 보다가, 퀭한 재영 안쓰러워) 자고 다시 해요.
　　　　　뇌에 활성산소가 안 도니까 자꾸 실수하는 거잖아요.

재영　　　걱정된단 말을 참 정겹게 하네. 응….
　　　　　(좀비처럼 일어나) 그럼 나 30분만 잔다. 꼭 깨워야 돼. 꼭.

상우　　　(피식) 찬물 끼얹어서라도 깨울 테니까 빨리 자요.

재영　　　(소파에 쓰러지듯 누우며) 역시 악덕 사장….

말 다 못 잇고 바로 잠들어 버리는 재영.

상우, 그런 재영 한 번 슬쩍 보고 다시 작업하는데.

장재영 대본

(CUT TO)

잠시 후. 고요한 실기실. 창문 통해 주황색 햇빛 들어오는 가운데.
곤히 잠든 재영의 주위로 사부작거리는 소리 들려온다.

상우   선배… 자요?

카메라, **줌아웃**하면.
소파 앞에 구겨 앉아, 잠든 재영을 구경하고 있는 상우 보이는.
상우, 숨죽인 채, 재영의 이목구비를 느리게 훑어 감상한다.

상우   진짜 자는 거 맞죠, 형.

이내 재영이 깊게 잠든 것을 확인하고는
조심스럽게 손가락 들어 재영의 머리카락을 만지고.
이끌리듯 천천히 재영에게 다가가는 상우의 얼굴….
잠시 후. 재영의 입술 위로 상우의 입술이 부드럽게 닿았다 떨어진다.

(CUT TO)

그리고 컷 튀어. 재영 홀로 남은 실기실.
뒤늦게 천천히 눈을 딱 뜨는 재영의 모습에서!!

숨 참고
있었음!

6화 END

252

(CUT TO)

잠시 후. 고요한 실기실. 창문 통해 주황색 햇빛 들어오는 가운데.
곤히 잠든 재영의 주위로 사부작거리는 소리 들려온다.

상우   선배… 자요?

카메라, **줌아웃**하면.
소파 앞에 구겨 앉아, 잠든 재영을 구경하고 있는 상우 보이는.
상우, 숨죽인 채, 재영의 이목구비를 느리게 훑어 감상한다.

상우   진짜 자는 거 맞죠, 형.

이내 재영이 깊게 잠든 것을 확인하고는
조심스럽게 손가락 들어 재영의 머리카락을 만지고.
이끌리듯 천천히 재영에게 다가가는 상우의 얼굴….
잠시 후. 재영의 입술 위로 상우의 입술이 부드럽게 닿았다 떨어진다.

(CUT TO)

그리고 컷 튀어. 재영 홀로 남은 실기실.
뒤늦게 천천히 눈을 딱 뜨는 재영의 모습에서!!

6화 END

SEVEN

[SEMANTIC ERROR]

S#1.   레스토랑, 테이블 / 밤

식탁 위에 안줏거리 될 만한 음식들 차려져 있고.

재영, 찰지게 소주병을 흔든다.

맞은편에 앉아 그 모습을 불안한 눈초리로 보는 상우.

상우   밥만 먹는다면서요.

재영   회식에 술이 빠지면 쓰나.

      그리고 누구 덕분에 밤-새 철야 작업했더니 알코올이 땡기네.

상우   (큼큼, 눈치) 전 깨웠어요. 선배가 안 일어난 거지.

재영   그래…?

뻔뻔한 것 보소? 소주 뚜껑 열며, 상우 흘겨보는 재영.

INS〉 6화 #19, 도둑 뽀뽀 전,

"선배… 자요?" "진짜 자는 거 맞죠, 형" 물어보던 상우 떠오르는.

재영   (술잔 세팅하며, 홀리듯) 자는 새에 뭔 짓하고 도망친 건 아니고?

상우   (집던 안주 툭 떨어뜨렸다가 얼른 다시 집고) 제가 선밴 줄 알아요?

      (말 돌리는) 메일은 잘 보냈으니까, 담주 중으로 연락 올 거예요.

재영   네네~ 어련히 알아서 잘하셨겠습니까.

죄책감 들어 재영 못 보겠는 상우. 괜히 주위 둘러보면.

손님 다 빠진 텅 빈 홀, 넓은 레스토랑에 재영과 상우 단둘뿐이다.

상우   (이상해) 다른 손님은 없어요?

재영   (술 따르며) 사장이 날라리라 장사 접고 놀러 갔어.

상우   ! 그럼 우리 둘뿐이에요?

재영   조용하고 좋잖아?

S#1.   레스토랑, 테이블 / 밤

식탁 위에 안줏거리 될 만한 음식들 차려져 있고.

재영, 찰지게 소주병을 흔든다.

맞은편에 앉아 그 모습을 불안한 눈초리로 보는 상우.

상우	밥만 먹는다면서요.
재영	회식에 술이 빠지면 쓰나.
	그리고 누구 덕분에 밤-새 철야 작업했더니 알코올이 땡기네.
상우	(큼큼, 눈치) 전 깨웠어요. 선배가 안 일어난 거지.
재영	그래…?

거듭

뻔뻔한 것 보소? 소주 뚜껑 열며, 상우 흘겨보는 재영.

INS〉 6화 #19, 도둑 뽀뽀 전,

"선배… 자요?" "진짜 자는 거 맞죠, 형" 물어보던 상우 떠오르는.

재영	(술잔 세팅하며, 흘리듯) 자는 새에 뭔 짓하고 도망친 건 아니고?
상우	(집던 안주 툭 떨어뜨렸다가 얼른 다시 집고) 제가 선밴 줄 알아요?
	(말 돌리는) 메일은 잘 보냈으니까, 담주 중으로 연락 올 거예요.
재영	네네~ 어련히 알아서 잘하셨겠습니까.

죄책감 들어 재영 못 보겠는 상우. 괜히 주위 둘러보면.

손님 다 빠진 텅 빈 홀, 넓은 레스토랑에 재영과 상우 단둘뿐이다.

상우	(이상해) 다른 손님은 없어요?
재영	(술 따르며) 사장이 날라리라 장사 접고 놀러 갔어.
상우	! 그럼 우리 둘뿐이에요?
재영	조용하고 좋잖아?

술잔 하나, 상우 앞에 놔 주고, 스스로 짠- 부딪히는 재영.

굳어 있는 상우 슬쩍 보고.

재영   아, 너 안 마시지. (상우 술잔 가져가려 하며) 그럼 이것도 내가-

상우, 재영의 말 다 끝나기도 전에 잔 가져가 한입에 쭉 들이켠다.

재영, 의외라 놀라는.

그 와중에도 고개 꺾고 손 바쳐 예의 바르게 마시는 상우가 보기 좋은데.

상우   (빈 술잔 내밀며) 한 잔 더요.

평정심 잃고 흐트러진 상우의 모습을 흥미롭게 바라보는 재영 위로,

화면 에러 걸린 듯 지지직-거리는 소리와 함께 오류 표시 뜨며!

Title in / 시맨틱 에러

S#2.   레스토랑, 테이블 / 밤

테이블에 빈 소주병, 서너 병 굴러다니고.

볼 발그레해져선 꿀떡꿀떡 술 들이켜는 상우를 턱 괴고 구경하는 재영.

조명 아래 비치는 상우의 하얀 목선에 오래도록 시선 머문다.

                                                더니
재영   너 잘 마시네. 술은 입에도 안 대는 줄 알았는데.
상우   (취해서 약간 발음 뭉개지는) 그땐 마실 기분 아녔으니까….
재영   지금은 마시고 싶은 기분이야?
        그럼
상우, 복잡한 마음에 재영 빤히 노려보다가, 입술에 시선 머물면.

INS〉 6화 #19, 도둑 뽀뽀하던 순간 떠오른다. 붙었다가 떨어지는 입술.

258

술잔 하나, 상우 앞에 놔 주고, 스스로 짠- 부딪히는 재영.
굳어 있는 상우 슬쩍 보고.

재영　　아, 너 안 마시지. (상우 술잔 가져가려 하며) 그럼 이것도 내가-

상우, 재영의 말 다 끝나기도 전에 잔 가져가 한입에 쭉 들이켠다.
재영, 의외라 놀라는.
그 와중에도 고개 꺾고 손 바쳐 예의 바르게 마시는 상우가 보기 좋은데.

상우　　(빈 술잔 내밀며) 한 잔 더요.

평정심 잃고 흐트러진 상우의 모습을 흥미롭게 바라보는 재영 위로,
화면 에러 걸린 듯 지지직-거리는 소리와 함께 오류 표시 뜨며!

Title in / 시맨틱 에러

S#2.　　레스토랑, 테이블 / 밤

테이블에 빈 소주병, 서너 병 굴러다니고.
볼 발그레해져선 꿀떡꿀떡 술 들이켜는 상우를 턱 괴고 구경하는 재영.
조명 아래 비치는 상우의 하얀 목선에 오래도록 시선 머문다.

아니, 뭐

재영　　너 잘 마시네. 술은 입에도 안 대는 줄 알았는데.

상우　　(취해서 약간 발음 뭉개지는) 그땐 마실 기분 아녔으니까….

재영　　지금은 마시고 싶은 기분이야?

상우, 복잡한 마음에 재영 빤히 노려보다가 입술에 시선 머물면.
INS〉 6화 #19, 도둑 뽀뽀하던 순간 떠오른다. 붙었다가 떨어지는 입술.

장재영 대본

상우, 그때의 감촉 떠올라 입술 꾹 깨물며 얼른 시선 거두고,
다급하게 술병 가져가 직접 술 따르려 하는데.
재영, 제지하듯 상우의 손 부드럽게 감싸 쥐며 술병 가져간다.
가득 채워지는 술잔. 떨림 감추려 손등을 매만지는 상우의 손.
상우, 갈증 채우듯 술 벌컥 들이마시고는.

상우   (복받쳐 올라, 저도 모르게 툭) 장재영.

재영   !! (갑작스러운 반말에 놀라는) 술버릇이야?

상우   …(변명하듯) 야자타임.

재영   (피식) 하고 싶어?

상우   (고개 끄덕)

재영   쌓인 게 얼마나 많길래.

       (술 취한 상우 귀엽게 보고) 좋아. 해 봐.

상우   (그러자 바로) 야, 장재영.

재영   (재미있어 식탁에 당겨 앉으며) 네, 형. 부르셨어요?

상우   (멈칫했다가 적응하고) 너 또라이인 거… 알지?

재영   (웃음) 그럼요. 잘 알죠.

상우   (코웃음 치고) 알긴 뭘 알아. 미이친, 남의 얼굴에 낙서나 하고.

재영   아휴, 제가 죽일 놈입니다. 감히 형님 용안에 왜 그랬을까~   내가

상우   사람 따라다니면서 괴롭히고… 짜증 나게 하고….

       (점점 울컥해) 내가 진짜, 내가 참으려고 했는데….

재영   (속마음 튀어나오자 기뻐서) 뭘? 뭘 참으려고 했는데요, 형?

그때, 돌연 상체를 불쑥 일으킨 상우. 재영 앞으로 훅 다가간다.

상우   (빤히 보며) 너는… 못생겼으면 답도 없었어.

재영   (떨리지만, 맞서 보며) 저 잘생겼어요?

260

상우, 그때의 감촉 떠올라 입술 꾹 깨물며 얼른 시선 거두고,

다급하게 술병 가져가 직접 술 따르려 하는데.

재영, 제지하듯 상우의 손 부드럽게 감싸 쥐며 술병 가져간다.

가득 채워지는 술잔. 떨림 감추려 손등을 매만지는 상우의 손.

상우, 갈증 채우듯 술 벌컥 들이마시고는.

상우	(복받쳐 올라, 저도 모르게 툭) 장재영.
재영	!! (갑작스러운 반말에 놀라는) 술버릇이야?
상우	…(변명하듯) 야자타임.
재영	(피식) 하고 싶어?
상우	(고개 끄덕)
재영	쌓인 게 얼마나 많길래.
	(술 취한 상우 귀엽게 보고) 좋아. 해 봐.
상우	(그러자 바로) 야, 장재영.
재영	(재미있어 식탁에 당겨 앉으며) 네, 형. 부르셨어요?
상우	(멈칫했다가 적응하고) 너 ~~또라이~~인 거… 알지?
재영	(웃음) 그럼요. 잘 알죠.
상우	(코웃음 치고) 알긴 뭘 알아. 미이친, 남의 얼굴에 낙서나 하고.
재영	아휴, 제가 죽일 놈입니다. 감히 형님 용안에 왜 그랬을까~
상우	사람 따라다니면서 괴롭히고… 짜증 나게 하고….
	(점점 울컥해) 내가 진짜, 내가 참으려고 했는데….
재영	(속마음 튀어나오자 기뻐서) 뭘? 뭘 참으려고 했는데요, 형?

진짜 개

점점 울컥

그때, 돌연 상체를 불쑥 일으킨 상우. 재영 앞으로 훅 다가간다.

상우	(빤히 보며) 너는… 못생겼으면 답도 없었어.
재영	(떨리지만, 맞서 보며) 저 잘생겼어요?

빼질대는 재영의 얼굴을 애증 어린 눈으로 보던 상우,

꼴 보기 싫다는 듯 손바닥으로 재영의 볼을 옆으로 쭉 민다.

재영, 지지 않고, 얼굴 제자리로 돌려 다시 상우 빤히 보면.

다시 힘줘 밀려던 상우, 재영에게 손목 잡히고.

그대로 재영의 얼굴 앞으로 끌려간다. 사뭇 진지한 재영의 표정.

재영	나 잘생겼어, 상우야?
상우	…(감정 토해내듯) 네. 존나 잘생겼어요, 형.
재영	…예고.
상우	(보면)
재영	1분 뒤 키스할 거야. 도망가려면 지금 가.

재영, 시선 피하지 않는 상우를 또렷이 응시하며, 도망갈 시간 주는데.

받은 숨 내쉬던 상우, 곧이어 거칠게 재영의 멱살을 붙들고 입술을 부딪친다.

재영의 입술에 어설프고 투박하게 뭉개지는 상우의 입술.

얼마 안 가 정신 차린 상우, 입술 떼어 내려 하면.

이번엔 재영이 상우의 목덜미를 부드럽게 감싸 제대로 된 키스를 한다.

상우, 처음엔 저항하려 하지만, 점점 재영의 능숙함에 말려드는데….

감독님
디렉션 :

재영, 애써 붙잡고
있던 이성의 끈이
뚝 끊김!

그때, 음악 뚝-하고 끊기는 턴테이블.

상우, 덩달아 정신이 번쩍 들고. 재영 밀치고 테이블을 뛰쳐나가면.

재영, 늦지 않게 상우 따라나서는데.

S#3. 레스토랑 앞 / 밤

술 깨고 정신 돌아오자, 제가 저지른 짓에 아찔해진 상우.

혼란스러운 얼굴로 어쩔 줄 몰라 하며 뛰어나오는데.

빼질대는 재영의 얼굴을 애증 어린 눈으로 보던 상우,

꼴 보기 싫다는 듯 손바닥으로 재영의 볼을 옆으로 쭉 민다.

재영, 지지 않고, 얼굴 제자리로 돌려 다시 상우 빤히 보면.

다시 힘줘 밀려던 상우, 재영에게 손목 잡히고.

그대로 재영의 얼굴 앞으로 끌려간다. 사뭇 진지한 재영의 표정.

재영	나 잘생겼어, 상우야?
상우	(감정 토해내듯) 네. 존나 잘생겼어요, 형.
재영	…예고.
상우	(보면)
재영	1분 뒤 키스할 거야. 도망가려면 지금 가.

> **감독님 디렉션:**
> 술기운
> + 섹시한 재영
> = 고장

재영, 시선 피하지 않는 상우를 또렷이 응시하며, 도망갈 시간 주는데.

받은 숨 내쉬던 상우, 곧이어 거칠게 재영의 멱살을 붙들고 입술을 부딪친다.

재영의 입술에 어설프고 투박하게 뭉개지는 상우의 입술.

얼마 안 가 정신 차린 상우, 입술 떼어 내려 하면.

이번엔 재영이 상우의 목덜미를 부드럽게 감싸 제대로 된 키스를 한다.

상우, 처음엔 저항하려 하지만, 점점 재영의 능숙함에 말려드는데…

> **감독님 디렉션:**
> 호흡이 달려
> 떼어지는 입술,
> 숨 몰아쉬는
> 두 사람

그때, 음악 뚝-하고 끊기는 턴테이블.

상우, 덩달아 정신이 번쩍 들고. 재영 밀치고 테이블을 뛰쳐나가면.

재영, 늦지 않게 상우 따라나서는데.

S#3. 레스토랑 앞 / 밤

술 깨고 정신 돌아오자, 제가 저지른 짓에 아찔해진 상우.

혼란스러운 얼굴로 어쩔 줄 몰라 하며 뛰어나오는데.

장재영 대본

감독님
디렉션:

키스도 하고
사귈 일만
남았는데…
장난하냐!!
억울, 황당!

재영 또 도망가게?

어느새 등 뒤까지 쫓아온 재영, 상우의 어깨를 붙잡아 돌린다.
레스토랑 앞에 정체하고 선 재영과 상우. *과호흡

재영 두 번이나 입술 박치기했음 책임져야지. 어딜 그냥 가?
상우 ('두 번'에 충격받아 머뭇거리다가) 첫 번째는… 죄송해요.

변명의 여지없이 제 잘못이에요.

그치만 두 번째는 쌍방과실이니까 없던 일로 해 주세요.

재영 쌍방과실?
상우 술 먹고 한 실수잖아요. 우리 둘 다 많이 취했고….
재영 (OL) 실수 아니야.
상우 !!
재영 (뚫어지게 보며) 너도 나랑 분명 같은 걸 느꼈잖아. 아냐?
상우 느끼긴 뭘 느껴요. (외면하려 하면)

성큼 상우에게 다가가는 재영, 상우의 가슴 위에 손을 올린다.

재영 다 됐고. 너 나 볼 때, 여기 뛰어, 안 뛰어?
상우 (흡- 숨 참고, 손 내치며) 안 뛰면 죽거든요.
재영 누가 생물학 강의 듣고 싶대?
상우 일시적인 현상일 뿐이에요. 좀 떨어져 있으면… 괜찮아질 거예요.
재영 (한숨, 저걸 어쩌지- 하는 눈으로 보다가) 상우야-
상우 (다급) 그러니까 〈베지 벤처러〉는 포기하지 말고 끝까지 부탁드려요.
재영 (박 터지는) 넌 이 와중에 게임 생각이 나냐? 징한 새끼….

(다가가며) 여기까지 와서 어떻게 멈춰.

상우 (뒷걸음질 치는)

재영   또 도망가게?

어느새 등 뒤까지 쫓아온 재영, 상우의 어깨를 붙잡아 돌린다.
레스토랑 앞에 정체하고 선 재영과 상우.*과호흡

재영   두 번이나 입술 박치기했음 책임져야지. 어딜 그냥 가?

상우   ('두 번'에 충격받아 머뭇거리다가) 첫 번째는… 죄송해요.
       변명의 여지없이 제 잘못이에요.
       그치만 두 번째는 쌍방과실이니까 없던 일로 해 주세요.

재영   쌍방과실?

상우   술 먹고 한 실수잖아요. 우리 둘 다 많이 취했고….

재영   (OL) 실수 아니야.

상우   !!

재영   (뚫어지게 보며) 너도 나랑 분명 같은 걸 느꼈잖아. 아냐?

상우   느끼긴 뭘 느껴요. (외면하려 하면)

> 감독님 디렉션 :
> 실기실 뽀뽀 들킨 게 충격

성큼 상우에게 다가가는 재영, 상우의 가슴 위에 손을 올린다.

재영   다 됐고. 너 나 볼 때, 여기 뛰어, 안 뛰어?

상우   (흡- 숨 참고, 손 내치며) 안 뛰면 죽거든요.

재영   누가 생물학 강의 듣고 싶대?

상우   일시적인 현상일 뿐이에요. 좀 떨어져 있으면… 괜찮아질 거예요.

재영   (한숨, 저걸 어쩌지- 하는 눈으로 보다가) 상우야-

상우   (다급) 그러니까 〈베지 벤처러〉는 포기하지 말고 끝까지 부탁드려요.

재영   (박 터지는) 넌 이 와중에 게임 생각이 나냐? 징한 새끼….
       (다가가며) 여기까지 와서 어떻게 멈춰.

상우   (뒷걸음질 치는)

 장재영 대본

재영 나더러 널 앞에 두고 게임이나 만들라고? 말이 돼?

상우 (자제시키며) 할 수 있어요. 욕정을 억제하고, 이성적으로….

상우, 재영을 피해 벽까지 몰렸다. 뒤로는 벽이, 앞에는 재영이, 퇴로가 막힌.

재영 (화 참으며) 너 나 열받게 하려고 일부러 이러지?

상우 (울컥) 그럼 뭐 어떡해요! 연애라도 하자는 거예요?

재영 못할 건 또 뭔데.

상우 !!

재영 키스도 했는데 까짓것 데이트고 연애고 못할 게 뭐가 있어. ~~냐고~~

상우 (생각도 안 해 봤다) 그게 무슨 말도 안 되는, 이상한 소리 하지 마요!

혼란스러운 상우. 안 되겠다 싶어,
재영의 허리를 팔꿈치로 힘껏 밀치고 도망친다.
갑작스러운 공격에 악- 허리 움켜쥐는 재영.

재영 저게 진짜…!!

3b. 레스토랑, 골목길 / 밤

재영, 눈에 독기 올라 상우 쫓아가면.
힉- 기겁하며 전속력으로 달리는 상우. 두 사람 추격 이어지다가
얼마 못 가, 재영의 손에 후드티를 콱 붙잡히는 상우.

상우 (발버둥 치며) 이, 이거 놔요!!

재영 버릇없이 걸핏하면 도망치는 건 어디서 배웠어! 얘기 끝내고 가!!
    이게

재영, 지나가던 사람들이 이상하게 보자,

재영　　나더러 널 앞에 두고 게임이나 만들라고? 말이 돼?

상우　　(자제시키며) 할 수 있어요. 욕정을 억제하고, 이성적으로…

상우, 재영을 피해 벽까지 몰렸다. 뒤로는 벽이, 앞에는 재영이, 퇴로가 막힌.

재영　　(화 참으며) 너 나 열받게 하려고 일부러 이러지?

상우　　(울컥) 그럼 뭐 어떡해요! 연애라도 하자는 거예요?

재영　　못할 건 또 뭔데.

상우　　!!

재영　　키스도 했는데 까짓것 데이트고 연애고 못할 게 뭐가 있어.

상우　　(생각도 안 해 봤다) 그게 무슨 말도 안 되는, 이상한 소리 하지 마요!

혼란스러운 상우. 안 되겠다 싶어,

재영의 허리를 팔꿈치로 힘껏 밀치고 도망친다.

갑작스러운 공격에 악- 허리 움켜쥐는 재영.

재영　　저게 진짜…!!

3b. 레스토랑, 골목길 / 밤

재영, 눈에 독기 올라 상우 쫓아가면.

힉- 기겁하며 전속력으로 달리는 상우. 두 사람 추격 이어지다가

얼마 못 가, 재영의 손에 후드티를 콱 붙잡히는 상우.

상우　　(발버둥 치며) 이, 이거 놔요!!

재영　　버릇없이 걸핏하면 도망치는 건 어디서 배웠어! 얘기 끝내고 가!!

재영, 지나가던 사람들이 이상하게 보자,

상우 목덜미 꽉 쥔 채 골목길로 끌고 가고.

S#4.　　레스토랑, 뒷골목 / 밤

어두운 골목길 벽에 쿵 부딪히는 상우.

씩씩- 앞에서 화 다스리는 재영을 무섭게 본다. 살짝 겁먹은.

그러나 포기하지 않고 다시 도망갈 기회 노리며, 왼발을 슬쩍 옆으로 뻗는데.

재영　　도망가면 죽는다. 생각 좀 하게 기다려.

뜨끔하며 제자리로 돌아오는 상우의 왼발. 상우 정자세로 얌전히 기다리면.

재영, 그런 상우 어이없게 보다가, 못 이기고 결국 항복의 한숨 내쉰다.

재영　　추상우.

상우　　(긴장하고 보면)

재영　　문제가 있으면 핵심에 접근해서 원인을 제거하는 게 네 방법 아니야?

상우　　(정곡 찔린, 그러나 고집스럽게) 그래서요?

　　　　설마 연애가 그 해결책이라는 건 아니죠?

재영　　(회유하려) 정 모르겠으면 2주 체험판이라도 해 보던가.

상우　　(황당) 선배가 무슨 스트리밍 사이트에요?

재영　　왜, 정기구독하고 싶어질까 봐 겁나?

상우　　(단호) 설마요.

상우, 말과 달리 조금 흔들린 표정. 이런 고민 자체가 낯설고 괴롭다.

재영, 괴로움에 요동치는 상우의 표정 보고 있자니 안쓰럽고.

조금 누그러진 태도로, 상우의 손을 잡고 상우의 심장 쪽으로 가져간다.

감독님
디렉션 :

재영　　피하지 말고 무시하지도 말고, 그냥 느껴 봐.　　상우에게
타이르듯

268

상우 목덜미 꽉 쥔 채 골목길로 끌고 가고.

S#4. 레스토랑, 뒷골목 / 밤

어두운 골목길 벽에 쿵 부딪히는 상우.

씩씩- 앞에서 화 다스리는 재영을 무섭게 본다. 살짝 겁먹은.

그러나 포기하지 않고 다시 도망갈 기회 노리며, 왼발을 슬쩍 옆으로 뻗는데.

재영   도망가면 죽는다. 생각 좀 하게 기다려.

뜨끔하며 제자리로 돌아오는 상우의 왼발. 상우 정자세로 얌전히 기다리면.

재영, 그런 상우 어이없게 보다가, 못 이기고 결국 항복의 한숨 내쉰다.

재영   추상우.

상우   (긴장하고 보면)

재영   문제가 있으면 핵심에 접근해서 원인을 제거하는 게 네 방법 아니야?

상우   (정곡 찔린, 그러나 고집스럽게) 그래서요?

          설마 연애가 그 해결책이라는 건 아니죠?

재영   (회유하려) 정 모르겠으면 2주 체험판이라도 해 보던가.

상우   (황당) 선배가 무슨 스트리밍 사이트예요?

재영   왜, 정기구독하고 싶어질까 봐 겁나?

상우   (단호) 설마요.

상우, 말과 달리 조금 흔들린 표정. 이런 고민 자체가 낯설고 괴롭다.

재영, 괴로움에 요동치는 상우의 표정 보고 있자니 안쓰럽고.

조금 누그러진 태도로, 상우의 손을 잡고 상우의 심장 쪽으로 가져간다.

재영   피하지 말고 무시하지도 말고, 그냥 느껴 봐.

그러고 나면 지금 널 괴롭히는 혼란도 없어질지 모르잖아.

상우, 재영이 쥐고 있는 자신의 손에 시선이 간다.
자신의 손등을 쓸어내리는 재영의 엄지손가락. 빼지 않는 상우.

상우　　…제안을 검토할 시간을 주세요.

밤하늘 정적 아래, 서로 마주 보고 선 재영과 상우의 모습에서 **페이드아웃**.

S#5.　　도서관 앞 / 낮

안경에 츄리닝 차림, 교재 가득 옆구리에 끼고 도서관으로 들어가는 학생들.
시험 기간의 삭막한 분위기 보이고.

S#6.　　공학관, 강의실 / 낮

고민 가득한 표정으로 한숨 푹 내쉬며, 강의실로 들어오는 상우.

상우　　왜 시간을 끌어선….

자리에 앉아 핸드폰 빤히 보는 상우.
지금이라도 거절할까 싶어 채팅창 들어갔다가, 머뭇거리며 꺼 버리고.
체크리스트에서 〈중간고사 대비 복습 목록〉 확인하며 책 펼치는 모습 위로.

재영　　(E) 하아- 시험 대체 언제 끝나냐….

> 감독님 디렉션:
> 상우랑 엎드린 자세
> 동일(S#6)
> Reverse

S#7.　　카페테리아 / 낮

카페 의자에 삐딱하게 앉아 아메리카노 쪽 빠는 재영. 무료한 표정이다.
앞에서 전공 시험 공부 중인 유나, 그런 재영을 얄밉게 노려본다.

그러고 나면 지금 널 괴롭히는 혼란도 없어질지 모르잖아.

상우, 재영이 쥐고 있는 자신의 손에 시선이 간다.

자신의 손등을 쓸어내리는 재영의 엄지손가락. 빼지 않는 상우.

상우　　…제안을 검토할 시간을 주세요.

밤하늘 정적 아래, 서로 마주 보고 선 재영과 상우의 모습에서 **페이드아웃**.

S#5.　　도서관 앞 / 낮

안경에 츄리닝 차림, 교재 가득 옆구리에 끼고 도서관으로 들어가는 학생들.

시험 기간의 삭막한 분위기 보이고.

S#6.　　공학관, 강의실 / 낮

고민 가득한 표정으로 한숨 푹 내쉬며, 강의실로 들어오는 상우.

> **감독님 디렉션 :**
>
> 너저분한 책상 세팅,
> 책상에 쓰러지듯 눕는 상우
> (상우가 절대 하지 않는 행동)

상우　　왜 시간을 끌어선….

자리에 앉아 핸드폰 빤히 보는 상우.

지금이라도 거절할까 싶어 채팅창 들어갔다가, 머뭇거리며 꺼 버리고.

체크리스트에서 〈중간고사 대비 복습 목록〉 확인하며 책 펼치는 모습 위로.

재영　　(E) 하아- 시험 대체 언제 끝나냐….

S#7.　　카페테리아 / 낮

카페 의자에 삐딱하게 앉아 아메리카노 쪽 빠는 재영. 무료한 표정이다.

앞에서 전공 시험 공부 중인 유나, 그런 재영을 얄밉게 노려본다.

유나　　장난하냐? 시작도 안 했는데 무슨 초 치는 것도 아니고….

재영　　그 시험 아니고, 장재영 인내심 테스트.

　　　　(의자에 축 늘어지며) 성격에 안 맞는 짓 하려니까 죽겠다….

유나　　뭐래. (책 던지며) 할 일 없음 예상 문제나 뽑아 봐.

재영　　앗, 갑자기 배가 고프네?　배 존나 고프다!

　　　　(핸드폰 꺼내) 고탁이 불러서 밥이나 먹어야겠다~　지

유나　　(찌릿) 하여튼 인생에 도움이 안 돼요.

재영, 얄밉게 웃으며 형탁에게 전화 거는데.

마침 카페 입구로 들어오는 형탁.

재영, 인사하려 손 번쩍 드는데, 형탁 발신자 확인하더니 전화 꺼 버린다.

저게? 인상 확 구기는 재영.

재영　　야! 고형탁!!

형탁　　(눈 마주치고 힉- 놀라는)

> 감독님 디렉션:
>
> 스탠드 불빛 있나?
> 있으면 형탁 얼굴에
> 눈뽕!
> 수사물 장르처럼.

재영, 다 봤다, 경고의 손짓하고 손가락 까딱까딱하면.

깨갱- 하며 자리로 오는 형탁인데.

(CUT TO)

컷 튀어. 죄인처럼 재영 앞에 두 손 모으고 앉은 형탁. 재영, 취조 모드고.

유나, 책 보며 공부에 집중하려 하지만 영 불편한 눈치다.

재영　　(팔짱 긴 채) 요즘 어째 읽씹이 잦다 했다.

　　　　공부하는 줄 알았더니, 감히 알고도 씹은 거였어?

형탁　　(삐로통해 입술만 쭉 내밀면)

재영　　뭘 잘했다고 입 삐죽이야? 당장 변명 안 해?

272

유나	장난하냐? 시작도 안 했는데 무슨 초 치는 것도 아니고….
재영	그 시험 아니고, 장재영 인내심 테스트.
	(의자에 축 늘어지며) 성격에 안 맞는 짓 하려니까 죽겠다….
유나	뭐래. (책 던지며) 할 일 없음 예상 문제나 뽑아 봐.
재영	앗, 갑자기 배가 고프네?
	(핸드폰 꺼내) 고탁이 불러서 밥이나 먹어야겠다~
유나	(찌릿) 하여튼 인생에 도움이 안 돼요.

재영, 얄밉게 웃으며 형탁에게 전화 거는데.
마침 카페 입구로 들어오는 형탁.
재영, 인사하려 손 번쩍 드는데, 형탁 발신자 확인하더니 전화 꺼 버린다.
저게? 인상 확 구기는 재영.

재영	야! 고형탁!!
형탁	(눈 마주치고 힉- 놀라는)

재영, 다 봤다, 경고의 손짓하고 손가락 까딱까딱하면.
깨갱- 하며 자리로 오는 형탁인데.

(CUT TO)

컷 튀어. 죄인처럼 재영 앞에 두 손 모으고 앉은 형탁. 재영, 취조 모드고.
유나, 책 보며 공부에 집중하려 하지만 영 불편한 눈치다.

재영	(팔짱 낀 채) 요즘 어째 읽씹이 잦다 했다.
	공부하는 줄 알았더니, 감히 알고도 씹은 거였어?
형탁	(뾰로통해 입술만 쭉 내밀면)
재영	뭘 잘했다고 입 삐쭉이야? 당장 변명 안 해?

유나 (참다못해) 애가 좋아하는 애가 너 좋아하는 것 같단다.

형탁 (벌떡 일어나며) 아 누나~!

유나 뭘 숨겨? 마음 꽁해서 계속 장재영 안 볼 거야?

형탁 (흘기며 앉는) 이씨….

재영 뭔 소리야, 누구… (생각하다가, 황당하게) 류지혜?

형탁 (금방이라도 울 것 같은 얼굴로) 밥 먹는데 형 이야기만 하잖아…!
     이상형이 뭐냐, 연애 스타일은 어떠냐, 고백을 먼저 하네 마네,
     거기다 좋아하는 사람까지 있다 하구…!!

형탁, 잉잉- 대며 테이블에 얼굴 박으면.
재영, 안쓰러운 듯 손 뻗어 형탁의 뒤통수 살살 쓰다듬다가… 찰싹! 때린다.

형탁 아!

재영 야, 걔 나 안 좋아하거든? 걔 나 싫어해.

형탁 (울컥) 형이 어떻게 알아!
     원래 짝사랑은 당사자가 제일 모르는 법이야!

재영 (환장) 알아! 너보다 잘 알아.

형탁 아 몰라아… 난 이제 끝났어….
     시험 끝나면 고백할 거라 했단 말이야.

재영 !!

형탁 형… 받아 줄 거야? 안 받아 줄 거지이… 우리 우정 생각해서라두….

재영 (꿀밤) 의리 따지는 놈이 쌩깠냐?   우정 생각하는
     됐고. (핸드폰 던져 주며) 류지혜 번호나 넘겨 봐.

형탁 (배신감 느껴) 형!!

재영 얼.른. (혼자 결의 다지는) 초장에 싹을 확 잘라 버려야지.

유나, 결이 조금 다른 재영의 반응 뭔가 싶어 보는데.

유나	(참다못해) 애가 좋아하는 애가 너 좋아하는 것 같단다.
형탁	(벌떡 일어나며) 아 누나~!
유나	뭘 숨겨? 마음 꽁해서 계속 장재영 안 볼 거야?
형탁	(흘기며 앉는) 이씨….
재영	뭔 소리야, 누구… (생각하다가, 황당하게) 류지혜?
형탁	(금방이라도 울 것 같은 얼굴로) 밥 먹는데 형 이야기만 하잖아…!
	이상형이 뭐냐, 연애 스타일은 어떠냐, 고백을 먼저 하네 마네,
	거기다 좋아하는 사람까지 있다 하구…!!

형탁, 잉잉- 대며 테이블에 얼굴 박으면.
재영, 안쓰러운 듯 손 뻗어 형탁의 뒤통수 살살 쓰다듬다가… 찰싹! 때린다.

형탁	아!
재영	야, 걔 나 안 좋아하거든? 걔 나 싫어해.
형탁	(울컥) 형이 어떻게 알아!
	원래 짝사랑은 당사자가 제일 모르는 법이야!
재영	(환장) 알아! 너보다 잘 알아.
형탁	아 몰라아… 난 이제 끝났어….
	시험 끝나면 고백할 거라 했단 말이야.
재영	!!
형탁	형… 받아 줄 거야? 안 받아 줄 거지이… 우리 우정 생각해서라두….
재영	(꿀밤) 의리 따지는 놈이 쎙갔냐?
	됐고. (핸드폰 던져 주며) 류지혜 번호나 넘겨 봐.
형탁	(배신감 느껴) 형!!
재영	얼.른. (혼자 결의 다지는) 초장에 싹을 확 잘라 버려야지.

유나, 결이 조금 다른 재영의 반응 뭔가 싶어 보는데.

275

S#8.   산책로, 자판기 앞 / 낮

테이블에 앉아 여유롭게 블랙홀릭 따 마시는 재영.

지혜, 그 앞에 불편하게 서서, 재영이 무슨 일로 불렀나 가늠하고 있다.

재영	크- 언제 마셔도 참 맛없어? 입맛 참 독특해. 그치? ~~맛대가리~~
지혜	상추 오빠 이제 그거 안 마시는데요. 하냐
재영	(멈칫했다가, 딱 보고) 지혜야. 너 나 좋아해?
지혜	(황당해 긴장 확 풀리는) 네??
재영	형탁이한테 꼬치꼬치 물었다며. 나에 대해서.
지혜	(당황) 아, 그건- 그냥 인간적인 호기심으로….
재영	(일어서 마주 보고) 하지 마, 고백.
지혜	(어이없어) 저 선배 안 좋아해요!
재영	난 좋아해. 추상우.

> 감독님 디렉션:
> 재영,
> 지혜 도발에
> 거슬린다는 표정.
> 곧 평정 되찾고…

> 담백하게!

직격타에 벙찌는 지혜. 두 사람 사이에 폭풍전야의 분위기 감돌고.

이어 각자 팔짱 끼고 대척하고 서는 재영과 지혜. 눈에서 불꽃이 튄다.

재영	그러니까 포기해. 해 봤자 대답 뻔하잖아.
	(상우 따라 하듯) "미안. 그런 데 낭비할 시간 없어."
지혜	(기분 나쁜) 조언은 감사한데, 참견이 지나치시네요.
	선배나 저나 비슷한 처지 같은데, 제가 포기할 이유 없지 않나요?
재영	(거슬린다는 듯 보다가) 그래, 뭐 마음은 충분히 이해해.
	(감상에 젖어) 추상우… 욕심날 만하지.
	머리 좋지, 귀엽지, 준법정신 투철하지. 졸업하면 돈도 잘 벌 거야.
지혜	(헐- 왜 저래) 이쁘지
재영	(돌변해) 근데 나도 물러설 생각 없거든.
	지금처럼 계속 얼쩡댈 생각이면 나랑 붙을 각오 제대로 해야 할 거야.

S#8.　산책로, 자판기 앞 / 낮

테이블에 앉아 여유롭게 블랙홀릭 따 마시는 재영.

지혜, 그 앞에 불편하게 서서, 재영이 무슨 일로 불렀나 가늠하고 있다.

재영	크- 언제 마셔도 참 맛없어? 입맛 참 독특해. 그치?
지혜	상추 오빠 이제 그거 안 마시는데요.
재영	(멈칫했다가, 딱 보고) 지혜야. 너 나 좋아해?
지혜	(황당해 긴장 확 풀리는) 네??
재영	형탁이한테 꼬치꼬치 물었다며. 나에 대해서.
지혜	(당황) 아, 그건- 그냥 인간적인 호기심으로….
재영	(일어서 마주 보고) 하지 마, 고백.
지혜	(어이없어) 저 선배 안 좋아해요!
재영	난 좋아해. 추상우.

직격타에 벙찌는 지혜. 두 사람 사이에 폭풍전야의 분위기 감돌고.

이어 각자 팔짱 끼고 대척하고 서는 재영과 지혜. 눈에서 불꽃이 튄다.

재영	그러니까 포기해. 해 봤자 대답 뻔하잖아.
	(상우 따라 하듯) "미안. 그런 데 낭비할 시간 없어."
지혜	(기분 나쁜) 조언은 감사한데, 참견이 지나치시네요.
	선배나 저나 비슷한 처지 같은데, 제가 포기할 이유 없지 않나요?
재영	(거슬린다는 듯 보다가) 그래, 뭐 마음은 충분히 이해해.
	(감상에 젖어) 추상우… 욕심날 만하지.
	머리 좋지, 귀엽지, 준법정신 투철하지. 졸업하면 돈도 잘 벌 거야.
지혜	(헐- 왜 저래)
재영	(돌변해) 근데 나도 물러설 생각 없거든.
	지금처럼 계속 얼쩡댈 생각이면 나랑 붙을 각오 제대로 해야 할 거야.

지혜	(떨떠름…) 상추 오빠는 선배가 이런 사람인 거 알아요?
재영	너보다 잘 알걸? 우리가 생각보다 '깊은' 사이거든. (여유 있는 표정)
지혜	(그건 반박의 여지없어 억울….)
재영	아, 근데 너 말이야. 피도 한 방울도 안 섞인 게 오빠는 무슨 오빠야.
	그리고 어디서 하늘 같은 선배님한테 버릇없이 채소 이름을 붙여?
지혜	(오기 생겨) 상추 오빠가 그렇게 해도 된댔어요!
재영	내가 싫어. 하지 마.
	꼭 불러야 되면 '추 씨'라고 불러. 어이, 추 씨! 이렇게.
지혜	(황당) 네?

억지 부리는 재영을 어이없게 보는 지혜인데.

S#9.   미대, 실기실 / 낮

재영 없는 실기실 책상에 앉아,

까딱까딱 메트로놈처럼 마우스를 일정 간격으로 클릭하는 상우.

박자 맞춰 재영 자리 봤다가, 시선 거뒀다가를 반복한다.

신경 거슬리지만, 참고 공부하려던 유나, 어느새 박자에 리듬까지 타 버리고.

참다못해 보던 책을 팍 덮는다.

유나	거 맘 잡고 공부 좀 해 보려고 했더니만…!!
	추상추 너까지 정신 사납게 왜 그래? 아 장재영 불러줘?
상우	됐다니까….
유나	아흐– 답답해. 뭐 마려운 똥개 마냥 굴지 말고.
	궁금한 거 있으면 물어봐. 아는 선에서 최대한 답해 줄 테니까.

유나, 의자 아예 돌려 얘기할 각 잡자,

슬쩍 눈치 보더니, 이내 노트북 덮어 버리고는 본격적으로 질문하는 상우.

지혜   (떨떠름…) 상추 오빠는 선배가 이런 사람인 거 알아요?

재영   너보다 잘 알걸? 우리가 생각보다 '깊은' 사이거든. (여유 있는 표정)

지혜   (그건 반박의 여지없어 억울….)

재영   아, 근데 너 말이야. 피도 한 방울도 안 섞인 게 오빠는 무슨 오빠야.

       그리고 어디서 하늘 같은 선배님한테 버릇없이 채소 이름을 붙여?

지혜   (오기 생겨) 상추 오빠가 그렇게 해도 된댔어요!

재영   내가 싫어. 하지 마.

       꼭 불러야 되면 '추 씨'라고 불러. 어이, 추 씨! 이렇게.

지혜   (황당) 네?

억지 부리는 재영을 어이없게 보는 지혜인데.

S#9.   미대, 실기실 / 낮

재영 없는 실기실 책상에 앉아,

까딱까딱 메트로놈처럼 마우스를 일정 간격으로 클릭하는 상우.

박자 맞춰 재영 자리 봤다가, 시선 거뒀다가를 반복한다.

신경 거슬리지만, 참고 공부하려던 유나, 어느새 박자에 리듬까지 타 버리고.

참다못해 보던 책을 팍 덮는다.

유나   거 맘 잡고 공부 좀 해 보려고 했더니만…!!

       추상추 너까지 정신 사납게 왜 그래? 아 장재영 불러줘?

       괜찮
상우   됐다니까요….

유나   아흐─ 답답해. 뭐 마려운 똥개 마냥 굴지 말고.

       궁금한 거 있으면 물어봐. 아는 선에서 최대한 답해 줄 테니까.

유나, 의자 아예 돌려 얘기할 각 잡자,

슬쩍 눈치 보더니, 이내 노트북 덮어 버리고는 본격적으로 질문하는 상우.

상우	재영 선배 예전 교제 상대 정보랑 기간, 아는 대로 말해 주세요.
유나	(쩝) 아~ 나 연애 상담은 질색인데….
상우	그런 거 아니고. 미래 예측을 위해 과거 데이터가 필요한 거뿐이에요. 어디까지나 변수 측정 차원에서.
유나	(귀 후비고) 뭐라는 거야. 암튼 장재영 연애사가 궁금하다는 거잖아.
상우	(고개 끄덕)
유나	뭐 지금 대충 생각나는 거 떠올려 보자면-

"신입생 때 과 선배랑 두 달 CC였고, 그다음엔 무용과, 스튜어디스 언니…."
유나, 주먹 들어, 손가락 하나씩 펼칠 때마다, 상우의 표정 점점 굳어가는데.
컷 튀어, 마지막 7번째로 끝마친 유나, 개운한 얼굴로.

유나	암튼 내가 아는 건 대충 이 정도.
	대체로 얼마 못 만났어, 연상이 대다수고.
상우	…(심각해져) 결별 원인은요?
유나	걔 성격 알잖아. 잘 질리고 참을성 없는 거.
	연애에 그닥 진지한 스타일도 아닌 거 같고.

그런가? 순간 레스토랑에서 자신의 대답 기다리던 재영의 모습 떠오르는.
INS〉 #4. 보채지 않고, 가만히 손등만 쓸어내리던 재영의 엄지손가락.

유나	아, 그런 얘기도 했다. 애정 표현 별로 없고 무뚝뚝해서 싫다고.
	딱 애인 섭섭하게 할 스타일이라던데.
상우	(아닌 거 같은데… 공감 못 하고 있으면)
유나	(씩 웃으며) 왜, 너한텐 안 그래?
상우	!! 아니라니까요. 그런 거.
유나	그래~ 그렇다 치고. 근데 요즘엔 좀 달라진 거 같애, 그 자식.

다 알려

상우 재영 선배 예전 교제 상대 정보량 기간, 아는 대로 말해 주세요.

유나 (쩝) 아~ 나 연애 상담은 질색인데….

상우 그런 거 아니고. 미래 예측을 위해 과거 데이터가 필요한 거뿐이에요. 어디까지나 변수 측정 차원에서.

유나 (귀 후비고) 뭐라는 거야. 암튼 장재영 연애사가 궁금하다는 거잖아.

상우 (고개 끄덕)

유나 뭐 지금 대충 생각나는 거 떠올려 보자면-

"신입생 때 과 선배랑 두 달 CC였고, 그다음엔 무용과, 스튜어디스 언니…."
유나, 주먹 들어, 손가락 하나씩 펼칠 때마다, 상우의 표정 점점 굳어가는데.
컷 튀어, 마지막 7번째로 끝마친 유나, 개운한 얼굴로.

유나 암튼 내가 아는 건 대충 이 정도.
대체로 얼마 못 만났어, 연상이 대다수고.

상우 …(심각해져) 결별 원인은요?

유나 걔 성격 알잖아. 잘 질리고 참을성 없는 거.
연애에 그닥 진지한 스타일도 아닌 거 같고.

그런가? 순간 레스토랑에서 자신의 대답 기다리던 재영의 모습 떠오르는.
INS〉#4, 보채지 않고, 가만히 손등만 쓸어내리던 재영의 엄지손가락.

유나 아, 그런 얘기도 했다. 애정 표현 별로 없고 무뚝뚝해서 싫다고.
딱 애인 섭섭하게 할 스타일이라던데.

상우 (아닌 거 같은데… 공감 못 하고 있으면)

유나 (씩 웃으며) 왜, 너한텐 안 그래?

상우 !! 아니라니까요. 그런 거.

유나 그래~ 그렇다 치고. 근데 요즘엔 좀 달라진 거 같애, 그 자식.

장재영 대본

상우	(관심 가지고 보면)

상우　(관심 가지고 보면)

유나　뭐 인내심 테스트 중이라던데… 걔 성격에? 죽을 때가 다 된 거지.

상우　…그래도 친구인데 표현 수위가 좀 과격하네요.

유나　애인도 아닌 주제에 발끈하긴?

상우　(입 꾹 다물면)

유나　암튼. 누군진 몰라도 이번엔 꽤 진지한가 봐~? (상우 힐끔)

　　　　사람이 안 하던 짓을 한다는 건 그만큼 특별하다는 거잖아.

　　　　안 그래, 추상추?

상우　(흥) 정보 주신 건 감사한데, 남의 이름 멋대로 바꾸지 마세요.

　　　　제가 최유최라고 부르면 좋겠어요?

유나　(어깨 으쓱) 난 그닥 상관없는데?

상우　그럼 앞으로 그렇게 부를게요. 최유최.

유나　(낄낄낄) 맘대로 하셔! (일어나며) 난 도서관이나 갈란다~

유나의 말 듣고 생각 많아진 상우.

테이블 근처에 있던 '재영을 닮은 베벤캐릭터' 낙서(재영이 그린)

괜히 꾸깃꾸깃 접는다.

> 감독님
> 디렉션:
> 블랙홀릭 캔
> 꾸깃 액팅

S#10.　미대, 실기실 앞 복도 / 낮

기세가 열렬했던 조금 전과 달리, 현타 와 터덜터덜 실기실로 향하는 재영.

재영　추하다, 재영아….

가볍게 한숨 내뱉고, 실기실로 들어가려는데,

실기실 문 열리고 유나 나온다.

유나　타이밍 죽이네. 얼른 들어가 봐.

상우	(관심 가지고 보면)
유나	뭐 인내심 테스트 중이라던데… 걔 성격에? 죽을 때가 다 된 거지.
상우	…그래도 친구인데 표현 수위가 좀 과격하네요.
유나	애인도 아닌 주제에 발끈하긴?
상우	(입 꾹 다물면)
유나	암튼. 누군진 몰라도 이번엔 꽤 진지한가 봐~? (상우 힐끔)
	사람이 안 하던 짓을 한다는 건 그만큼 특별하다는 거잖아.
	안 그래, 추상추?
상우	(흥) 정보 주신 건 감사한데, 남의 이름 멋대로 바꾸지 마세요.
	제가 최유최라고 부르면 좋겠어요?
유나	(어깨 으쓱) 난 그닥 상관없는데?
상우	그럼 앞으로 그렇게 부를게요. 최유최.
유나	(낄낄낄) 맘대로 하셔! (일어나며) 난 도서관이나 갈란다~

유나의 말 듣고 생각 많아진 상우.
테이블 근처에 있던 '재영을 닮은 베벤캐릭터' 낙서(재영이 그린)
괜히 꾸깃꾸깃 접는다.

S#10. 미대, 실기실 앞 복도 / 낮

기세가 열렬했던 조금 전과 달리, 현타 와 터덜터덜 실기실로 향하는 재영.

재영	추하다, 재영아….

가볍게 한숨 내뱉고, 실기실로 들어가려는데,
실기실 문 열리고 유나 나온다.

유나	타이밍 죽이네. 얼른 들어가 봐.

재영, 뭐지? 싶어 들어가면.

S#11.　미대, 실기실 / 낮

얌전히 앉아, 뭉친 포스트잇 종이를 재영의 모니터에 맞추고 있는 상우.
재영, 꿈인가 싶어, 눈 비비고 다시 보고. 이내 웃으며 다가간다.

재영　　(앞에선 퉁명한 척) 검토할 시간 달라며. 여긴 왜 왔어? 〔나〕
상우　　(깜짝, 서둘러 포커페이스 장착하고) 게임은 계속하자고 했잖아요.

피식 웃으며 자리에 앉는 재영. 여유롭게 추궁하는.

재영　　보고 싶었단 말을 참 어렵게도 하네. 언제쯤 솔직해질래? 〔너〕
상우　　…맘대로 생각해요. 망상은 자유니까.

재영, 도도하게 구는 상우, 밉지만 귀엽고.
이내 재킷을 벗으며, 작업 시작할 준비한다.

재영　　렌더링 디테일 수정부터 한다?

더 이상 딴지 안 걸고, 넘어가 주는 재영이 내심 고마워 힐끔 보는 상우.
소매 걷어 올린 재영의 안쪽 팔뚝에서 이상한 모양의 타투를 발견한다.
신기해 빤히 보면, 재영 그런 상우의 시선 느끼고.

재영　　뚫리겠다.
상우　　(안 본 척)
재영　　(팔 틀어, 타투 더 잘 보이게 하며) 왜, 양아치 같아?
상우　　(관심 쉽게 못 끄고 다시 보며) …약간. 무슨 뜻이에요?

재영, 뭐지? 싶어 들어가면.

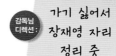

감독님 디렉션: 가기 싫어서 장재영 자리 정리 중

S#11.　미대, 실기실 / 낮

얌전히 앉아, 뭉친 포스트잇 종이를 재영의 모니터에 맞추고 있는 상우.
재영, 꿈인가 싶어, 눈 비비고 다시 보고. 이내 웃으며 다가간다.

재영　(앞에선 퉁명한 척) 검토할 시간 달라며. 여긴 왜 왔어?

상우　(깜짝, 서둘러 포커페이스 장착하고) 게임은 계속하자고 했잖아요.

피식 웃으며 자리에 앉는 재영. 여유롭게 추궁하는.

재영　보고 싶었단 말을 참 어렵게도 하네. 언제쯤 솔직해질래?

상우　…맘대로 생각해요. 망상은 자유니까.

재영, 도도하게 구는 상우, 밉지만 귀엽고.
이내 재킷을 벗으며, 작업 시작할 준비한다.

재영　렌더링 디테일 수정부터 한다?

더 이상 딴지 안 걸고, 넘어가 주는 재영이 내심 고마워 힐끔 보는 상우.
소매 걷어 올린 재영의 안쪽 팔뚝에서 이상한 모양의 타투를 발견한다.
신기해 빤히 보면, 재영 그런 상우의 시선 느끼고.

재영　뚫리겠다.

상우　(안 본 척)

재영　(팔 틀어, 타투 더 잘 보이게 하며) 왜, 양아치 같아?

상우　(관심 쉽게 못 끄고 다시 보며) …약간. 무슨 뜻이에요?

재영   별 뜻 없어. 그냥 좋아서 한 건데. 너도 그려 줄까?

상우   됐어요.

재영, 상우의 대답 듣지도 않고,
검정 네임펜 들고 와, 상우 앞으로 의자 당겨 앉는다.
그리고는 상우의 손목 끌고 와 부드럽게 감싸 쥐는.

상우   (빼내려 하며) 아, 뭐 해요.

재영   있어 봐. 너한테 딱 어울리는 거 생각났어.

재영, 쓱싹쓱싹, 거침없이 펜 끝을 상우의 살갗 위로 미끄러뜨린다.
간지러운지 작게 움찔거리는 상우. 이내 호기심에 져 저항하길 포기하고.
이내 집중한 재영의 얼굴을 진득하게 보다가.

상우   (감정 누르며) 뭐 그리는 건데요?

재영   네가 좋아하는 거.

상우, 이제 재영이 그리는 그림 따위는 안 중요하고,
이 순간의 설렘만이 크게 다가온다. 기분 좋게 뛰는 심장.

S#12.   빌라 앞, 길거리 / 밤

집으로 향하는 상우와 재영.
상우의 손목엔 귀여운 당근맨 타투가 그려져 있다. 상우 신기해 계속 보면.

재영   (씩 웃으며) 마음에 드나 봐? 계속 보네?

상우   (황급히 소매 걷어 내리고, 새침) 또 지우는 데 한참 걸리겠네요.

재영   (웃고) 열심히 그렸는데 쉽게 지워지면 안 되지~

재영   별 뜻 없어. 그냥 좋아서 한 건데. 너도 그려 줄까?

상우   됐어요.

재영, 상우의 대답 듣지도 않고,

검정 네임펜 들고 와, 상우 앞으로 의자 당겨 앉는다.

그리고는 상우의 손목 끌고 와 부드럽게 감싸 쥐는.

상우   (빼내려 하며) 아, 뭐 해요.

재영   있어 봐. 너한테 딱 어울리는 거 생각났어.

재영, 쓱싹쓱싹, 거침없이 펜 끝을 상우의 살갗 위로 미끄러뜨린다.

간지러운지 작게 움찔거리는 상우. 이내 호기심에 져 저항하길 포기하고.

이내 집중한 재영의 얼굴을 진득하게 보다가.

상우   (감정 누르며) 뭐 그리는 건데요?

재영   네가 좋아하는 거.

상우, 이제 재영이 그리는 그림 따위는 안 중요하고,

이 순간의 설렘만이 크게 다가온다. 기분 좋게 뛰는 심장.

S#12.   빌라 앞, 길거리 / 밤

집으로 향하는 상우와 재영.

상우의 손목엔 귀여운 당근맨 타투가 그려져 있다. 상우 신기해 계속 보면.

재영   (씩 웃으며) 마음에 드나 봐? 계속 보네?

상우   (황급히 소매 걷어 내리고, 새침) 또 지우는 데 한참 걸리겠네요.

재영   (웃고) 열심히 그렸는데 쉽게 지워지면 안 되지~

상우, 순간 재영의 웃는 옆모습 눈에 박혀, 가만 보다가.

상우 선배.

재영 응?

상우 2주 체험판에선 우리가 뭘 할 수 있는데요?

재영, 상우의 말에 멈추어 서고, 상우도 따라 멈추어 선다.

상우 제 말은, 그걸 지금 결정하겠다는 게 아니라―

재영, 순식간에 상우의 손 붙들어 잡으며 깍지 낀다. 얼어붙는 상우.

재영 나랑 손잡고.

> 감독님 디렉션:
>
> 깍지 낀 손
> 잡아당긴다.
> 입술 진득히 봤다가
> 눈 마주치며…

이번엔 재영의 반대편 손이 상우의 볼을 감싸 쥔다.
긴장돼 더 빳빳하게 굳는 상우. 재영의 엄지가 상우의 입술을 천천히 쓴다.

재영 키스는 벌써 했고….
(쉬고) 그다음엔―

상우, 당황하며 살짝 뒤로 물러나는데,
재영, 상우의 목을 손바닥으로 감싸 품으로 끌어당겨 안는다.
두근대 정신 못 차리는 상우. 자기도 모르게 조금 더 품에 기대려는데….
순간 포옹을 풀어 버리는 재영.

재영 미리 보기는 여기까지!

상우, 순간 재영의 웃는 옆모습 눈에 박혀, 가만 보다가.

상우   선배.

재영   응?

상우   2주 체험판에선 우리가 뭘 할 수 있는데요?

재영, 상우의 말에 멈추어 서고, 상우도 따라 멈추어 선다.

상우   제 말은, 그걸 지금 결정하겠다는 게 아니라-

재영, 순식간에 상우의 손 붙들어 잡으며 깍지 낀다. 얼어붙는 상우.

재영   나랑 손잡고.

이번엔 재영의 반대편 손이 상우의 볼을 감싸 쥔다.
긴장돼 더 빳빳하게 굳는 상우. 재영의 엄지가 상우의 입술을 천천히 쓴다.

재영   키스는 벌써 했고….

　　　　　(쉬고) 그다음엔-

상우, 당황하며 살짝 뒤로 물러나는데,
재영, 상우의 목을 손바닥으로 감싸 품으로 끌어당겨 안는다.
두근대 정신 못 차리는 상우. 자기도 모르게 조금 더 품에 기대려는데….
순간 포옹을 풀어 버리는 재영.

> **감독님 디렉션:**
> 상우,
> 포옹을 느낀다.
> 설레임, 포근함.

재영   미리 보기는 여기까지!

289

허탈함에 어정쩡한 자세로 선 상우를 재영이 장난스럽게 바라본다.

재영　어때, 구매 욕구가 좀 생기나?

상우　(밀치며) 별로요.

상우, 아쉬움 감추고 앞서 걸어가면.
재영, "아닌데? 당장 결제할 얼굴이었는데?" 놀리며 따라간다.

S#13.　상우의 집, 침대 / 밤

자기 전, 침대에 엎드려, 손목 위 당근맨 타투를 요리조리 살피는 상우.
이어 좀 전의 기억 떠올라 손가락으로 입술을 더듬어 본다.
INS〉 #12, 상우의 입술을 천천히 쓸어내리던 재영의 엄지.
그리고 #9, "사람이 안 하던 짓을 한다는 건 그만큼 특별하다는 거잖아."

상우　2주 정도는… 해 볼 만하지 않나?

소란한 마음에 쉽게 잠들지 못하고 뒤척이는 상우.
돌려 눕자, 상우의 티셔츠 앞판에 적힌 'YES' 레터 문구 보인다.

S#14.　예술대 앞 / 낮

실기실로 향하는 상우, 중얼중얼 재영에게 할 말 연습해 보고 있다.

상우　검토 내용, 발표할게요. (갸웃) 너무 사무적인가.
　　　　(큼큼- 목 다듬고) 선배 제안, 수락할게요.
　　　　(다시) 체험판, 해 봐요. 우리.

상우, 살포시 미소 짓고. 비장한 걸음으로 실기실 향해 걷는데.

허탈함에 어정쩡한 자세로 선 상우를 재영이 장난스럽게 바라본다.

재영   어때, 구매 욕구가 좀 생기나?

상우   (밀치며) 별로요.

상우, 아쉬움 감추고 앞서 걸어가면.

재영, "아닌데? 당장 결제할 얼굴이었는데?" 놀리며 따라간다.

포옹 자세
그대로
얼음!!

감독님
디렉션:

S#13.   상우의 집, 침대 / 밤

자기 전, 침대에 엎드려, 손목 위 당근맨 타투를 요리조리 살피는 상우.

이어 좀 전의 기억 떠올라 손가락으로 입술을 더듬어 본다.

INS〉 #12, 상우의 입술을 천천히 쓸어내리던 재영의 엄지.

그리고 #9, "사람이 안 하던 짓을 한다는 건 그만큼 특별하다는 거잖아."

상우   2주 정도는… 해 볼 만하지 않나?

소란한 마음에 쉽게 잠들지 못하고 뒤척이는 상우.

돌려 눕자, 상우의 티셔츠 앞판에 적힌 'YES' 레터 문구 보인다.

S#14.   예술대 앞 / 낮

실기실로 향하는 상우, 중얼중얼 재영에게 할 말 연습해 보고 있다.

상우   검토 내용, 발표할게요. (갸웃) 너무 사무적인가.

          (큼큼- 목 다듬고) 선배 제안, 수락할게요.

          (다시) 체험판, 해 봐요. 우리.

상우, 살포시 미소 짓고. 비장한 걸음으로 실기실 향해 걷는데.

S#15.　미대, 실기실 / 낮

긴장해 가방끈 두 손으로 꼭 쥐고, 실기실로 들어오는 상우.

소파에 붙어 앉아 모니터 함께 보고 있는 재영과 형탁, 후배들 발견하고,

아쉬운 표정 짓는다. 그러나 더는 미룰 수 없어.

상우	선배. 저 할 말 있어요. (하는데)
형탁	미쳤다!! 진짜 덱스? 이거 스팸 아니지?

형탁, 흥분해선 재영의 팔뚝을 마구 때린다.

재영도 놀라서 얼떨떨한 표정. 뒤늦게 상우 발견하고.

재영	어, 왔어.
상우	(다가가며) 선배, 저 할 말 있는데-
형탁	(메일 다시 읽고 감격해 얼싸안고 마구 흔드는) 와 진짜 쩐다~~!
	한국대 시디과의 자랑이다, 형은. 교문에 당장 플래카드 걸어!!
재영	(형탁 등짝 팍 치고, 떨어뜨리며) 아 오바 좀-
	(상우에게 다가가며) 무슨 할 말.
상우	그게… (타이밍 망했다. 뾰로통해 다가가며) 선배는 무슨 일인데요.

상우, 야단법석 피우는 형탁 피해, 모니터 근처로 가 슬쩍 보면.

덱스 본사의 디자이너 컨택 메일. (프랑스어 아래, 영어로도 적힌)

귀사는 장재영 디자이너의 작업물에 깊은 영감을 받았으며,

함께 좋은 작품을 만들어가길 원합니다. 답신 기다리겠습니다.

상우, 놀라서 실기실 벽에 붙은 덱스 포스터 한 번 보고, 다시 재영 보면.

S#15.   미대, 실기실 / 낮

긴장해 가방끈 두 손으로 꼭 쥐고, 실기실로 들어오는 상우.

소파에 붙어 앉아 모니터 함께 보고 있는 재영과 형탁, 후배들 발견하고,

아쉬운 표정 짓는다. 그러나 더는 미룰 수 없어.

상우 선배. 저 할 말 있어요. (하는데)

형탁 미쳤다!! 진짜 덱스? 이거 스팸 아니지?

형탁, 흥분해선 재영의 팔뚝을 마구 때린다.

재영도 놀라서 얼떨떨한 표정. 뒤늦게 상우 발견하고.

재영 어, 왔어.

상우 (다가가며) 선배, 저 할 말 있는데-

형탁 (메일 다시 읽고 감격해 얼싸안고 마구 흔드는) 와 진짜 쩐다~~!

한국대 시디과의 자랑이다, 형은. 교문에 당장 플래카드 걸어!!

재영 (형탁 등짝 팍 치고, 떨어뜨리며) 아 오바 좀-

(상우에게 다가가며) 무슨 할 말.

상우 그게… (타이밍 망했다. 뽀로통해 다가가며) 선배는 무슨 일인데요.

상우, 야단법석 피우는 형탁 피해, 모니터 근처로 가 슬쩍 보면.

덱스 본사의 디자이너 컨택 메일. (프랑스어 아래, 영어로도 적힌)

귀사는 장재영 디자이너의 작업물에 깊은 영감을 받았으며,

함께 좋은 작품을 만들어가길 원합니다. 답신 기다리겠습니다.

상우, 놀라서 실기실 벽에 붙은 덱스 포스터 한 번 보고, 다시 재영 보면.

재영   (장난으로 거들먹) 봤냐. 네 파트너의 쩌는 명성을.

상우   (감탄해 진심으로) 축하해요. 선배.

재영   (웃음) 고맙다.

두 사람, 기쁜 미소 띠고, 서로를 바라보는데.

형탁   (해맑게) 형, 그럼 바로 프랑스로 가는 거야?

형탁의 해맑은 목소리에 서서히 미소 사라지는 재영과 상우.

동시에 본사 메일 다시 확인하고, 불안하게 눈 마주치는 모습에서!!

7화 END

재영   (장난으로 거들먹) 봤냐. 네 파트너의 쩌는 명성을.

상우   (감탄해 진심으로) 축하해요. 선배.

재영   (웃음) 고맙다.

두 사람, 기쁜 미소 띠고, 서로를 바라보는데.

형탁   (해맑게) 형, 그럼 바로 프랑스로 가는 거야?

형탁의 해맑은 목소리에 서서히 미소 사라지는 재영과 상우.

동시에 본사 메일 다시 확인하고, 불안하게 눈 마주치는 모습에서!!

7화 END

EIGHT

[SEMANTIC ERROR]

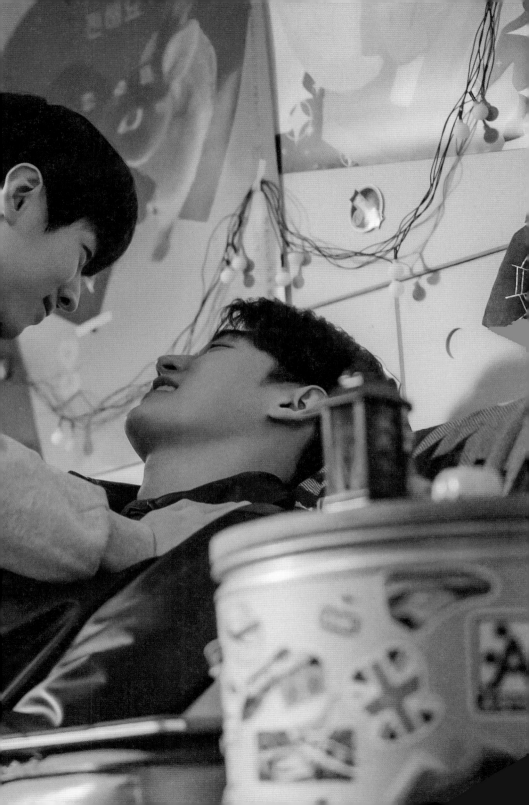

장재영 대본

감독님
디렉션:

재영,
애써 밝게!

S#1.   캠퍼스 / 낮

가라앉은 분위기로 걸어가는 상우와 재영.

재영   (정적 깨고 싶어) 아까 나한테 할 말 있다며.

상우   (아랫입술 꾹 물었다가 떼고) …별말 아니에요.

재영   (어두운 표정의 상우 살피다) 덱스, 가지 말까?

상우   (찡그리며) 제대로 생각하고 말한 거 맞아요?

재영   (일부러 가볍게) 더 생각할 게 뭐 있어? (싱거운 웃음)

상우, 왈가왈부하기 싫어 침묵하면
재영, 상우의 어깨에 팔 걸친다.

재영   (장난스럽게) 왜~ 솔직히 나 없으면 안 되잖아.

상우   (한숨, 팔 치우며) 남은 작업이나 열심히 해요.
         대비는 제가 알아서 할 테니까.

재영   (멈춰서며) 대비? 무슨 대비?

상우   (냉랭하게) 마시던 커피가 떨어지면 새로 사다 채워야죠.
         제가 알아서 할 일이에요. (가는)

기분 확 잡친 재영, 상우의 뒷모습에 대고.

재영   (한탄처럼) 추상우… (쉬고) 너한테 난, 대체 뭐냐?

상우   (멈칫, 끝내 뒤돌아보지 않는)

재영   (자존심 상해) 됐다. 알 것 같으니까 대답하지 마.

감독님
디렉션:

Ep.1 S#2
전시실과
비슷한 앵글

재영, 상처받아 반대 방향으로 돌아서고,
화면 에러 걸린 듯 지지직-거리는 소리와 함께 오류 표시 뜨며!

감독님
디렉션:
잔뜩 기대했던
감정이 완전히
꺾인, 차갑게
식은

S#1.　캠퍼스 / 낮

가라앉은 분위기로 걸어가는 상우와 재영.

재영　(정적 깨고 싶어) 아까 나한테 할 말 있다며. 얘기

상우　(아랫입술 꾹 물었다가 떼고) …별말 아니에요.

재영　(어두운 표정의 상우 살피다가) 텍스, 가지 말까?

상우　(찡그리며) 제대로 생각하고 말한 거 맞아요?

재영　(일부러 가볍게) 더 생각할 게 뭐 있어? (싱거운 웃음)

상우, 왈가왈부하기 싫어 침묵하면
재영, 상우의 어깨에 팔 걸친다.

재영　(장난스럽게) 왜~ 솔직히 나 없으면 안 되잖아.

상우　(한숨, 팔 치우며) 남은 작업이나 열심히 해요.
　　　　대비는 제가 알아서 할 테니까.

재영　(멈춰서며) 대비? 무슨 대비?

상우　(냉랭하게) 마시던 커피가 떨어지면 새로 사다 채워야죠.
　　　　제가 알아서 할 일이에요. (가는)　졌으

기분 확 잡친 재영, 상우의 뒷모습에 대고.

재영　(한탄처럼) 추상우… (쉬고) 너한테 난, 대체 뭐냐?

상우　(멈칫, 끝내 뒤돌아보지 않는)

재영　(자존심 상해) 됐다. 알 것 같으니까 대답하지 마.

재영, 상처받아 반대 방향으로 돌아서고,
화면 에러 걸린 듯 지지직-거리는 소리와 함께 오류 표시 뜨며!

Title in / 시맨틱 에러

S#2.   술집, 테이블 / 밤

재영 이하 유나, 형탁, 수영을 포함한 대여섯 정도의 친구들,
"짱재영의 덱스 정복을 위하여-!" 맥주잔 시원하게 부딪히며 환호성 지른다.
들뜬 친구들, "축하한다 짜샤" "미친놈 졸라 부럽다" 등등
재영의 몸이 남아나질 않도록, 치고 때리며 격한 축하 인사를 건네고.

후배1(여) 아시아 지부도 아니고 어떻게 본사를 바로 뚫어? 얘가 최초 아냐?

후배2(남) 장재영 학부 때부터 졸-라 간지 나고, 존-나 짜증 났지.

　　　　　　너 가기 전에 나랑 셀카 좀 많이 찍어 두고 가. 인스타에 자랑하게.

재영　　　적당히들 해라. 닭살 돋게.

"프랑스 놀러 가면 나도 덱스 본사 가 볼 수 있는 거?" "아씨 쩐다"
친구들, 자기들이 더 신나서 웅성웅성 떠드는 사이,
재영, 분위기 맞춰 웃다가도, 무거운 표정으로 핸드폰 한 번씩 보는데.

수영　　　아, 그럼 베벤은 어떻게 되는 거야? 안 그래도 회사에서

　　　　　　계속 팔로우해 보자고 했거든. 낼쯤 연락하려고 했는데.

유나　　　(자작하다가 재영 힐끔 보는)

형탁　　　딴 사람이랑 하라 그래야지, 뭐! 고민할 쩝이 되나. 무려 덱슨데?

재영　　　(쉽게 긍정의 말 안 떨어져, 안주나 집어 먹으면)

수영　　　흠- 회사에서 좋게 봤던 게 디자인도 한몫했던 거라….

　　　　　　너 빠지면 어떻게 될지 모르겠네. 후배님은 좀 아쉽겠다.

입맛 뚝 떨어져 젓가락 내려놓는 재영.
유나, 그런 재영 가만 보다가, 재영의 술잔에 강냉이 톡 던져 시선 끌고.

Title in / 시맨틱 에러

S#2.　　술집, 테이블 / 밤

재영 이하 유나, 형탁, 수영을 포함한 대여섯 정도의 친구들,

"짱재영의 덱스 정복을 위하여-!" 맥주잔 시원하게 부딪히며 환호성 지른다.

들뜬 친구들, "축하한다 짜샤" "미친놈 졸라 부럽다" 등등

재영의 몸이 남아나질 않도록, 치고 때리며 격한 축하 인사를 건네고.

후배1(여)　아시아 지부도 아니고 어떻게 본사를 바로 뚫어? 얘가 최초 아냐?

후배2(남)　장재영 학부 때부터 졸-라 간지 나고, 존-나 짜증 났지.

　　　　　　너 가기 전에 나랑 셀카 좀 많이 찍어 두고 가. 인스타에 자랑하게.

재영　　　적당히들 해라. 닭살 돋게.

"프랑스 놀러 가면 나도 덱스 본사 가 볼 수 있는 거?" "야씨 쩐다"

친구들, 자기들이 더 신나서 웅성웅성 떠드는 사이,

재영, 분위기 맞춰 웃다가도, 무거운 표정으로 핸드폰 한 번씩 보는데.

수영　　　아, 그럼 베벤은 어떻게 되는 거야? 안 그래도 회사에서

　　　　　　계속 팔로우해 보자고 했거든. 낼쯤 연락하려고 했는데.

유나　　　(자작하다가 재영 힐끔 보는)

형탁　　　딴 사람이랑 하라 그래야지, 뭐! 고민할 쩹이 되나. 무려 덱슨데?

재영　　　(쉽게 긍정의 말 안 떨어져, 안주나 집어 먹으면)

수영　　　흠- 회사에서 좋게 봤던 게 디자인도 한몫했던 거라….

　　　　　　너 빠지면 어떻게 될지 모르겠네. 후배님은 좀 아쉽겠다.

입맛 뚝 떨어져 젓가락 내려놓는 재영.

유나, 그런 재영 가만 보다가, 재영의 술잔에 강냉이 톡 던져 시선 끌고.

장재영 대본

밖으로 나갈래? 고개 까딱 제스처 한다.

감독님
디렉션 :

S#2, S#3 장소 통합
맥주 안주 세팅
체인지
(시간 흐름)

S#3.   술집 앞, 대기석 / 밤

술집 앞 대기석에 나란히 앉은 유나와 재영,
바나나 우유를 쪽- 들이켜며, 오고 가는 사람들을 구경한다.

유나   새끼들 말 존나 많긴. 뒤에서 씹어댈 거면서.
재영   (피식 웃으면)
유나   (무심하게 툭) 전에 추상추랑 둘이 있었을 때.
재영   (멈칫)
유나   너 지금까지 만난 애들 싹 다 불라 그러더라.
재영   (불안) 야 설마-
유나   (손가락 펴며) 그래서 친절하게 숫자까지 붙여가며 알려 줬지.
        (일곱에서 스탑) 다행히 열 손가락 넘어가진 않던데?
재영   (후- 골치 아픈) 내가 진짜 너랑 전생에 무슨 악연을 져서….
유나   (OL) 거기까지만 했어야 했는데.
재영   (보면)
유나   미친, 내가 오지랖을 좀 부렸어.
        (재영 보고) 이 새끼가 죽을 때가 다 된 건지,
        이번엔 꽤 진지한 것 같다고… (찝찝) 나 괜한 짓 한 거냐?
재영   (착잡해 시선 떨구고 마른세수하다가) 모르겠다- 나도.
        사람 대체품 취급이나 하는 놈, 뭐가 아쉽다고 고민하고 있는지….
유나   (조용히 들어 주는)
재영   (헛웃음) 근데 웃긴 게 뭔 줄 알아? 이 와중에도
        너한테 내 연애 전력 물어본 그 자식 때문에 딴 생각이 안 든다?
        당장이라도 뛰어가서 추궁하고 싶어.

밖으로 나갈래? 고개 까딱 제스처 한다.

S#3.　술집 앞, 대기석 / 밤

술집 앞 대기석에 나란히 앉은 유나와 재영,
바나나 우유를 쪽- 들이켜며, 오고 가는 사람들을 구경한다.

유나　새끼들 말 존나 많긴. 뒤에서 씹어댈 거면서.

재영　(피식 웃으면)

유나　(무심하게 툭) 전에 추상추랑 둘이 있었을 때.

재영　(멈칫)

유나　너 지금까지 만난 애들 싹 다 불라 그러더라.

재영　(불안) 야 설마-

유나　(손가락 펴며) 그래서 친절하게 숫자까지 붙여가며 알려 줬지.
　　　(일곱에서 스탑) 다행히 열 손가락 넘어가진 않던데?

재영　(후- 골치 아픈) 내가 진짜 너랑 전생에 무슨 악연을 져서….

유나　(OL) 거기까지만 했어야 했는데.

재영　(보면)

유나　미친, 내가 오지랖을 좀 부렸어.
　　　(재영 보고) 이 새끼가 죽을 때가 다 된 건지,
　　　이번엔 꽤 진지한 것 같다고… (찝찝) 나 괜한 짓 한 거냐?

재영　(착잡해 시선 떨구고 마른세수하다가) 모르겠다- 나도.
　　　사람 대체품 취급이나 하는 놈, 뭐가 아쉽다고 고민하고 있는지….

유나　(조용히 들어 주는)

재영　(헛웃음) 근데 웃긴 게 뭔 줄 알아? 이 와중에도
　　　너한테 내 연애 전력 물어본 그 자식 때문에 딴 생각이 안 든다?
　　　당장이라도 뛰어가서 추궁하고 싶어.

INS〉7화 #15, "선배, 저 할 말 있는데-" 하고 머뭇거리던 상우.

재영   그때 나한테 하려던 말이 뭐냐고.

INS〉8화 #1, "…별말 아니에요." 하던 상심한 상우의 얼굴.

재영   사실 너도 나 떠난다니까 아쉽지 않냐고.
       (쉬고) 붙잡아… 달라고.

가만 듣고 있던 유나, 큼- 코 한 번 훔치고 자리에서 일어선다.

유나   장재영도 별거 없네. 연애하면 찌질해지는 거.
재영   (에휴-) 그래, 내가 괜한 말을 했다.
유나   근데 사실 그게 정상 아니냐? 찌질해지고, 구차해지고….
       그동안 네가 너무 재수 없게 쿨했던 거지,
       원래 누굴 진심으로 좋아하면 절-대 쿨할 수가 없거든. 지금 너처럼.
재영   (조금 감동해) 야 최유나….
유나   (돌변해) 근데 매력은 없다.
재영   (짜증) 아 뭐 어쩌란 거야.
유나   그냥 평소처럼 굴어. 되도 않는 머리 굴리지 말고,
       (심장 쿡 찌르고) 꼴리는 대로. 장재영답게.
재영   !!
유나   (손 확 떼고) 으- 오글거려! 난 들어간다.
       (가게 들어가다 말고) 계산은 하고 가! (웃음)

재영, 유나 고맙게 보며 피식 웃고, 생각 곱씹는다.

INS〉7화 #15, "선배, 저 할 말 있는데-" 하고 머뭇거리던 상우.

재영　그때 나한테 하려던 말이 뭐냐고.

INS〉8화 #1, "…별말 아니에요." 하던 상심한 상우의 얼굴.

재영　사실 너도 나 떠난다니까 아쉽지 않냐고.
　　　(쉬고) 붙잡아… 달라고.

가만 듣고 있던 유나, 큼- 코 한 번 훔치고 자리에서 일어선다.

유나　장재영도 별거 없네. 연애하면 찌질해지는 거.
재영　(에휴-) 그래, 내가 괜한 말을 했다.
유나　근데 사실 그게 정상 아니냐? 찌질해지고, 구차해지고….
　　　그동안 네가 너무 재수 없게 쿨했던 거지,
　　　원래 누굴 진심으로 좋아하면 절-대 쿨할 수가 없거든. 지금 너처럼.
재영　(조금 감동해) 야 최유나….
유나　(돌변해) 근데 매력은 없다.
재영　(짜증) 아 뭐 어쩌란 거야.
유나　그냥 평소처럼 굴어. 되도 않는 머리 굴리지 말고,
　　　(심장 쿡 찌르고) 꼴리는 대로. 장재영답게.
재영　!!
유나　(손 확 떼고) 으- 오글거려! 난 들어간다.
　　　(가게 들어가다 말고) 계산은 하고 가! (웃음)

재영, 유나 고맙게 보며 피식 웃고, 생각 곱씹는다.

재영   장재영답게라….

S#4.   상우의 집, 책상 / 밤

노트북 앞에 앉아, '디자이너 공고문' 다시 만들고 있는 상우.

한 자, 한 자 적는데 속도가 나질 않는다.

한숨 푹 쉬다가, 일어나 손바닥으로 책상을 팡-! 내리치고.

상우   (괜히 투덜) 모기가 왜 이렇게 많아…!

짜증스러운 얼굴로 손 털어 내는데 자연스럽게 제 손목으로 시선 향하면,

재영이 그려준 당근맨 타투, 이틀 새 흐릿해졌다. 손으로 매만져 보는.

상우   결국 지워질 거면서….

그때 울리는 핸드폰 알람. 보면, 재영의 문자다.

재영   (E) [공부 중? 잠깐 나와 봐.]

상우, 잠시 머뭇대다가, 자리에서 일어서는데.

S#5.   빌라, 옥상 / 밤

상우 앞에 내밀어지는 케이크 박스.

> 감독님
> 디렉션 :
>
> 상처받았지만
> 상우를 이해하는
> 재영

재영   생일 축하해.

상우   !!

재영   내가 제일 처음으로 축하해 준 거 맞지?

       (시계 보고 아쉬운 표정) 10분 늦었지만.

재영   장재영답게라….

S#4.   상우의 집, 책상 / 밤

노트북 앞에 앉아, '디자이너 공고문' 다시 만들고 있는 상우.
한 자, 한 자 적는데 속도가 나질 않는다.
한숨 푹 쉬다가, 일어나 손바닥으로 책상을 팡-! 내리치고.

상우   (괜히 투덜) 모기가 왜 이렇게 많아…!

짜증스러운 얼굴로 손 털어 내는데 자연스럽게 제 손목으로 시선 향하면,
재영이 그려준 당근맨 타투, 이틀 새 흐릿해졌다. 손으로 매만져 보는.

상우   결국 지워질 거면서….

그때 울리는 핸드폰 알람. 보면, 재영의 문자다.

재영   (E) [공부 중? 잠깐 나와 봐.]

상우, 잠시 머뭇대다가, 자리에서 일어서는데.

S#5.   빌라, 옥상 / 밤

상우 앞에 내밀어지는 케이크 박스.

재영   생일 축하해.

상우   !!

재영   내가 제일 처음으로 축하해 준 거 맞지?
            (시계 보고 아쉬운 표정) 10분 늦었지만.

> 감독님 디렉션:
> 공원으로 장소 변경.
> 빨리 만나고 싶은
> 마음에 자전거
> 타고 옴.

307

상우   (얼결에 박스 받고) 어떻게 알았어요?

재영   기획안 보낼 때 이력서도 같이 보냈잖아.

        1001, 이진법도 아니고. 생일도 꼭 지 같아요.

상우   선배는 진짜 이상해요….

재영   (가만 보다가) 이상한 김에 미친 소리 하나 더 할게.

        나 덱스 안 가려고 너랑 계속 게임 만들 거야.

상우   (인상 구기는) 선배.

재영   내가 아니면 안 된다며. 꼭 나여야 된다며.

상우   그땐-

재영   (OL) 나도 그래. 너가 없으면 안 돼. 지금 내 마음이.

상우   !!

상우, 진심 어린 말에 잠시 흔들리지만,
곧 손목 위 흐려진 당근맨 타투 보고 이성 돌아와.

상우   선배 제안에 대한 대답, 지금 할게요.

재영   (기대하고 보면)

상우   (딱 보고) 제 답은 거절이에요. 그리고 덱스 가세요.

재영   (끝까지…!) 추상우.

상우   (모질게) 제 상식으로는 좀 이해가 안 가요.

        선배가 저 때문에 포기한다고 하면, 제가 정말 기뻐할 거 같았어요?

        미안하지만, 저는 멍청한 로맨스 소설 속 주인공이 아니에요.

재영   …예상은 했지만, 그놈의 이성이 오늘도 쓸데없이 열일을 하는구나.

상우   (마음 편치 않지만) 백업 자료 정리되면 연락 주세요.

재영   (한숨) 넌 네카 세상에서 제일 똑똑하고, 항상 옳은 것 같저?

상우   관심 없어요, 그런 거.

        그냥… (보고) 형이 잘 됐으면 좋겠어요. 진심으로.

감독님
디렉션:

"지금 네 마음이
뭐라고 생각해?"
감정 변경;
투정 X 설득으로

상우 (얼결에 박스 받고) 어떻게 알았어요?

재영 기획안 보낼 때 이력서도 같이 보냈잖아.

1001, 이진법도 아니고. 생일도 꼭 지 같아요.

상우 선배는 진짜 이상해요….

재영 (가만 보다가) 이상한 김에 미친 소리 하나 더 할게.

나 텍스 안 가려고. 너랑 계속 게임 만들 거야.

상우 (인상 구기는) 선배.

재영 ~~내가~~ 아니면 안 된다며. 꼭 나여야 된다며. *아니*

상우 그땐-

재영 (OL) 나도 그래. 너가 없으면 안 돼. 지금 내 마음이.

상우 !!

상우, 진심 어린 말에 잠시 흔들리지만,

곧 손목 위 흐려진 당근맨 타투 보고 이성 돌아와.

상우 선배 제안에 대한 대답, 지금 할게요.

재영 (기대하고 보면)

상우 (딱 보고) 제 답은 거절이에요. 그리고 텍스 가세요.

재영 (끝까지…!) 추상우.

상우 (모질게) 제 상식으로는 ~~좋~~ 이해가 안 가요. *돼서요*

선배가 저 때문에 포기한다고 하면, 제가 정말 기뻐할 거 같았어요?

미안하지만, 저는 멍청한 로맨스 소설 속 주인공이 아니에요.

재영 …예상은 했지만, 그놈의 이성이 오늘도 쓸데없이 열일을 하는구나.

상우 (마음 편치 않지만) 백업 자료 정리되면 연락 주세요.

재영 (한숨) 넌 네가 세상에서 제일 똑똑하고, 항상 옳은 것 같지?

상우 관심 없어요, 그런 거.

그냥… (보고) 형이 잘 됐으면 좋겠어요. 진심으로.

재영   !!

상우   (민망해 시선 피하고, 박스 고쳐 쥐며) 케이크는 잘 먹을게요.

서둘러 떠나는 상우의 뒷모습을 멍하니 보는 재영.

재영   (억울해) 저래 놓고 떠나라는 거야, 지금? 나쁜 새끼….

S#6.   상우의 집, 거실 / 밤

집으로 들어와 재영이 준 케이크 박스 열어 보는 상우.
하얀 생크림 케이크 위에 찌그러지고 못생긴 당근맨이 데코로 그려져 있다.

상우   저주인가…?

이어 카드 열어 보면, 급히 휘갈겨 쓴 메시지 몇 줄.

[갖고 싶은 거 말해. 다 사줄게.
생일 축하한다. PS, 데코펜이 불량이었음 레알]

상우   뭐야….

결국, 피식 웃음 터뜨리는 상우.
핸드폰 들어 사진 찍으려다, 머뭇대며 내리는 얼굴에 씁쓸함이 깃들었다.

S#7.   재영의 집, 방 / 밤

가만히 팔짱 끼고 서서 생각에 잠긴 재영.
눈앞 노트북 화면에는 덱스의 컨택 메일이 띄워져 있다.
손가락 까닥까닥하며, 잠시 고민하더니, 결심한 듯 일어서

재영   !!

상우   (민망해 시선 피하고, 박스 고쳐 쥐며) 케이크는 잘 먹을게요.

        케익을

서둘러 떠나는 상우의 뒷모습을 멍하니 보는 재영.

재영   (억울해) 저래 놓고 떠나라는 거야, 지금? 나쁜 새끼….

S#6.   상우의 집, 거실 / 밤

집으로 들어와 재영이 준 케이크 박스 열어 보는 상우.
하얀 생크림 케이크 위에 찌그러지고 못생긴 당근맨이 데코로 그려져 있다.

상우   저주인가…?

이어 카드 열어 보면, 급히 휘갈겨 쓴 메시지 몇 줄.

[갖고 싶은 거 말해. 다 사줄게.
생일 축하한다. PS, 데코펜이 불량이었음 레알]

상우   뭐야….

결국, 피식 웃음 터뜨리는 상우.
핸드폰 들어 사진 찍으려다, 머뭇대며 내리는 얼굴에 씁쓸함이 깃들었다.

S#7.   재영의 집, 방 / 밤

가만히 팔짱 끼고 서서 생각에 잠긴 재영.
눈앞 노트북 화면에는 덱스의 컨택 메일이 띄워져 있다.
손가락 까닥까닥하며, 잠시 고민하더니, 결심한 듯 일어서

서랍장 안에서 여권 꺼내 챙기는 모습에서.

S#8.   교양관, 프랑스어 강의실 / 낮

단어 쪽지 시험 보는 중인 상우.

[출발하다. 사라지다] 문제 빠히 보다가, 옆 빈칸에 'partir' 채워 넣고.

이어서 [retenir] 문제에서 다시 한번 멈칫. (다의어)

이내 '붙잡다' 쓰고 잠시 머뭇거리다가, 이어서 '참다, 자제하다' 덧붙인다.

S#9.   도서관, 서가 / 밤

서가에 기대 책 들춰 보는 상우. 보던 책, 접어 책장에 넣고, 사라지는데

카메라, 책장 비추면. 엉성하게 꽂힌 책, 프랑스 여행 관련 도서다.

> 감독님
> 디렉션:
>
> 아무렇지 않은 척!
> 오히려 더
> 다정하게

S#10.   빌라, 복도 / 낮

주말 점심. 손에 지갑 쥐고서, 눈 비비며 집에서 나오던 상우.

복도 끝에서, 덜덜거리는 소리와 함께 큰 캐리어 끌고 등장하는 재영 본다.

절로 캐리어에 시선이 꽂히는 상우. 멍하니 서서 캐리어만 뚫어지게 보는데.

재영	(아무렇지 않게 다가와) 상우, 오랜만. 시험공부는 잘하고 있어?
상우	(캐리어에서 눈 못 떼고) …네.
재영	대타 디자이너는 구했고?
상우	…시험 끝나고 구할 거예요. 걱정 마세요.
재영	(쓴웃음) 내가 뭐 하러. (쉬고) 어련히 알아서 잘할까.
상우	(사실 그렇지 않다고 부정하고 싶지만 차마 말 못 하는)
재영	(USB 건네는) 자, 백업파일. 드라이브에도 올려놨어.
상우	(머뭇대다가 받는) 네, 감사해요.
재영	그래, 얼굴 보고 줘서 다행이다.

(손글씨 메모: 이다 / 잘하실까 / (끄덕이는))

서랍장 안에서 여권 꺼내 챙기는 모습에서.

S#8.   교양관, 프랑스어 강의실 / 낮

단어 쪽지 시험 보는 중인 상우.

[출발하다. 사라지다] 문제 빤히 보다가, 옆 빈칸에 'partir' 채워 넣고.

이어서 [retenir] 문제에서 다시 한번 멈칫. (다의어)

이내 '붙잡다' 쓰고 잠시 머뭇거리다가, 이어서 '참다, 자제하다' 덧붙인다.

S#9.   도서관, 서가 / 밤

서가에 기대 책 들춰 보는 상우. 보던 책, 접어 책장에 넣고, 사라지는데.

카메라, 책장 비추면. 엉성하게 꽂힌 책, 프랑스 여행 관련 도서다.

> 감독님
> 디렉션 :
>
> 재영을
> 보름 만에
> 만난 상황!

S#10.   빌라, 복도 / 낮

주말 점심. 손에 지갑 쥐고서, 눈 비비며 집에서 나오던 상우.

복도 끝에서, 덜덜거리는 소리와 함께 큰 캐리어 끌고 등장하는 재영 본다. *반가움

절로 캐리어에 시선이 꽂히는 상우. 멍하니 서서 캐리어만 뚫어지게 보는데.

재영	(아무렇지 않게 다가와) 상우, 오랜만. 시험공부는 잘하고 있어?
상우	(캐리어에서 눈 못 떼고) …네.
재영	대타 디자이너는 구했고? 너무 걱정하지
상우	…시험 끝나고 구할 거예요. 걱정 마세요.
재영	(쓴웃음) 내가 뭐 하러. (쉬고) 어련히 알아서 잘할까.
상우	(사실 그렇지 않다고 부정하고 싶지만 차마 말 못 하는)
재영	(USB 건네는) 자, 백업파일. 드라이브에도 올려놨어.
상우	(머뭇대다가 받는) 네, 감사해요.
재영	그래. 얼굴 보고 줘서 다행이다.

왠지 작별 인사처럼 느껴져 멈칫하는 상우.

재영, 한 번 웃어 보이고, 미련 없이 집으로 들어가면.

상우, 미련 남아 자리 못 떠나고, 닫힌 401호 문만 하염없이 보는데…

그때 도착하는 지혜의 문자 메시지.

지혜　　　(E) [상추 오빠] [혹시 오늘 시간 되세요?]

S#11.　카페, 창가 자리 / 낮

에이드 벌컥벌컥 들이켜는 상우. 지혜 맞은편에 앉아 그 모습 낯설게 본다.

지혜　　　그걸 한꺼번에 그렇게… 목 안 따가워요?

상우　　　(얼음 우물우물 물고) 그냥, 좀 갑갑해서.

지혜, 상우의 불안정한 상태 알아채 가만히 보면. 상우 생각에 잠겨 있다가.

상우　　　저기-

지혜　　　(OL) 제가 먼저 말해도 될까요?

　　　　　또 말려서 이상한 조언만 해 주다 끝날 거 같아서요…. (웃음)

상우　　　(조금 당황) 어, 그래.

지혜　　　네, 감사해요.

　　　　　(떨려서 침 꿀꺽 삼키고) 저 오빠 좋아해요.

상우　　　!!

지혜　　　갑작스러우실 거 아는데… 지금 아니면

　　　　　제 마음, 솔직히 털어 낼 수 없을 것 같아서요.

　　　　　말이라도 해 보고 제대로 차이려고, 고백하는 거예요.

상우, 갑작스러워 어떤 반응을 해야 할지 모르겠다.

왠지 작별 인사처럼 느껴져 멈칫하는 상우.

재영, 한 번 웃어 보이고, 미련 없이 집으로 들어가면.

상우, 미련 남아 자리 못 떠나고, 닫힌 401호 문만 하염없이 보는데….

그때 도착하는 지혜의 문자 메시지.

지혜   (E) [상추 오빠] [혹시 오늘 시간 되세요?]

S#11.   카페, 창가 자리 / 낮

에이드 벌컥벌컥 들이켜는 상우. 지혜 맞은편에 앉아 그 모습 낯설게 본다.

> 감독님
> 디렉션:

지혜   그걸 한꺼번에 그렇게… 목 안 따가워요?

상우   (얼음 우물우물 물고) 그냥, 좀 갑갑해서.

> 고민 있는 얼굴,
> 지혜 보지 말고
> 딴 곳 응시

지혜, 상우의 불안정한 상태 알아채 가만히 보면. 상우 생각에 잠겨 있다가.

상우   저기-

지혜   (OL) 제가 먼저 말해도 될까요?

           또 말려서 이상한 조언만 해 주다 끝날 거 같아서요…. (웃음)

상우   (조금 당황) 어, 그래.

지혜   네, 감사해요.

           (떨려서 침 꿀꺽 삼키고) 저 오빠 좋아해요.

상우   !!

> 1도 몰랐다,
> 갑작스럽고
> 당황!

지혜   갑작스러우실 거 아는데… 지금 아니면

           제 마음, 솔직히 털어 낼 수 없을 것 같아서요.

           말이라도 해 보고 제대로 차이려고, 고백하는 거예요.

상우, 갑작스러워 어떤 반응을 해야 할지 모르겠다.

떨리지만, 애써 담담한 척하며 손 꼭 쥐고 있는 지혜 가만히 보다가.

상우   …미안. 내가 무슨 대답을 해야 하나?

지혜   (실망했지만, 씩씩하게) 아뇨! 표정 보니까 각 딱 서네, 뭐….
            애초에 기대도 안 했어요. 그냥 전하고 싶었던 거지.

상우   (작게 고개 끄덕이면)

지혜   (한결 편해져) 사실 하기 전엔, 차이면 세상이 막 무너지고
            그러는 거 아냐? 걱정했는데… 오히려 후련한데요?
            그리고 오빠랑도 이제 더 편하게 지낼 수 있을 거 같아요.
            (조심스럽게) 오빠는요? 저 불편해요?

상우   (고개 도리도리) 아니.

지혜   (웃음) 역시 해 보기 전엔 모르는 거였어. 용기 낸 나 자신 칭찬해~

지혜, 귀엽게 스스로 어깨 토닥이면,
상우, 긴장 풀려 미소 짓다가, "용기…" 되뇌어 보는데.

지혜   근데 좀 놀랐어요.

상우   (보고) 뭐가?

지혜   (재영 따라, 상우처럼) "미안. 그런 데 낭비할 시간 없어."
            이렇게 바로 잘라 낼 줄 알았는데… 이렇게 커피도 같이 마셔 주고.
            (웃음) 오빠, 좀 달라진 것 같아요.

상우   …내가?

지혜   네. 되게 좋은 방향으로.

상우   (문득 생각 많아져, 이젠 타투 없는 손목 어귀 습관적으로 만지면)

지혜   (그런 상우 보며) 사랑하면 바뀐다더니….
            로맨스 소설이 다 페이크는 아니었나 보네요. (웃음)

상우   (보면)

떨리지만, 애써 담담한 척하며 손 꼭 쥐고 있는 지혜 가만히 보다가.

상우　…미안. 내가 무슨 대답을 해야 하나?

지혜　(실망했지만, 씩씩하게) 아뇨! 표정 보니까 각 딱 서네, 뭐….

　　　　애초에 기대도 안 했어요. 그냥 전하고 싶었던 거지.

상우　(작게 고개 끄덕이면)

지혜　(한결 편해져) 사실 하기 전엔, 차이면 세상이 막 무너지고

　　　　그러는 거 아냐? 걱정했는데… 오히려 후련한데요?

　　　　그리고 오빠랑도 이제 더 편하게 지낼 수 있을 거 같아요.

　　　　(조심스럽게) 오빠는요? 저 불편해요?

상우　(고개 도리도리) 아니.

지혜　(웃음) 역시 해 보기 전엔 모르는 거였어. 용기 낸 나 자신 칭찬해~

지혜, 귀엽게 스스로 어깨 토닥이면,

상우, 긴장 풀려 미소 짓다가, "용기…" 되뇌어 보는데.

감독님 디렉션 : 다행, 안도

지혜　근데 좀 놀랐어요.

상우　(보고) 뭐가?

지혜　(재영 따라, 상우처럼) "미안. 그런 데 낭비할 시간 없어."

　　　　이렇게 바로 잘라 낼 줄 알았는데… 이렇게 커피도 같이 마셔 주고.

　　　　(웃음) 오빠, 좀 달라진 것 같아요.

상우　…내가?

지혜　네. 되게 좋은 방향으로.

상우　(문득 생각 많아져, 이젠 타투 없는 손목 어귀 습관적으로 만지면)

지혜　(그런 상우 보며) 사랑하면 바뀐다더니….

　　　　로맨스 소설이 다 페이크는 아니었나 보네요. (웃음)

상우　(보면)

지혜   (일어서며) 에잇, 배 아파서 응원은 못 하겠고.

(상우 보며) 행복해요, 추 씨.

상우, 지혜의 후련한 웃음을 인상적으로 본다.

S#12.   빌라, 복도 / 밤

재영이 준 USB 손에 쥐고 굴리며, 집으로 돌아오던 상우.

"계세요~" 재영의 집 앞에서 쿵쿵 문 두드리는 중개인 발견하고.

USB 주머니에 넣으며, 다가가는데. (중개인 옆에 손님 한 명 함께)

상우   (경계) 누구세요?

중개인   (상우 보고) 아, 부동산에서 나왔는데요.

401호 세입자분 어디 갔는지 아세요?

(손에 들린 핸드폰에서 통화연결음) 집 보러 왔는데 전화를 안 받네~

상우   집이요?

INS〉 #10, 재영이 끌고 오던 큰 캐리어 생각나는 상우.

불안감에 표정 구겨지고….

INS〉 #10, 마지막 인사 같던 재영의 "얼굴 보고 줘서 다행이다."

중개인   빨리 빼고 싶다면서….

(상우 보고) 혹시 만나면 부동산 왔다 갔다고 말 좀 전해 줘요~

상우를 지나쳐 가는 중개인. 순간 사고 정지되어 멈추어 선 상우.

그때 엔스타 알림음 오고 핸드폰 보면,

형탁이 재영 태그해 올린 스토리 보인다.

깨끗하게 치워진 재영의 실기실 자리 앞에서 악수하고 있는 두 사람의 영상.

지혜   (일어서며) 에잇, 배 아파서 응원은 못 하겠고.

              (상우 보며) 행복해요, 추 씨.

상우, 지혜의 후련한 웃음을 인상적으로 본다.

감독님 디렉션:
용기 없이 물러난 자신과는 다르게 지혜는 고백했음. 후련해 보이는 지혜 상기되고,

S#12. 빌라, 복도 / 밤

재영이 준 USB 손에 쥐고 굴리며, 집으로 돌아오던 상우.

"계세요~" 재영의 집 앞에서 쿵쿵 문 두드리는 중개인 발견하고.

USB 주머니에 넣으며, 다가가는데. (중개인 옆에 손님 한 명 함께)

상우   (경계) 누구세요?

중개인   (상우 보고) 아, 부동산에서 나왔는데요.

          401호 세입자분 어디 갔는지 아세요?

          (손에 들린 핸드폰에서 통화연결음) 집 보러 왔는데 전화를 안 받네~

상우   집이요? *놀람

INS〉 #10, 재영이 끌고 오던 큰 캐리어 생각나는 상우.

불안감에 표정 구겨지고….

INS〉 #10, 마지막 인사 같던 재영의 "얼굴 보고 줘서 다행이다."

중개인   빨리 빼고 싶다면서….

          (상우 보고) 혹시 만나면 부동산 왔다 갔다고 말 좀 전해 줘요~

상우를 지나쳐 가는 중개인. 순간 사고 정지되어 멈추어 선 상우.

그때 엔스타 알림음 오고 핸드폰 보면,

형탁이 재영 태그해 올린 스토리 보인다.

깨끗하게 치워진 재영의 실기실 자리 앞에서 악수하고 있는 두 사람의 영상.

'공항 배웅과 맞바꾼 #영광의_자리수여식 #드디어_꿀자리겟 #잘가라장재영'

S#13.　빌라 앞 / 밤

재영을 만나야겠단 생각에 휩싸여 무작정 빌라를 빠져나오는 상우.

이내, 빌라 앞에 세워진 자전거에 다급히 올라타고.

학교로 향하는 간절한 상우의 모습 위로,

재영과의 추억들이 파노라마처럼 스쳐 가는데….

S#14.　캠퍼스 + 공학관 앞 / 밤

캠퍼스에 들어서자 재영과의 첫 만남이 생각나는 상우.

- 회의실에서의 첫 만남. "생각보다 잘생겼네?" 처음부터 건방졌던 재영.

이내 공대 앞을 지나치자, 유치하게 따라다니며 괴롭히던 순간들 떠오른다.

- 빨간 옷으로 도배하고 강의실에 나타났던 재영. 상우 경악하고 보는.
- 낙서하고 얄밉게 낄낄 웃던 재영.
- "벗어 봐, 그 모자." 도발하던 재영.

S#15.　도서관 앞 / 밤

점차 변하는 재영과의 관계, 재영을 향한 감정.

- 술집에서 다트 던져 상우 구하고, 손잡고 달리던 재영.
- 도서관에서 낙서하다가 걸린 순간. "나 언제까지 눈 감고 있어야 돼?"
- 의상실, 좁은 행거 아래 밀착하고 선 두 사람. 두근두근 에러 걸린 상우.

그때처럼 심장이 쿵쿵쿵 뛰는 상우.

'공항 배웅과 맞바꾼 #영광의_자리수여식 #드디어_꿀자리겟 #잘가라장재영'

S#13.   빌라 앞 / 밤

재영을 만나야겠단 생각에 휩싸여 무작정 빌라를 빠져오는 상우.

이내, 빌라 앞에 세워진 자전거에 다급히 올라타고.

학교로 향하는 간절한 상우의 모습 위로,

재영과의 추억들이 파노라마처럼 스쳐 가는데…

> **감독님 디렉션 :**
>
> 감정 충분히.
> 재영을
> 복기하다가
> 뛰어가는

S#14.   캠퍼스 + 공학관 앞 / 밤

캠퍼스에 들어서자 재영과의 첫 만남이 생각나는 상우.

– 회의실에서의 첫 만남. "생각보다 잘생겼네?" 처음부터 건방졌던 재영.

이내 공대 앞을 지나치자, 유치하게 따라다니며 괴롭히던 순간들 떠오른다.

– 빨간 옷으로 도배하고 강의실에 나타났던 재영. 상우 경악하고 보는.
– 낙서하고 얄밉게 낄낄 웃던 재영.
– "벗어 봐, 그 모자." 도발하던 재영.

S#15.   도서관 앞 / 밤

점차 변하는 재영과의 관계, 재영을 향한 감정.

– 술집에서 다트 던져 상우 구하고, 손잡고 달리던 재영.
– 도서관에서 낙서하다가 걸린 순간. "나 언제까지 눈 감고 있어야 돼?"
– 의상실, 좁은 행거 아래 밀착하고 선 두 사람. 두근두근 에러 걸린 상우.

그때처럼 심장이 쿵쿵쿵 뛰는 상우.

격한 심장 소리 따라 페달 밟는 힘도 더욱 격해지고.

S#16.　캠퍼스, 외벽 게시판 / 밤

이내 걷잡을 수 없이 부풀어 오르는 감정 때문에 혼란스러워하던 순간들.

- 집 앞에서 손 내친 후, "지금 당장 꺼져요" 모질게 밀어내 놓고.
- 자판기 앞에서 자신에게 등 돌린 재영 향해 "선배가 필요해요!" 외치고.
- 가로등 아래 머리 쓰다듬어 주던 재영에게 설레고.
- 레스토랑에서 결국 키스해 버리는 상우.

S#17.　예술대 앞 / 밤

드디어 예대 앞에 도착해 자전거에서 내리는 상우.
턱 끝에 송골송골 맺힌 땀 닦아 내며,
마지막으로 재영이 어른스럽게 저를 기다리며 했던 말 떠올린다.
INS〉 7화 #4, 손잡아 상우의 심장 쪽으로 가져가던 재영.

| 재영 | 피하지 말고 무시하지도 말고, 그냥 느껴 봐.   *다정하게 |
| | 그러고 나면 지금 널 괴롭히는 혼란도 없어질지 모르잖아. |

그때처럼 제 심장 위에 손 올리고, 거센 심장 박동을 느끼는 상우.

| 상우 | 없어지긴 개뿔… (울컥) 벌써 가기만 해 봐. |
| 재영 | (E) 어딜 가? |

상우, 놀라서 뒤돌면. 재영, 의외라는 듯 상우 보고 있다.

| 재영 | 이 시간에 여긴 웬일이야? (일어서며 다가가려는데) 무슨 일 있어? |

격한 심장 소리 따라 페달 밟는 힘도 더욱 격해지고.

S#16. 캠퍼스, 외벽 게시판 / 밤

이내 걷잡을 수 없이 부풀어 오르는 감정 때문에 혼란스러워하던 순간들.

- 집 앞에서 손 내친 후, "지금 당장 꺼져요" 모질게 밀어내 놓고.
- 자판기 앞에서 자신에게 등 돌린 재영 향해 "선배가 필요해요!" 외치고.
- 가로등 아래 머리 쓰다듬어 주던 재영에게 설레고.
- 레스토랑에서 결국 키스해 버리는 상우.

S#17. 예술대 앞 / 밤

드디어 예대 앞에 도착해 자전거에서 내리는 상우. *자전거 던지기

턱 끝에 송골송골 맺힌 땀 닦아 내며,

마지막으로 재영이 어른스럽게 저를 기다리며 했던 말 떠올린다.

INS〉 7화 #4, 손잡아 상우의 심장 쪽으로 가져가던 재영.

| 재영 | 피하지 말고 무시하지도 말고, 그냥 느껴 봐. |

그러고 나면 지금 널 괴롭히는 혼란도 없어질지 모르잖아.

그때처럼 제 심장 위에 손 올리고, 거센 심장 박동을 느끼는 상우.

상우　없어지긴 개뿔… (울컥) 벌써 가기만 해 봐.

재영　(E) 어딜 가?

보면
상우, 놀라서 되돌면. 재영, 의외라는 듯 상우 보고 있다.

앉아
재영　이 시간에 여긴 웬일이야? (일어서며 다가가려는데) 무슨 일 있어?

상우   (부글부글 끓어) 전화는 왜 안 받아요?!

재영   (멈칫) 전화? (꺼내 보고) 아- 무음.

(부재중 표시 보고 놀라) 아니, 다들 무슨 전화를 이렇게 많이….

더욱 울상이 되어, 재영에게 성큼 다가가는 상우.

상우   (냅다) 형은 진짜 에러 같은 새끼예요.

재영   뭐?

상우   성격 더럽고, 시간관념 없고, 변덕스러운 데다가, 매사에 비이성적-

재영   팩폭하려고 여기까지 왔어?

상우   (흥분해, 두서없이) 저도 제가 지금 왜 이러는지 모르겠어요.

재영   (걱정스럽게 보며) 초상우- 상우야

상우   머리로는 형 보내줘야 한다는 거 아는데,

그럼 이런 말도 다 소용없는 거 아는데,

재영   (상우의 혼란 다가와 긴장하고 보면)

상우   그런 거 다 알면서도….

상우, 재영에게 한 발짝 다가가, 마침내 말한다.

> **감독님 디렉션:**
> 얘가 왜 이러지? 설마…

상우   (보고) 형이 좋아요. 좋아해요.

재영   !!

상우   (조금 자신 없어 머뭇) 선배 제안, 다시 대답해도 돼요?

재영   …(좀 멍해 있다가, 단호하게) 아니. 이미 끝난 건 못 물러.

상우   !! (충격, 고장) 그, 그럼-

재영   대신 다시 제안.

상우   ??

재영   (딱 보고) 추상우, 나랑 연애하자.

상우   (부글부글 끓어) 전화는 왜 안 받아요?!

재영   (멈칫) 전화? (꺼내 보고) 아- 무음.

        (부재중 표시 보고 놀라) 아니, 다들 무슨 전화를 이렇게 많이….

더욱 울상이 되어, 재영에게 성큼 다가가는 상우.

감독님 디렉션:
감정 정리가
안 되어
화로 표현

상우   (냅다) 형은 진짜 에러 같은 새끼예요.

재영   뭐?

상우   성격 더럽고, 시간관념 없고, 변덕스러운 데다가, 매사에 비이성적-

재영   팩폭하려고 여기까지 왔어?

상우   (흥분해, 두서없이) 저도 제가 지금 왜 이러는지 모르겠어요.

재영   (걱정스럽게 보며) 추상우-

상우   머리로는 형 보내줘야 한다는 거 아는데,

        그럼 이런 말도 다 소용없는 거 아는데,

재영   (상우의 혼란 다가와 긴장하고 보면)

상우   그런 거 다 알면서도….

상우, 재영에게 한 발짝 다가가, 마침내 말한다.

*이어서
숨토하듯
털어 내는

좋아한다구요!

상우   (보고) 형이 좋아요. 좋아해요.

재영   !!

상우   (조금 자신 없어 머뭇) 선배 제안, 다시 대답해도 돼요?

재영   …(좀 멍해 있다가, 단호하게) 아니. 이미 끝난 건 못 물러.

상우   !! (충격, 고장) 그, 그럼-

재영   대신 다시 제안.

상우   ??

재영   (딱 보고) 추상우, 나랑 연애하자.

(씩 웃으며) 체험판 말고, 진짜 연애.

상우　(떨리는 눈으로 보다가, 이내 따라 웃으며) 좋아요.

감격에 찬 재영, 상우를 확 품에 안는다.

재영　(엄살 부리듯 어깨에 이마 기대는) 후- 떨려 뒤지는 줄 알았네.

피식 웃다가도, 친밀한 스킨십이 어색한 상우.
손 어디에 둘지 몰라 방황하다가, 이내 조심스럽게 허리에 손을 감는다.
그런 상우 귀여워 픽- 웃는 재영, 편안한 얼굴로 더욱 꼭- 안는 모습에서.

S#18.　미대, 실기실 / 밤

소파에 앉아 재영의 태블릿 함께 보는 상우와 재영.
프랑스어로 번역한 〈베지 벤처러〉 기획안과 상우의 이력서다.

재영　덱스엔 이미 보냈고, 만나서 직접 얘기해 보기로 했어.

　　　　(상우 슬쩍 보고) 한국에 끝내주는 개발자가 하나 있는데,

　　　　다른 데서 채가기 전에 빨리 데려가라고 뽐뿌 좀 넣었지. 내가

상우　(황당) 이런 건 대체 언제 준비한 거예요?

재영　네가 내 대체품 찾는다고 뻘짓하면서 삽질할 때?

상우　!!

재영　(피식) 그럼 내가 너 곱게 놔줄 줄 알았어?

상우　그럼 떠나는 건….

재영　덱스랑 최종 담판 지으러.

　　　　안 되면 베벤은 다 끝내고 간다고 할 거야.

상우　(말리려) 선배. 감정 때문에 중요한 기회를 날리는 건-

재영　(꿀밤) 베벤이 너 혼자 꺼야? 막말로 기획이고 컨셉이고

326

(씩 웃으며) 체험판 말고, 진짜 연애.

상우　(떨리는 눈으로 보다가, 이내 따라 웃으며) 좋아요.

감독님 디렉션:

벅찬 마음에
재영에게
입 맞출까?

감격에 찬 재영, 상우를 확 품에 안는다.

재영　(엄살 부리듯 어깨에 이마 기대는) 후- 떨려 뒤지는 줄 알았네.

피식 웃다가도, 친밀한 스킨십이 어색한 상우.
손 어디에 둘지 몰라 방황하다가, 이내 조심스럽게 허리에 손을 감는다.
그런 상우 귀여워 픽- 웃는 재영, 편안한 얼굴로 더욱 꼭- 안는 모습에서.

S#18.　미대, 실기실 / 밤

소파에 앉아 재영의 태블릿 함께 보는 상우와 재영.
프랑스어로 번역한 〈베지 벤처러〉 기획안과 상우의 이력서다.

재영　덱스엔 이미 보냈고, 만나서 직접 얘기해 보기로 했어.

　　　(상우 슬쩍 보고) 한국에 끝내주는 개발자가 하나 있는데,

　　　다른 데서 채가기 전에 빨리 데려가라고 뽐뿌 좀 넣었지.

상우　(황당) 이런 건 대체 언제 준비한 거예요?

재영　네가 내 대체품 찾는다고 뻘짓하면서 삽질할 때?

상우　!!

재영　(피식) 그럼 내가 너 곱게 놔줄 줄 알았어?

상우　그럼 떠나는 건….

재영　덱스랑 최종 담판 지으러.

　　　안 되면 베벤은 다 끝내고 간다고 할 거야.

상우　(말리려) 선배. 감정 때문에 중요한 기회를 날리는 건-

재영　(꿀밤) 베벤이 너 혼자 꺼야? 막말로 기획이고 컨셉이고

327

하겠다고

내가 다 다시 짰는데, 너 혼자 꿀꺽하려고?

추상우, 이제 보니 이거 진짜 악덕 사장이었네~

상우 (미련 남아) 그래도 덱스인데….

재영 (거들먹) 덱스가 뭐 별건가. 까짓것 까이면 더 좋은 데 가면 되지.

네 애인 실력 몰라?

"애인…" 읊조려 보더니, 갑자기 확 부끄러워져 입 다무는 상우.

입꼬리 슬쩍 올라가려는 거 간신히 참으면.

재영, 알아채고 귀여워선, 귓가로 다가가 은밀하게 속삭인다.

재영 좋아 죽네. 그동안은 어떻게 참았냐?

상우 (밀어내고) 근데 저랑 연애하려면 세 가지 유의해줘요.

재영 (피식) 역시 이게 나와 줘야지~ 또

상우 첫째- (하는데)

쪽- 하고 뽀뽀해 상우의 말 가로막는 재영.

재영 (흘깃 보고는) 들키기 싫으면 문 잠그고 와.

상우 …최유최 나갈 때부터 잠갔어요.

*쓰담 **재영** (웃음) 역시 똑똑해.

두 사람, 꼭 붙어 귀엽게 키득거리는.

S#19. (에필로그) 상우의 집, 거실 / 낮

몇 개월 후. 새해 지난, 추운 한겨울.

소파에 찰싹 붙어 앉아 각자 작업하는 상우와 재영. 담요 하나 같이 덮었다.

작업 마치고 기지개 켜는 상우의 어깨에 재영, 익숙하게 기대오고.

> 감독님
> 디렉션:
>
> 재영의 물건이
> 곁들여진
> 상우 집

내가 다 다시 짰는데, 너 혼자 꿀꺽하려고?

추상우, 이제 보니 이거 진짜 악덕 사장이었네~

상우　(미련 남아) 그래도 텍스인데….

재영　(거들먹) 텍스가 뭐 별건가. 까짓것 까이면 더 좋은 데 가면 되지.
네 애인 실력 몰라?

"애인…" 읊조려 보더니, 갑자기 확 부끄러워져 입 다무는 상우.

입꼬리 슬쩍 올라가려는 거 간신히 참으면.

재영, 알아채고 귀여워선, 귓가로 다가가 은밀하게 속삭인다.

재영　좋아 죽네. 그동안은 어떻게 참았냐?

상우　(밀어내고) 근데 저랑 연애하려면 세 가지 유의해줘요.

재영　(피식) 역시 이게 나와 줘야지~

상우　첫째- (하는데)

쪽- 하고 뽀뽀해 상우의 말 가로막는 재영.

재영　(흘깃 보고는) 들키기 싫으면 문 잠그고 와.

상우　…최유치 나갈 때부터 잠갔어요.

재영　(웃음) 역시 똑똑해.

두 사람, 꼭 붙어 귀엽게 키득거리는.

S#19.　(에필로그) 상우의 집, 거실 / 낮

몇 개월 후. 새해 지난, 추운 한겨울.

소파에 찰싹 붙어 앉아 각자 작업하는 상우와 재영. 담요 하나 같이 덮었다.

작업 마치고 기지개 켜는 상우의 어깨에 재영, 익숙하게 기대오고.

> 감독님 디렉션:
> 상우, 장난치듯 재영을 제압하며 뽀뽀하려는 액팅!

재영　에러는 다 잡았어?

상우　네. 심각한 건 줄 알았는데, 출력값만 바꾸면 되는 거더라고요.

재영　잘했쓰~ (머리 쓰다듬어 주고)　네

상우　(익숙하게 받다가) 다음 주 미팅 준비, 잘하고 있죠?

재영　(멈칫, 힘겨운 척 앵기며) 으으- 그냥 프랑스 같이 가자니까아~

　　　굳이- 한국 회사랑 하겠다고 이 고생고생을….　하냐

상우　(다부지게) 전 여기서 시작해서 세계적으로 커질 거예요.

재영　네네~ 추상우 대표님의 깊은 뜻에 제가 감히 또 어깃장을 놨네요….

상우　(당당) 저 못 믿어요?

재영　(씩 웃으며) 믿지~ (이마에 쪽 뽀뽀하고)　당연히 무조건 믿지

　　　(돌변) 근데 네 PPT 실력은 못 믿어. 내일 전공 발표랬지?

상우　(경계, 노트북 끌어안으며) 아, 왜요… 이제 알아서 잘하거든요.

재영　퍽이나.

재영, 상우의 노트북 뺏듯이 가져가 보면, 으레 또 그 보노보노 배경이다.

재영　우리 상우, 참 한결같아…?　　　　재영: 얜 왜 넣었어?　감독님 디렉션:
　　　그래서 내가 좋아하지만.　　　　상우: 사람들에게 호감을
　　　　　　　　　　　　　　　　　　　　　　주는 캐릭터예요.
　　　　　　　　　　　　　　　　　　　재영: 응, 삭제.

재영, 상우의 머리에 콩- 머리 부딪히고, 이어 디자인 건드리기 시작하면.

상우, 부딪힌 데 쓰다듬으며 삐죽거렸다가도,

이내 바로 집중해 작업하는 재영 멋있어서 눈 반짝이며 구경하는데.

재영　(작업하며) 자꾸 그렇게 보면 이거 오늘 안에 못 끝낸다?

상우　(민망해) 감시한 거거든요.

　　　(일어나며) 화장실 다녀올 테니까, 이상한 거 건드리지 마요.

재영　에러는 다 잡았어?

상우　네. 심각한 건 줄 알았는데, 출력값만 바꾸면 되는 거더라고요.

재영　잘했쓰- (머리 쓰다듬어 주고)

상우　(익숙하게 받다가) 다음 주 미팅 준비, 잘하고 있죠?

재영　(멈칫, 힘겨운 척 앵기며) 으으- 그냥 프랑스 같이 가자니까아~

　　　　굳이- 한국 회사랑 하겠다고 이 고생고생을….

상우　(다부지게) 전 여기서 시작해서 세계적으로 커질 거예요.

재영　네네~ 추상우 대표님의 깊은 뜻에 제가 감히 또 어깃장을 놨네요….

상우　(당당) 저 못 믿어요?

재영　(씩 웃으며) 믿지~ (이마에 쪽 뽀뽀하고)

　　　　(돌변) 근데 네 PPT 실력은 못 믿어. 내일 전공 발표랬지?

상우　(경계, 노트북 끌어안으며) 아, 왜요… 이제 알아서 잘하거든요.

재영　퍽이나.

재영, 상우의 노트북 뺏듯이 가져가 보면, 으레 또 그 보노보노 배경이다.

재영　우리 상우, 참 한결같아…?

　　　　그래서 내가 좋아하지만.

> 재영: 얜 왜 넣었어?
> 상우: 사람들에게 호감을
> 　　　주는 캐릭터예요.
> 재영: 응, 삭제.
>
> **감독님 디렉션:**

재영, 상우의 머리에 콩- 머리 부딪히고, 이어 디자인 건드리기 시작하면.

상우, 부딪힌 데 쓰다듬으며 삐죽거렸다가도,

이내 바로 집중해 작업하는 재영 멋있어서 눈 반짝이며 구경하는데.

재영　(작업하며) 자꾸 그렇게 보면 이거 오늘 안에 못 끝낸다?

상우　(민망해) 감시한 거거든요.

　　　　(일어나며) 화장실 다녀올 테니까, 이상한 거 건드리지 마요.

도도하게 말하고, 화장실 가는 상우 보곤 픽 웃는 재영.
PPT 보면 다시 절망이다.

재영   템플릿, 진짜 이딴 거밖에 없냐….

재영, 문서 카테고리 들어가 이것저것 뒤져 보는데….
'장재영'이란 이름의 이상한 폴더가 보인다. 갸웃하며 클릭하면.
SNS활동/작품활동/취미생활 등 하위 폴더 또 나뉘어 있고.
그 안에는 재영의 각종 사진과 자료들이 아카이브 되어 있는.

재영   (기막혀) 이게 대체 뭐야….
           (입 찢어지는) 추상우 이 변태 새끼 이거….

그때, 뒤늦게 생각났는지, 벌컥 문 열고 뛰쳐나온 상우.

상우   안 돼요! 보지 마요!

노트북 가려 보려 하지만, 이미 늦었다.
"이거 뭐야? 어? 언제부터 이랬어?" 귀여워 죽겠다는 듯 상우 놀리는 재영과
"남의 폴더는 왜! 이거 사생활 침해예요!" 노트북 뺏으려 발버둥 치는 상우.
귀엽게 몸싸움하던 두 사람의 무게에 노트북 자판 사정없이 눌려 버리고.
헉- 두 사람 놀라, 노트북 화면 보면.

에러 걸린 듯 지지직-거리는 소리와 함께 떠오르는 오류 표시.
이내 클리어되며 탁 꺼지는 모습에서!

> **감독님 디렉션:**
> 재영,
> 큰 키를 이용해
> 노트북 사수

> 상우 눈 감으면,
> 재영 귀엽다는 듯
> 앞머리를 불어 날리고,
> 서로 웃고, 그러다…
> 볼 뽀뽀? 목에다 키스?
> 키스?

시맨틱 에러 END

도도하게 말하고, 화장실 가는 상우 보곤 픽 웃는 재영.
PPT 보면 다시 절망이다.

재영　　템플릿, 진짜 이딴 거밖에 없냐….

재영, 문서 카테고리 들어가 이것저것 뒤져 보는데….
'장재영'이란 이름의 이상한 폴더가 보인다. 갸웃하며 클릭하면.
SNS활동/작품활동/취미생활 등 하위 폴더 또 나뉘어 있고.
그 안에는 재영의 각종 사진과 자료들이 아카이브 되어 있는.

재영　　(기막혀) 이게 대체 뭐야….
　　　　　　(입 찢어지는) 추상우 이 변태 새끼 이거….

그때, 뒤늦게 생각났는지, 벌컥 문 열고 뛰쳐나온 상우.

상우　　안 돼요! 보지 마요!

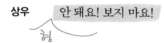

노트북 가려 보려 하지만, 이미 늦었다.
"이거 뭐야? 어? 언제부터 이랬어?" 귀여워 죽겠다는 듯 상우 놀리는 재영과
"남의 폴더는 왜! 이거 사생활 침해예요!" 노트북 뺏으려 발버둥 치는 상우.
귀엽게 몸싸움하던 두 사람의 무게에 노트북 자판 사정없이 눌려 버리고.
헉- 두 사람 놀라, 노트북 화면 보면.

에러 걸린 듯 지지직-거리는 소리와 함께 떠오르는 오류 표시.
이내 클리어되며 탁 꺼지는 모습에서!

시맨틱 에러 END

〈시맨틱 에러〉 연출을 제안받고, 다음 날 아침이 밝을 때까지 쉬지 않고 원작을 읽었던 기억이 납니다. 재밌는 대사와 상황들에 깔깔 웃기도 하고 로맨스 부분에서는 헙- 숨을 들이켜며 아무도 없는 주위를 다시 한번 살펴볼 때도 있었습니다. 이렇게 재밌을 수 있나? 남남(男男)의 연애에 내가 이렇게 설레도 되나? 생각하며 오랜만에 본 잘-쓴 로맨스 소설에 저는 완전히 반해 버렸습니다.

그 후 제이선 작가님, 이하은 피디님과 사계절을 함께했습니다. 그녀들과 함께 지새웠던 수많은 밤들 속에서 재영, 상우, 유나, 지혜가 드라마 문법으로 다시 태어났습니다. 활자에 갇혀 있는 그들을 어서 빨리 살아 숨 쉬는 인물들로 뛰어놀게 하고 싶어 마음이 벅차고 심장이 간질거렸던 나날들이었어요.

특히 3화 "10분, 그 이상은 안 돼요" 엔딩을 작가님에게 전달받고 꺅 소리질렀던 기억이 납니다.

설레는 대사(저보다 박서함 배우님이 더 좋아하는 듯하지만)와 4화를 볼 수밖에 없는 상우와 재영의 텐션. 덧붙여 드라마의 장르가 로맨스로 변주되는 지점이기도 해서 개인적으로 제일 좋아하는 엔딩입니다. 그런데 3화가 전체 8화 중에 17분으로 가장 짧아요. 분량 때문에 이 엔딩을 사수하지 못할까 봐 잔뜩 긴장하며 왓챠에 가편집본을 보냈던 기억이 있습니다. 감사하게도 왓챠와 제작사분들이 "10분! 그 이상은 안 돼요!"에 저보다 더 진심이었고 엔딩을 지켜낼 수 있었습니다.

이렇게 모두의 진심과 사랑으로 드라마 〈시맨틱 에러〉가 탄생했습니다. 배우와 제작진, 래몽래인, 왓챠 모두 무한한 애정을 가지고 함께 작품을 만들어 나갔어요. 헤어지는 게 아쉬울 정도로 힘이 되어 주고 함께 머리를 싸매며 고민을 해결해 주었던 연출팀과 제작팀. 부족한 연출에게 플러스 알파를 만들어 주셨던 촬영, 조명, 미술, 음향, 편집, CG, 음악 감독님들과 팀원분들. 그들을 만난 건 행운이고, 모두 이들 덕이라 생각해요.

그리고 부담감을 견뎌 내고 캐릭터 그 자체가 되어 살아 주었던 우리 배우들. 모니터 너머로 여러분들이 만든 각자의 세계를 보는 나날들이 얼마나 행복했었는지 다시 한번 말해 주고 싶습니다.

마지막으로 수없이 많은 백색의 무제 화면을 견뎌 내고 모두가 사랑할 수밖에 없는 대본을 만들어 주신 제이선 작가님과 길을 잃을 때마다 표지판을 제시해 주었던 이하은 기획피디님. 두 분 덕분에 긴 여정을 완주할 수 있었습니다. 감사합니다.

이렇게 감독의 말을 쓰다 보니 이제 정말로 〈시맨틱 에러〉와 이별하는 기분이네요. 방영하는 내내 응원과 사랑을 주신 시청자 여러분들 덕분에 덜 질척거리며 보내 줄 수 있을 것 같아요. 〈시맨틱 에러〉의 세계에는 가을만 존재하는데, 가을이 되면 '시에러'의 잔향이 여러분들에게 다시 불어오기를 작게나마 욕심내어 봅니다.
다정하고 든든했던 모든 분들의 마음에 〈시맨틱 에러〉가 조그마한 행복이 될 수 있기를 진심으로 바라며….

감독 김수정 올림

To. 찬형이형

일단 진짜 처음 오디션때 봤을때 진짜 찐당황 한거
알져??? 근데 진짜 형이랑 친해질 지는것도 빠르게
친해지구... 저 (상욱) 한테 형은 진짜 재형이
그 자체에 였음요. 원래 눈물 잘없는데 진짜...
갑자기 늦어져서 눈물나고.... 사실 촬영 내내
형한테 받기만한것 같아서 미안하고 고맙고
여러저러 힘들어 할때도 잘하고 있다고 위로 해주고
너무 고마웠어요. 이렇게 오렌동안 길게 촬영한
작품이 처음이기도 했지만, 여러모로 오래오래 기억에
남을것 같아요 앞으로도 재찬쓰의 멋진 찬형이형이
리어 짐을 중결어요.. ㅎㅎ 싸랑해여 ♥

                    - 막찬 끝낸거 제일 기쁜 (상욱) 재찬 -

to. 재관.

재관아 재활영이 원만하고 재밌게
끝난 것 같아 다행이다.
너가 상우에서 생일 다행이다 진심으로.
나이 차이는 많이 나지만 인생에서
정말 좋은 동생 및 우리 친구를
만난 것 같다. 아버지께 정말
심하게 인연인 것 같다.
넌 정말 잘 되어가기 할거고.
너무 콘재여도 자동처럼 챙겨가고.
정말 건강했고. 건강히 재관아
사랑한다.   - 서형이 삼촌이 -
                2021. 12. 11
ps. 넌 전재 같아.   안녕예정
힘내가!   8시 43분..

| 제이선 대본집 |

시맨틱에러
SEMANTIC ERROR

초판 1쇄 인쇄 2022년 5월 3일
초판 1쇄 발행 2022년 5월 17일

원작 저수리
지은이 제이선
펴낸이 정은선

책임편집 최민유
편집 김영훈 이은지 허유민
마케팅 강효경 왕인정 이선행
디자인 ALL contents group

펴낸곳 ㈜오렌지디
출판등록 제2020-000013호
주소 서울특별시 강남구 선릉로 428
전화 02-6196-0380 | **팩스** 02-6499-0323

ISBN 979-11-92186-55-9 (03810)

※ 잘못 만들어진 책은 서점에서 바꿔드립니다.
※ 이 책의 전부 또는 일부 내용을 재사용하려면
   사전에 저작권자와 ㈜오렌지디의 동의를 받아야 합니다.

www.oranged.co.kr